集英社文庫

かかし長屋

半村良

かかし長屋

目次

かかし長屋

土左衛門《どざえもん》

　ひゅう、と冷たい風が吹き抜けて行く二月の曇り日、八つごろのこと。

　ここは江戸、浅草の三好《みよし》町。

　大川《おおかわ》沿いに、材木《ざいもく》町、駒形《こまがた》町、諏訪《すわ》町、黒船《くろふね》町と連なる町並みが、大川沿い土手上の小道をひっくるめ、浅草御蔵《おくら》の一番堀の手前で切って捨てたように跡切れるあたりが三好町だ。

　大川を往《ゆ》く舟から眺めれば、そこいらがどんな眺めになろうか、地べたを這《は》いずるような日々を生きる者には、舟遊びなど縁遠くて気にすることもありえないが、粋人に食い物屋の巣窟《そうくつ》とか言われる駒形あたりの、陽気で気軽な賑《にぎ》わいとは裏腹に、その裏店《うらだな》は湿って陰気であくせくと落ち着きのない、貧乏人の吹き溜《だ》まりである。

　それでも道と川に面した東西は町屋《まちや》も格好がついているが、その裏側は長屋ばかりで、かかし長屋と呼ばれる長屋もその一つである。

　ひと棟《むね》五軒が向き合って十軒。その間のドブ板を蹴《け》り立てて、もういくらか大人びはじめた男の子が駆けこんで行く。

「土左衛門だ、土左衛門だぁ……」

その時刻、長屋にいる者といえば、かみさん連中に娘や子供、年寄りだけ。

「源太《げんた》、ほんとだろうね。嘘《うそ》つくと承知しないよ」

一番に出てきたのは、大川向きの端っこに住んでいる姫糊屋《ひめのりや》のおきん婆さんだ。

「源太」

わめきたてた源太という子供に、長屋の中ほどから落ち着いた大人の声がかかる。

「ほんとなら、騒いでねえで万吉《まんきち》さんに知らせねえか」

そう言って声の主が姿を現す。よろけ縞《じま》の木綿に冷飯草履。継ぎはぎだらけの前掛《まえかけ》をした五十男だ。

「土左衛門だって……」

隣から出て来たのは足の悪い婆さん。襟首にかけた手拭《てぬぐい》の端を口もとに当て、おぞましげな顔である。

それに続いて通り向きの端の左右から、手拭かぶりの女が二人。どちらも年のころは三十がらみ。女ぶりも貧乏ぶりも似たようなかみさんだ。

姫糊屋のおきん婆さんはもう大川へ向かって行く。そのあとからかかし長屋の連中がついて行くと、近くの長屋からもぞろぞろと住人たちが川へ向かう。

土手道へあがると草の枯れた急傾斜で川面《かわも》になり、その向こうにところどころ火の見櫓《やぐら》の突き出した、本所《ほんじょ》の家並みが見えている。

長屋の連中が立った少し上流《かみ》のほうの水際に、数人の男たちがしゃがみこんでいた。

「あっちだ」

おきん婆さんがみんなへ指図するように言って、そのほうへ歩き出す。

「嫌だねえ、縁起でもない」

その人波には加わらず、足を止め顔を見合わせているのは、手拭で姐《あね》さんかぶりをした二人の女。左官の熊吉《くまきち》の女房お鈴《すず》と、大工の辰吉《たつきち》の女房おりくだ。

二人とも貧乏臭いみなりだが、手拭だけは小ざっぱりとしている。土左衛門があがったあたりの土手には、三好町の住人たちばかりか、黒船町の者までが、続々と土手をあがって見物に集まっている。

と、二人の女が立っている釣り舟屋網徳《あみとく》の前の土手へ、越後屋《えちごや》という文字の入った法被《はっぴ》を着た貧相な四十男が、瘦《や》せた体を折るようにしてあがって来て、

「心中じゃねえだろうな」

と、呟《つぶや》くように言う。

「心中……」

お鈴とおりくが同時に振り向いた。

「心中なのかい……」

おりくが声をひそめてその男に訊《き》く。

「か、どうか知らねえよ。俺《おれ》だっていま源太から知らされたばかりだもの」

「だって万吉さん。お前いまそう言ったじゃないか」

「心中じゃねえだろうなって言っただけだい。渡し場のあるとこは、水仏《みずぼとけ》があがりやすいって昔から言うじゃねえか。どっち岸か流れの加減で、舟が陸《おか》へ着きやすいところへ渡し場が作られるんだそうだ。吾妻橋《あづまばし》から下流《しも》で渡しと言えば、竹《たけ》町の渡しとここの渡しだあな。仏が岸にしがみつく名所みてえなとこじゃねえか」

「なんでお蔵のあたりへ着かないんだろうねえ。貧乏人のところへわざわざ貧乏神なんか、来てくれなくてもいいのに」

「心中を心配したのは、それだと間もなくもうひとつ浮き上がるかも知れねえからさ。……おお寒《さ》ぶ」

万吉は身を震わせて肩をすくめた。

「権三郎《ごんざぶろう》親分が見えてなさる。おいらなんかの出番じゃねえや。おめえさんたちも掛かり合いにならねえうちに、さっさとうちへ引き上げたほうがいいぜ。土左衛門があがったと来りゃあ、いずれこの顔見たことはねえか、とかなんとか言ってくるにきまってる。見たくもねえ死人《しびと》の顔を見せられる羽目《はめ》になるぜ」

それでなくても、とかく厄介ごとに巻きこまれがちな番太郎の万吉は、そう言ってさっさと土手をおりて行く。

お鈴とおりくの二人も、顔を見合わせ頷《うなず》き合うと、野次馬根性を捨てて土手をおりて行き、お鈴は中途半端で帰ると、そのままおりくの家のあがり框《かまち》へ腰かけて喋《しゃべ》りだす。

「どこのどいつだろうねえ、この寒空に大川へ身を投げたのは」

おりくは、ふん、と精一杯皮肉な顔をして見せて、

「しあわせ者じゃないか、うまく死ねて」

と、言った。

「どこらへんで身投げをしたんだろう」

お鈴はおりくの表情を無視して言う。

「どこだか知るもんかね。おおかた遊びすぎての上なんじゃないのかい」

「一度でいいから、遊びすぎてみたいもんさね。でも亭主が汗かいて稼いでいるのに、女房の身で遊びもないもんだし。楽のしようがない生まれつきなんだねえ、あたしたちは」

「若い男だったのかね」

「嫌だ。男か女かも知らないうちに帰ってきちまったじゃないか」

二人は自分たちの迂闊《うかつ》さに気がついて笑った。そこへばたばたと通りがかる足音。

「源太、お末《すえ》。ちょっと待ちな」

おりくは足音で自分の子供を聞き分ける。

「なんだよぉ」

拗《す》ねざかりの十三歳。大人でもなし子供でもなし、日本橋《にほんばし》の米屋に奉公に出したが続かず、去年の秋のおわりに暇を出されて、まだ次の奉公先が見つからずにいる源太は、妹のお末の手を引いたまま、おりくに向かって口を尖《とが》らせた。

「さっき勘助《かんすけ》さんに言われて、番太小屋へ知らせに走ってくれたんだね」

お鈴はとりなすように言う。

「土左衛門のことを一番に知らせたのはおいらだぜ」

「仏はやっぱり男かい……」

「なんだ、見なかったの。せっかく知らせてやったのに」

「若いのかい、年寄りかい」

「膨らんでてよく判らねえ。でも、大人には違えねえよ。大人はどうして死にたがるんだろうな。つまらねえことをしやがる」

源太はばかに老成したことを言い、お鈴を笑わせる。

「遊んでるなら和尚《おしょう》さんのところへも知らせに行っといで」

かかし長屋の連中が、ほかの長屋と変わっているのは、何か起きるとすぐそれを証源寺《しょうげん》の住職に知らせている点だ。

証源寺というのは、鳥越《とりごえ》から浅草へ向かう通りの向こう側、榧《かや》寺で有名な正覚《しょうがく》寺の隣にある小寺のことだ。

おりくはその証源寺の和尚に土左衛門のことを知らせるべきだと気がついて、近ごろ持て余し気味なわが子源太にそう命じた。

「あ、そうだったな」

源太も素直にそう言って、お末の手を放すと表通りへ駆け出して行く。証源寺とかかし長屋のあいだには、深いつながりがあるのだ。

先年亡くなってしまったが、証源寺の先代の住職は経専《けいせん》と言い、かかし長屋を作ったのはその経専なのだ。僧のありかたについて厳格な人で、いまの世の中では僧の正しい生き方はしにくいと言いながら、もっぱら貧困者の救済に奔走、檀家を説《と》いて資金を調達し、三好町に長屋を建てさせたのだ。

その長屋へ入ったのは、縁あって経専和尚と知り合った極貧たちで、和尚はその連中に貧者の生き方を教えはじめた。

もうそれ以下に落ちないようにするには、まず日常身辺の汚れに気を使い、貧者であることに甘えるなかれと教えたのだ。はじめその意味が判らなかった連中も、顔をみるたびごとにそう言われ、汚い格好をしていると、山のけものや鳥たちさえ、自然に生きて奇麗だと叱《しか》られた。

獣や鳥が金を使うか。金を使わずとも奇麗な姿でいるではないか。ましてお前らには他の生き物にない知恵が授《さず》けられている。まずその知恵を働かせて、金を使わずにこざっぱりとした姿でいることを心がけよ、というのだ。

無理なことを、と、長屋の連中は和尚を煙《けむ》たがったが、住まいをくれた相手だから、仕方なくボロの衣類をできるだけ清潔に保って過ごすうち、自分がいつのまにか勤勉になっていることに気がついた。ボロは着てても清潔であろうとするには、一日の生活が規則正しくあらねばならず、そうなれば働くことにも怠けが出ない。怠けて暮らせば身辺もいつのまにか不潔に戻るのだ。

はじめのうち、世間からかかし長屋と綽名《あだな》されていたのが、いまでは綽名だけが残って、実際にはよその長屋よりずっと清潔で、働き者揃《ぞろ》いになってしまっている。

経専が高齢で死んだあとは、忍専《にんせん》という弟子があとを継ぎ、かかし長屋の生活指導をしている。店賃《たなちん》を取らなかったのは、初期のごく僅《わず》かな期間だけで、住人はそのあと世間並みの店賃を証源寺へ納めていた。

貧乏寺で有名なその証源寺へ、源太が走り込んで行く。

「和尚さん、大変だ」

隣の椢寺は内福で知られているが、証源寺は本堂の軒も傾いた無住寺同然のありさま。それでいながら檀家が多いのは、経専が一部で名僧と高く評価されていたことと、その衣鉢《いはつ》を継いだ今の忍専和尚に人気があるからだ。だがその忍専を、性いささか軽忽《けいこつ》と評する者も少なくない。

「どうした……」

庫裏《くり》の戸があいて忍専が顔を出す。

「ど、土左衛門」

源太は土左衛門と言ってからゴクリと唾を飲みこむ。

「誰が……」

忍専はもう庫裏から走り出ようという構えだ。長屋の子供か誰かが溺れたと思ったらしい。

「う……」

源太は目を白黒させている。大変だ、と叫んだのが不適当だったと気がついたようだ。

「誰が溺れた……」

「知らない」

「駄目だったのか」

「うん」

　忍専は舌打ちする。

「なんということだ。不注意にも程がある。儂《わし》に知らせろと言われて飛んで来たのだな」

「うん。かあちゃんに言われた」

「仕方ない、お上の手を離れたらこっちへ引き取ろう。南無阿弥陀仏《なむあみだぶつ》」

　忍専はそう言って合掌した。貧乏寺でも境内《けいだい》は掃《は》き清めてあって、枯れ葉ひとつ落ちてはいない。

「それにしても、誰が不幸な目に遭ったのか判らんでは、思案のしようもないな。すまぬが源太、もう一度長屋へ戻って誰が溺れたのかしっかり聞いてきてくれ」

「判らないよ。長屋で訊いたって」

「なぜだ」

「だって知らない人だもの」

「長屋の者ではないのか」

「近所の人でもないようだよ。川上から流れて来たんだ」

「なぜそれを先に言わん。かかし長屋の者が溺れ死んだのかと観念したではないか。しかし知ったからには行かずばなるまい。どこの誰かは知らねども、み仏に引き渡す者がおらいでは可哀相じゃからな」

忍専はそう言って庫裏の戸をしめ歩きだした。

忍専は源太を従えてかかし長屋へ向かう。八幡宮の門前町を抜けて、鳥越橋、雷門《かみなりもん》間のいわゆるお蔵前通りを横切ればそこが三好町。そこの空地《あきち》の通り側には屋台店など道商いの者が並び、その向かって左側にかかし長屋へ通じる道がある。

角は矢島《やじま》印房という印形店。曲がれば三弦三田と書いた看板をあげる琴、三味線の店。次が米屋で屋号は米作《よねさく》。払いを取るのが下手糞《へたくそ》で、貧乏人には福の神みたいに思われているだけに、店構えも至って不景気そう。その次が柴田研三郎《しばたけんざぶろう》という浪人がやっている手習い塾。子供たちがのべつ大声で素読をするので、うるさくて近所迷惑だが、それが貧乏暮らしから子供たちを脱出させる最良の方法と心得るから、誰も苦情を言いはしない。

ただ師匠の柴田研三郎が行儀作法にやかましく、大人たちにまでものを教えようとするから、みんな敬して遠ざける。

表の側からその四軒が奥へ行くごと、順に貧乏たらしくなって行き、とどのつまりに木戸があって番太郎の小屋がある。

木戸番は万吉。厄介ごとが大嫌いで、たいがいのことは見て見ぬふり。それでいて万吉に聞けばたいがいの噂、評判はすぐ判るという地獄耳なのだ。

木戸の内は貧乏のかたまり。証源寺の和尚がかかし長屋を作る前は、汚れた浮浪人が掘立《ほったて》小屋を作って住み着いていたという場所だ。

これでは見苦しくてかなわんとお上が手を焼いて、なんとかしましょうと買って出たのが証源寺の和尚だったそうだ。だから証源寺はいまでもお上に顔がきく。

そこに長屋が幾棟かできて、大川に面した側は釣り舟屋の網徳やその他の食い物屋が並び、貧乏人の住まいは前後を塞がれた格好になって、世人の目から隠されている。

もっとも御蔵を火から守る小高い堤状の緑地帯の向こう側に井戸があって、その官井《かんせい》からかかし長屋の裏へもらい水の石樋《いしひ》がつながっている。

証源寺のせんの住職経専が目をつけたのも実はその水で、苦心の交渉の末緑地帯を少し削って、石樋が通る溝を作ったのだそうな。

だから長屋の連中が、切り通し、と大袈裟《おおげさ》に言うのは、その石樋の通る溝をさしているのだ。

忍専はそのかかし長屋へ入って行く。とっつきが大工辰吉の住まいで、源太はその子供、下は女で名はお末。そのお末が目ざとく忍専に気がついて、母親のおりくの膝《ひざ》を揺さぶって知らせている。

「水死人があったそうだな」

忍専がおりくに外から声をかける。

「これは和尚さま」

おりくは忍専が来たことを近所に知らせようとするから、ことさら高い声で答えた。

「そうなんです、この寒空に縁起でもない。少し上手《かみて》へあがったようで」

まん前の左官熊吉の女房お鈴が、その声のおわらぬうちに出てきて忍専に頭をさげてみせる。

「いつもお世話さまでございます」

「和尚さま。案内しましょうか」

甲高《かんだか》い声は長屋の川向きの端に住む、姫糊屋のおきん婆さんだ。

「行けば判ります」

忍専はおきんのほうへ顔を向けて案内を断わる。

「早く行かないと持ってっちまいますよ」

「もう役人が出張っているのかね」

「うちの番太はいつものように逃げ腰で、ろくすっぽ顔も出さないから、権三郎親分が手下《てか》の為助《ためすけ》を陸尺《ろくしやく》屋敷へ走らせなすったんですよ。おっつけお役人が来て黒船町のほうから戸板が出ることになるんでしょう」

おきん婆さんは自分が見たことと推測したことをひと息にまくしたてた。

「万吉さんはあれでなかなかの利口者《りこうもん》さね。こちとらは戸板一枚だって余分はありゃあしない。怪我人《けがにん》ならまだしも、土左衛門を運んだ戸板なんて、気味が悪くって」

おりくは呟くようにそう言った。

「どれ、行ってくるか」

忍専はそんなことには取り合わず、長屋を抜けて土手へ向かう。

「どこかの手代かねえ、あれは。まだ若い男のようだったよ」

おきん婆さんの口が一度開いたらとめどがない。長屋の端からおりくのところまで出てきて喋りはじめる。

「源太もこれからなんだから、気をつけたほうがいいよ。人間、生きそこなうとああいう風になっちゃうんだから」

「死ぬのはばかだい。俺はあんなことにはなりゃしねえよ」

「そう思ったら真面目《まじめ》に働きなよ。いつまでおりくさんに苦労をかける気だね。十三にもなって」

「俺だって考えてるんだよ。すぐ一丁前《いっちょまえ》の商売人になって見せらあ」

「夢みたいなことを言ってないで、奉公先を探しな」

おきんは憎体《にくてい》に言う。

源太がおきん婆さんのきついもの言いに閉口《へいこう》して姿を消すと、おりくの家の前で、長屋の住人たちの世間話がはじまる。

土左衛門のことからはじまって、遊蕩者の暮らしの噂、遊里女郎の身元のことから、はては落ちぶれて乞食に落ちたどこそこの旦那《だんな》を、見かけた者がいるとかいないとか。

やはり誰の頭にも、土左衛門のことが引っかかっているようだ。

そのお喋りが下火になってきたころ、忍専が土手から戻って来た。頭巾《ずきん》もかぶらず、丸い頭が白く見えて寒そうだ。

「どうでした、和尚さま」

おきんが尋ねた。何を訊いたのか曖昧《あいまい》だが、要するに騒ぎのその後が知りたいのだろう。

「寒いことだ」

忍専は吹く風と世間の風の両方に取れる答えかたをした。

「家主《いえぬし》の九郎兵衛《くろべえ》が死体を検分して自身番へ引き取った」

「諏訪町の……」

おきんが訊き、忍専が頷くとみんなほっとしたような顔になる。

「陸尺屋敷へは知らせたそうだから、いずれ町方《まちかた》の者が来て葬る指図をするだろう。仏は京橋《きょうばし》の紙問屋の倅《せがれ》らしい。黒船町の書肆《しょし》の者が見知っていたそうな」

「ショシってなんですか」

お鈴が訊く。

「本屋だ」

「ああ、草子屋《そうし》の長さん」

「おととしの秋に姿を消し、そのあとで大金を持ち去ったことが知れて、帳外にされていたそうだ」

「ばか息子が店の金を懐《ふところ》に家出をしたってわけですね」

「そりゃ親だって、久離《きゆうり》を切って人別を外しておかなきゃ、どこで何をしでかされるか心配だろうから」

おりくとお鈴がこもごもに言う。

「金持ちはそれが嫌だよねえ。守るものがあるからこそ、わが子にだって薄情にならなきゃいけない。それに引きかえここらの者を見てごらん。そんな薄情なんか、したくても出来ない奴ばっかりだ。ああよかった」

おきん婆さんはそう言ってふてぶてしく笑う。

「でもそのばか息子だって可哀相じゃないか、きっと金を使い果たして家へ帰りたかったんだろうね」

お鈴がそう言うと、忍専は寒そうな顔で頷く。

帰るに帰れず昨夜のうちに、川へ身を投げた道楽息子のなれの果てが、この土手へ流れついたのだろう。

「和尚さま。うちの源太の奴に何か言ってやってくださいよ」

おりくが忍専に向かって言った。

「何かとは……」

「去年の秋に米屋をおん出されてから、ずっと遊んでるんです。少しは働く気になってもらわなきゃ困るんです」

「自分でも何か考えているんだろう」

「それが、すぐに一丁前の商売人になって見せるとか、夢のようなことばかり言って」

「おりくさん」

忍専はおりくに向かって言うばかりではなく、おきんやお鈴の顔も見渡して言う。

「あの年頃の男の子が、自分の将来に夢を持たないでどうするね。夢を持つということは、本人に向上心があるということじゃないか。向上心とは上を望む心だ。源太はあれでなかなか見所のある子だ。日本橋の米屋から出てきてしまったのは、そこが自分に合っていないことを悟ったからだろう。当人はいまきっとおりくさんたち以上に、ぶらぶらしているのを嫌がっているのかも知れない」

「あたしらは、そんな甘やかしたことを言える暮らしじゃありませんよ、和尚さん」

おきん婆さんが代表の形で口を尖らせた。

「あの年頃の男の子には、そう口やかましく言わぬことだ。それより褒めてやりなさい。いいところをな」

「いいところなんてありますかねえ」

おりくも不満そうに言う。

「米屋で辛抱して、気に染まぬ米屋の番頭にでもなってごらん。長いとしつき自分を押さえつけて、その間にいくらか米屋の商売が好きになってくれればいいが、そうでなかったら、さっきの土左衛門みたいなことになりかねない」

お喋り女たちがしゅんとしてしまう。

「盗《ぬす》っ人《と》になる者は、幾らか生まれつきのところもあるそうだが、源太にはその気《け》はない。おりくさん。我慢出来るあいだは我慢して見ていてやってくれぬか。押さえつけて合わぬ鋳《い》型《がた》に無理やり押しこんだところで、それで源太が存分に伸びるものだろうか。人にはそれぞれ良いところ、伸びる芽が備わっているものだ。しかも源太の伸びる芽は、おりくさんが授けたものではないか。源太は一生懸命にいまそれを捜しているところだ。勿体《もったい》ないことじゃないか、その芽を摘んでしまっては。いま押さえつけたら、辰吉さんほどにもなれはしないのではないかね」

忍専が長屋の者に言うことは、いつもその調子だ。

宿六たち

七つごろ。曇り空はもう夕方の気配を漂わせている。

大工の辰吉と左官の熊吉は仲がいい。年は熊吉のほうが少し若く、辰吉は大工仲間でももう兄貴と呼ばれて、物腰も落ち着いて見え、いっぱしの者だが、熊吉の前ではどうも理屈を言いたがる傾きがある。

それにひきかえ熊吉は生来後生楽《ごしょうらく》なところがあって、相手が年嵩《としかさ》のこともあり、辰吉の前ではことさら馬鹿ばかり言っているようだ。

そんな二人がきょうもまた並んで長屋へ帰ってきた。このところ二人は同じ普請《ふしん》場で仕事をしているのだ。

辰吉は道具箱をかついでいるが、熊吉は手ぶらだ。なんと言っても大工は道具がいのち。鑿《のみ》や鉋《かんな》は武士の太刀と同じだから、不用心な普請場に置いてくるわけには行かない。

だが左官のほうは鏝《こて》のほかは万事道具が大きくて、下仕事の若い者が大勢いる。大工のほうだって後片付けをする若い衆はいるが、左官の下仕事の連中の数には及ばない。だから熊吉などは手ぶらで帰れるが、辰吉はいつも道具箱を担いで歩くことになる。

「曇りの日でもたまにはいいことがあるもんだ。手早く湯へ行ってから、二人でなんか温《あつ》たけえものでも突つきながら一杯《いっぺえ》やろうじゃねえか」

きょうは辰吉、だいぶ機嫌がよさそうだ。

「ありがてえな、おすそわけに預かれるのかい」

「そりゃそうだい。職は違ってもおれとおめえは兄弟分《きょうでえぶん》みてえなもんじゃねえか。汗いらずの銭が入《へ》えったとこをそばで見られてて、ふところへねじ込んだきり、知らんぷりというわけには行くめえ」

辰吉はそう言って鷹揚《おうよう》に笑ってみせている。

「じゃあ辰さんとこで御馳《ごち》になるとして、子供やかみさんたちはうちで飯《めし》食ったらどうだい、いつものように」

「そうしよう。寒いから鍋なら子供たちも喜ぶだろう」

「え、……子供たちにもかい。そりゃ贅沢《ぜいたく》だ」

「ばか言え。親が向かいで鍋つついて酒飲んでるのを見ながら、子供たちは沢庵《たくあん》で飯食うのかよ。おめえには判るめえが、こりゃあおれにとって一世一代《いちでえ》みてえなめでてえ出来事なんだ。できりゃあ長屋中に相伴《しょうばん》させてえがそうもいかねえ。この曇り空だ。すぐ夜になっちまう。おりくにそう言っとくから、早えとこ湯へ行ってきちまおうぜ」

二人は長屋の入口で右ひだりにわかれる。

「おかえり」

辰吉をおりくはいつものように迎える。別に頭をさげるの手を突くのという行儀があるわけもなく、繕《つくろ》いものを片付けようとしていたところで、ちらっと女房の眼差《まなざ》しを亭主に向けただけのことだ。

辰吉は道具箱をいつもの場所にきちんと置いてから、

「おう、ちょっとここへ来ねえ」

と、土間に立ったまま法被から腕を抜きながら言う。おりくは立ち上がると鴨居に引っかけた衣紋竹《えもんだけ》から牛蒡《ごぼう》縞の半纏《はんてん》を取り、上へあがる気配を見せない辰吉の態度に気づいて、

「またつき合いかい……」

と、あとひとことで嫌味を言いそうな顔になる。

「違わい、熊と湯へ行くのよ。ほれ」

辰吉はふところから小粒を二つ取り出しておりくに手渡す。

おりくは手のひらにそれを乗せて、においが嗅げるほど顔を近づけた。

「嫌《や》だ。これどうしたの」

「どうしたもこうしたも、わけはあとだ。きょうはめでてえから、これから湯へ行って戻ったら、熊とこれだ」

辰吉は左手の親指と人差指で輪を作り、それを少し持ち上げて酒を飲む形を作った。

「だから鍋の支度をしとけってえの。なんの鍋かはおめえにまかせる。親たちはこっち、子

供らは向こう。親子ふた組がどぶ板をはさんでのさし向かいで鍋を突つこうって趣向さ」

「おやまあ、そんなにめでたいことがあったのかい」

「あったからするんだ。酒を忘れるなよ。……おい、熊。行くぞ」

半纏を羽織り、片手に手拭をちらつかせて、辰吉はもう外へ足を踏み出している。

「な、そういうわけだ」

熊吉は家の中へそう言うと、なかば後ろ向きに外へ出て辰吉のあとを追う。湯屋は隣の黒船町にある。路地伝いに歩いて、ほんの目と鼻のさきの距離だ。

熊吉のあとからすぐお鈴が出てきて、辰吉の家へ入る。

「きょう普請場へ京橋の棟梁が見えなさって、辰吉さんはみんなの前で大層褒められたんだってさ。ご褒美まで頂いたそうだよ」

「ああそれで。二分も置いてったよ。急いで鍋の支度をしなきゃ。そうだ。軍鶏《シャモ》にしようかね。源太……源太」

おりくは大声で源太を呼んだ。

いいものが食えるとなると子供たちは素早い。源太が鳥屋へ走ると、お鈴が八百屋へ飛んで行き、おりくが火をかんかんにおこして、鍋だ茶碗だ小皿だと、あっと言う間に支度が出来る。一番手間どったのは鳥屋へ行った源太だった。

「おう軍鶏か。そいつは気がきいてるぜ。寒いときにはなによりだ」

長屋の入口で竹の皮の包みを両手で大事そうに持った源太が、風呂帰りの辰吉たちと鉢合わせした格好になり、そんな声と共に家へ入った。

「なんだ、子供たちはもうあっちへ集まったか。それじゃ源太が向こうを仕切れ。下の子に火をいじらせるんじゃねえぞ」

「あたしがときどき見に行きますよ」

お鈴が心配するなという顔で辰吉に言う。

「ごはんの前に言っておいたほうがいいだろうね」

おりくが相談するように言い、お鈴が頷く。

「なにかあったのか」

「それがお前さん、土左衛門だよ」

「どこに……ここの土手にか」

「ほんの少し上流《かみ》だからよかったようなものの、どうも見たところすれすれさね」

おりくがそう言うと、辰吉は熊吉を見てにやりとした。

「おおかた権三郎の奴が出しゃばりやがったんだろう。どうだ、当たったか」

辰吉は火鉢の前に並んで坐った熊吉から、鍋の支度をしているおりくとお鈴のほうへ顔を向けなおしてそう言う。

「その通り、と言うよりも、こっちの万吉さんがまたのそのそしちまって、黒船町に先を越されたんですよ」

お鈴が幾分悔《くや》しそうに言うと、二人の亭主は手を打って喜んだ。

「えれえぞ万さん。そこへ行くと権三郎はほんとうにおっちょこちょいだな」

「あらどうして……」

「万さんはああ見えてなかなかの利口もんだから、すれすれの土左衛門なんぞときたひには、わざとのそのそして見せるのさ。達者な男だよ、ありゃあ」

「そうだったの……でも、大事なときにはいつもいなかったりするじゃない」

「それが万さんの極意さ。銭はかけず、厄介ごとにはかかわらずさ。もし万さんが先に土左衛門のそばへ立って見ねえな。仏の始末はおれたちんところへ来かねねえ。触《さわ》らぬ神に祟《たた》りなしは、貧乏人の極意ってもんだ」

おりくは、わが意を得たりと頷いている。

「で、その土左衛門、男か女か」

辰吉がおりくに訊く。

「男。店の金を持って家出をしてた紙問屋の息子だってさ。ほら、お鈴さん燗《かん》がついたよ」

「いけない、うっかりして。さ、お酌をしましょう」

「ちょいとご免よ。鍋を乗せるから。お鈴さん、子供たちのほうへ運んでくれない……」

「はいはい」

お鈴は自分の家へ集まった子供たちのほうへ鍋を運んで行った。

まだ明りを灯《とも》すには間があるが、さりとて長屋の中はうす暗く、夜が近づいている。その寒空を風音が、ひゅう、と夜に向かって渡って行くようだ。

「そんなことなら、どうせどら息子には違《ちげ》えねえだろうが、聞けばやっぱり可哀相だ」

「それは金を持って家出をする前に、もうだいぶ使い込んでるな」

熊吉がそう言って、お鈴が置いて行った燗徳利《かんどくり》を取り上げ、辰吉に酌をしてやる。それを見ておりくが熊吉から徳利を取り、熊吉に酌をする。

「役人へはやはり陸尺屋敷から伝えさせたのか」

辰吉がおりくに訊く。

「そうみたいだよ」

「まったくあの権三郎め、役に立たねえ岡っ引だな」

諏訪町の向こうにある陸尺屋敷は、お城の駕籠《かご》かきからお風呂六尺、賄《まかな》い六尺まで、小者と呼ばれる連中に与えられた居住地で、その住人には町の治安に何の権限も与えられていない。

だが火付盗賊改めに協力したり、この地域で起きる大きな騒動の鎮圧に加わったりするので、いつとはなしに庶民とお上をつなぐ通報者の役を果たし、通報を依頼した側は、後日幾ばくかの謝礼を払うのがしきたりになっている。

陸尺屋敷を経由する通報は決して正規のものではなく、状況に応じて利用されるだけなのだが、物事をことさら派手に大きくしたがる権三郎が、町に余分な出費を強《し》いたと辰吉は批判しているのだ。

「もうよそうよ、陰気な話は。きょうはいいことがあったんだろ」

そこへお鈴が戻ってくる。

「源ちゃんがうまくやってくれてる。心配ないよ、あれなら」

「それならもっと酒をつけといてくれ。お鈴さんもひと口どうだい、おりくもさ」

「飲もうよ、お鈴さん。めでたいんだそうだから」

鍋もそろそろ煮えごろのようだ。

「きょう、仕事の仕舞《しめえ》ごろ、あの文五郎《ぶんごろう》棟梁が来なすった」

辰吉は敬意をこめて文五郎棟梁と言った。もう二十年このかた、江戸の大工たちのあいだで尊敬を受け続けている人物だ。

京橋あたりに小さいながら凝《こ》った造りの住まいを構え、育てた弟子の中から、棟梁と呼ばれる者が輩出し、その数は三十五人とか。蔵前の札差から各藩留守居役、役者、芸人、俳諧師などの間にもつき合いが広く、もう隠居の身ながらいまだに世間の尊敬を集めている。

その文五郎がひょっこり辰吉や熊吉が働いている普請場へ姿を現し、職人たちの仕事ぶりを子細に見てまわったあと、みんなの前で特別に辰吉の仕事を褒めたのだ。

辰吉はその文五郎の弟子の一人、鳥越の仁兵衛《にへえ》を棟梁と仰いでいる。仁兵衛だって当節なかなかの棟梁なのだが、その仁兵衛が自分の弟子の辰吉を文五郎に褒められたことで、すっかり感激してしまったというのだから、辰吉の舞い上がりようはおして知るべしだ。

「近ごろただは褒めねえ。褒め賃を払わしてもらってるんだ」

まわりの者にそう言って笑わせてから、小粒を四つ懐紙にくるんで辰吉に渡したそうだ。

「だからおれはみんなに奢《おご》るって言ったんだ。そしたら棟梁が奢るんなら後日にしろ、って」

「どうしてさ」

おりくは亭主の思いがけない手柄ばなしに上気して尋ねる。顔がほんのり赤いのは、お鈴と酌をしあって二、三杯やったせいもある。

「きょうはまっつぐ家へけえって、女房子と旨《うめ》えもんでも食えってさ。……人の上に立つってなあ、なまなかのことじゃねえや。おれはうちの棟梁を見直したよ。実のところ内心じゃあ、仕事ならもう棟梁に負けねえ、かなんか思っていたんだがよ。きつい顔でそう言われたときは、ジーンとしちまったよ。まだまだおれなんかかなうもんじゃねえや。あ、この人のあとについて行けば間違えねえんだな、って思っちゃってよ」

辰吉がしんみりそう言うと、おりくが励ますように言った。

「でもたいしたもんじゃないかね。文五郎棟梁に褒められるなんて」

「そうなんだよ。わきで見てて、おれまで鼻が高かった」

熊吉が得意そうな顔で辰吉に酌をする。

「腕と才覚、どっちが頼りになるかと言えば腕が先だ」

熊吉はそう言って大きく頷いてみせた。

「どうせあたしなんかが聞いても判らないだろうけど、京橋の棟梁はおまえさんの仕事のどこを見て、そんなに褒めてくれなすったんだろうね」

鍋はぐつぐつ音を立て、家の中に暖気と匂いが籠もりはじめている。

「そりゃおめえ、床《とこ》の間《ま》の香《こう》の図《ず》仕《し》込《こ》みよ」

「こうのず……」

辰吉は、盃《さかずき》を手に機嫌よく笑う。

「落掛《おとしがけ》の片方の端を床柱の穴へこう差しこんでだな、そいつを反対の向きにずらせてからまた別の柱へ差しこむ仕掛けさ。その仕口を香の図仕込みっていうんだ。おめえには判るめえがよ」

「珍しいねえ。おまえさんがうちでそんなむずかしい仕事の話なんかしてくれるのは。あたしゃ判らなくても嬉しいね」

「ちょうどその仕口をしあげたところだったんだ。鑿を置いてひょいと目をあげたら、文五郎棟梁がおれの手許《てもと》を覗《のぞ》きこんでいるじゃねえか。てっきり叱言《こごと》を食らうと思ってたら、首を傾げてからこう言いなすった。……おれがしてもそんなところだな、って。褒められたって判ったのはそのちっとあとのことだ。文五郎棟梁がうちの棟梁に向かって、おめえんとこにもやっと一人前《いちにんめえ》の大工《でえく》が育ったじゃねえかって。そしたらうちの棟梁がすっ頓狂《とんきょう》な声を出しやがってよ。えっ、ほんとですかあ、だなんて」

辰吉はそう言ってから、うふふ……と口をすぼめて笑う。

「よかったねえ、辰吉さん。そういうことはすぐ評判になるよ」

お鈴がはやしたてるようにいった。

「あち」

熊吉は鍋の中から軍鶏の肉をつまんで口に入れ、それを嚙みながら、

「熱いけどうめえ。めでてえからなおさらうめえ」

と言う。

「おまえさんも早く辰吉さんみたいになっておくれ。大工左官は職人の頭《かしら》って言うから、ちっとはいい暮らしが出来るかと思って女房になったんだよ」

お鈴が笑顔でそう言ったとき、路地口から入って来た者がいる。

「あ、弥十《やじゅう》さんだ」

おりくが気配で察してそう言う。

「おや、源ちゃん。旨そうなにおいをさせてるね」

その弥十が熊吉の住まいの前で声をかけている。

弥十は二棟向き合った割り長屋の、左の真ん中に住んでいる三十男で商売は莨《たばこ》売りだ。

弥十は年季の入った莨売りだ。十五のとしに親店《おやだな》から入谷《いりや》、谷中《やなか》まわりをまかされて、僧侶、神官の間に上得意を数多く持っているという、腰の低いごく温和な男だが、それでいていまだにひとり暮らし。煮炊き洗濯など身の回りのことも手まめで小奇麗に暮らしているが、時々長屋を留守にする。

きょうも帰ると商売物の入った提《さ》げ箱をごそごそ整理していたようだが、すぐそれを風呂敷でくるんで、出かける気配だ。

銘柄別の抽斗《ひきだし》がついた提げ箱を持って得意先をまわる刻み莨売りは、きょう吹いたような冬の風も湿気を奪うと言って警戒するが、雨も苦手な商売なのだ。湿気を吸いすぎては莨の味が変わるのだそうだ。

だから提げ箱の底には、雨よけの油紙と風呂敷がいつも用意してある。その風呂敷で提げ箱をくるんで背中にしょってしまえば、ちょっと見にはなんの商売か判らない。

弥十がそうやって外へ出ようとすると、ねず色股引《ももひき》に手甲脚絆草鞋《てっこうきゃはんわらじ》がけ、木綿のきものを高端折《たかはしょ》りして、紺の三尺をきりりと締めた旅支度の男が、細身の天秤棒《てんびんぼう》の両端に軽そうな笊《ざる》をつけたのを担いでやってきた。

見たところ二十一、二の若い奴。これがかかし長屋の名物のようにいわれはじめている飴売りの六造《ろくぞう》。通称あめ六だ。

「よう、弥十さん。またお出かけかい」

「シッ」

弥十は六造の声に慌てて人差し指を口に当てて見せる。

「大きな声をお出しでないよ」

「ごめんごめん。なにしろ商売の帰りだから、でかい声を出すのがおさまってないんだ」

六造はそう言うとわざとらしく右手を口扇にして、小さな声で言う。

「また池之端《いけのはた》のいい人のところでお泊まりですかい」

「困っちゃうなあ、六さんにかかっちゃ」

弥十はにが笑いしている。

「とんだ人に知られちまったもんだ」

「なにがあったか知らないが、辰さんのとこじゃ旨そうなにおいをさせてるじゃないか。そのうち旨いもんを奢ってもらいたいもんだ」

「ああきっと奢るから、きょうのところは見逃しておくれ」

「はいはい、見逃します、奢られます」

六造はあはは……と笑って弥十を行かせる。

「寒《さ》ぶ……今夜は早寝だ」

六造は肩をすくめて飴屋の荷を家へ入れた。

旅ごしらえの六造が、天秤棒を家の中へ入れるとすぐ、戸口から源太が覗いた。

「六さん、お帰り」

「ん……」

六造は暗くなった土間ですかすように戸口を見た。

「源太かい」

声が土間の端のほうへ移って、チッチッと火打ちの音が聞こえたのは、六造が明りを灯そうとしたからだ。

六造は独り身だが、長屋では一番いい暮らしをしている。どこかの道具屋で安く買ったという手燭《てしょく》を、土間の竈《へっつい》のあたりに置いて、その蠟燭《ろうそく》に火をつけたところだが、あれば便利とは言いながら、蠟燭を使うなどは、稼ぎのいい気楽なひとり者だから出来ることだ。

「なにかいいことがあったな」

六造は前後の笊を外した天秤棒を土間の隅に立てかけて言う。笊の下には手桶より少し小ぶりの桶がついていて、下へ置いたときころげないようにしてある。

笊の中身は五弁の花形をした桃色の飴だ。平たい花形ではなく、真ん中がだいぶ深く凹《くぼ》んでいて、その先に短い棒がついている。

その棒つき花形の飴が片方に五十ばかり。それに紗《しゃ》の布がかけてある。

六造は二つの笊を大事そうに畳の上へあげ、それから草鞋を脱ぎにかかる。

「ねえ、おれも飴屋をやりたいんだ。飴屋にさせておくれよ」

六造は飴売りなのだ。旅姿は飴を売るための衣装なのだ。花飴と言って梅、桃、桜などの形をした飴を作る者がいて、それを季節に応じて旅姿の六造が売り歩くのだ。

江戸の四季を少し先取りした具合で、どこそこではいま桜が満開で、そこの花を急ぎ運んで参りましたという風に、見え透《す》いたことを言っては客を呼ぶ。

だいたい飴売りは巷《ちまた》に数多い。売れ残しても腐るものでなし、子供相手がほとんどだから、面白い口上や囃《はや》しことば、おどけた身振りや踊りなどで、人目を引いて飴を売ろうという安直な商売だ。

だが同業の数が多いから、人目を引く趣向が当たって人気が出る者とそうでない者とではだいぶ稼ぎが違ってくる。

六造が人気飴屋になったのは、きりりとした旅姿を売り物に、品のいい花飴を季節に応じて売ろうと言う工夫が当たったせいなのだ。おかげで子供ばかりか女衆にも受けている。源太はそんな六造に憧れているようだ。異装の飴売りが多い中で、六造の工夫は際立って粋《いき》に見える。

「飴屋なんて、そう立派な商売じゃねえぞ」

六造はたしなめるように言って脱いだ草鞋を土間へ並べ、草鞋をつっかけて手燭の明りで水を汲《く》む。足を洗うのだ。源太はそのうしろに立っている。

「それより辰吉さんのようになるがいい。大工はいいぞ。真面目にやってれば食いっぱぐれがない上に、だんだん腕があがって棟梁の道も開けてる。親父の歩いた道をあるくのが一番だよ」

「でもおれは工夫するのが好きなんだ、六さんみたいに」

「大工だって工夫は出来るだろ」

「でもそれには何十年もかかるんだって。すぐにはさせてくれないよ」

六造は洗った足を手拭で拭いて框に腰をおろした。

「早いとこ一人前に稼ぎたいってわけだ」

「うん。世間の鼻をあかしてやりてえ」

「ばか。世間はおまえなんぞまだ本気で相手にしてねえよ。誰も気にしちゃいねえのに、一人でなにを気張ってやがるんだ。よしんば飴屋で当てたって、人気は花と同じですぐしぼむ。

じじい飴売りはみじめなもんだぞ」

「そうじゃねえんだよ。おれは世間に名を知られてえんだ。ただ、いまやれるのは飴屋しかねえときめたんだよ。六さんの弟子にしとくれよ。おれにも花飴を売らせてくれと言ってるんじゃない。当てる工夫をするのが好きなんだ」

「そう言うのが性《しょう》にあってるって言うんだな。米屋や大工は性にあわないけど」

「そう。飴屋の次は別のことで当てるよ」

「言うことは少し判った。世間はいつも面白くて好きなものを欲しがってる。そこへはまったら人気が出るというわけだ。おめえはそれを捜すのが好きなんだ」

源太は勢いよく頷いた。やっと理解者が見つかったという顔だ。

「でも難しいぞ、それは。おれだって、片方に花飴というものがあって、人が旅装束の者を見ると、どこから来たんだろう、どこへ行くんだろうと思うってことに気がついたから、その二つをつなげて花飴売りを思いついたんだ。自分の口から言うのもなんだが、世間をようく見てなきゃ、滅多にこんなことにはぶつかれねえ」

六造は上へあがって、今度は行灯《あんどん》に火をいれた。

「その手燭、消しといてくれ」

源太はそう言われて蠟燭を吹き消す。

「考えておこう。それよりうちに何かいいことがあったんだろう。帰りな」

六造はそう言って源太を帰らせた。

源太は足音を忍ばせて熊吉の家の戸をそっと引き開けた。妹のお末が、もう部屋の隅で布団をかぶって寝てしまっているのが気配で判った。

鍋や器《うつわ》類は熊吉の女房のお鈴が向かいの家へ片付けて運んで行ったらしい。

「ちぇっ」

と源太は舌打ちをして上へあがりこむ。六造のところへ話に行ったわずかなあいだに後片付けをされて、またおりくに叱言を言われると思ったからだ。

はやいとこ一人で暮らしてみせらあ……。

源太は暗がりにうずくまって心の中でそう言い、空想に浸《ひた》りはじめる。

……六造のように飴売りで当てて、どこかの長屋を借りて一人で小奇麗に暮らすようになる。稼ぎから次の商売のための銭をきちんと貯めて、月ずえか月のはじめにはかあちゃんたちのところへ幾らか持って行き、隣近所のつき合いもちゃんとすれば、世間だって一人前に扱うほかはないだろう。

「立派だねえ、源ちゃんは。おかげであたしも鼻が高いよ」

かあちゃんだってそう言うはずだ。

「性に合わない奉公先で辛抱するより、好きな商売で身を立てたほうが早かったね」

かあちゃんだってそう言うはずだ。かあちゃんだって……。

空想はすぐ揺れだしてまとまりが悪くなる。ただ気分のよさが揺れ残って、源太は満足感の中でうつらうつらと眠りに近づいている。向かいの家ではまだ親同士の酒盛りが続いているのだろうか……。

お末の寝息が聞こえている。お末はまだねんねだが、源太はもう親たちと一緒には住みにくい年齢だ。奉公に出ていればそれなりに居場所はある。だからみな奉公に出されるのだが、それが嫌で親元へ戻れば、次の日から何かと邪魔な存在になってしまう。

源太は邪魔な人間にはなりたくないのだ。わが身の分《ぶん》も心得ている。だから一人だちする一番の近道は飴売りだと思い込んでいるのだ。それなのにまわりは奉公先を探せとばかり言う。

ぞくっと寒さを感じて源太はわれに返った。空想がもたらした満足感は消えていて、暗がりにうずくまった自分の姿勢を惨《みじ》めに感じる。

あしたお師《し》匠さんに相談しようかな。手習いの師匠柴田研三郎の顔を思いうかべながらそう思ったとき、戸口の腰障子があいてお鈴の声がした。

「源ちゃん。お末ちゃんを連れてあっちへお行き」

酒のせいかお鈴の声はやけに明るかった。

後家と娘

ゆうべ強い風が吹いたので、からりと晴れあがった上天気の朝になった。

大工の辰吉は起きるとすぐ長屋を出て土手へ行き、朝日にかしわ手を打って何事か祈って来たようだ。

「おはよう。朝っぱらから土手へ行って何をしてきたんだい」

左官の熊吉が顔を拭きながら出てきてそう訊いた。

「何をしてきただあ……。そんなものきまってるじゃねえか。おてんとうさまを拝んだのよ」

「どうして……」

「あれこいつ、妙なことを訊くじゃねえか。朝起きておてんとうさまを拝むのが不思議か……当たりめえのことだろうがよ」

「でも兄貴にしちゃ珍しい」

「大工がいちばんありがたがらなきゃいけねえのは、おてんとうさまの光りだい。大工に夜なべ仕事ができるかよ。暗がりじゃ手も足も出ねえのが大工の仕事さ。揺れる明りの中じゃ、鋸《のこ》もまっすぐに引けやしねえだろう。きのうみてえなうす暗い曇り日にゃ、墨が見づらくってしょうがねえ。それに引きかえ今朝のおてんとうさまはどうだい。それに雲一つねえしよ。いい日和《ひより》だぜ、まったく。これなら仕事がはかどるってもんだ。だから土手へ出て拝んできたのよ。ここからじゃ、昇ったばかりのおてんとさまは、半分も拝めやしねえだろ。なんならおめえも行って拝んできたらどうだ」

「ありゃっ。兄貴は急に偉くなりやがったな。京橋の棟梁に褒美を頂戴しただけのご利益《りやく》はあったってもんだな」

「てやんでえ、ばかやろめ。早く飯食え。おいてくぞ」

「こりゃいけねえ、だいぶ張り切ってやがる」

熊吉は笑いながら中へ引っこんだ。

「かあちゃん、行ってきます」

入れ違いに熊吉の隣の家からでてきたのは、年のころなら十七、八。番茶も出ばなの年頃で、器量は十人並みよりちょいと上か。黒船町の三河屋《みかわや》という酒屋の通い女中をしているお袖《そで》だ。

「ああ、行っといで。悪い客にからまれたら、すぐ店の者を呼ぶんだよ。一人で扱うんじゃないよ」

そう言って送り出すのは母親のおしの。二年前から痛風が足に来て、ろくに歩けもしないありさまだ。

おまけに後家ときている。お袖が通いの女中でもして稼がないと、とうてい食べては行けないだろう。

もちろん歩けなくたって、あれやこれやの手内職で、おしのも少しは稼いではいる。その手内職の手配師が、姫糊屋のおきん婆さんなのだ。

「おはよう」

そのおきん婆さんが端っこの家から出てきて、ごみ溜めのまわりを掃きはじめた。

「おきんさん、おはよう」

飴屋の六造が井戸端に耳盥《みみだらい》を置いて顔を洗っていたが、手拭を顔にあてて腰をのばし、おきんに朝の挨拶をする。

「飴屋はいいねえ、朝ゆっくりできて」

「朝っぱらから飴を買う子供なんかいるもんか。おかげで常の商いより日が短くていけねえよ」

「そうだね。研《と》ぎ屋なんかは包丁があいている朝のうちのほうが、よく呼ばれるっていうけれど」

「商売商売さ。めいめい仕事になる時刻が違うんだ」

口の悪いおきんが、長屋で唯一優しくしているのが飴屋の六造だ。六造の死んだ両親とも親しかったし、自分の工夫ではやり飴屋になれたのを、わがことのように喜んでいる風情《ふぜい》なのだ。

「それはそうと……」

おきんはそう言って声をひそめ、井戸端へ近づく。井戸といっても掘り井戸があるわけではない。御蔵のほうから切り通しの石樋を伝って流れてくる水が、そこの石を組んだ四角い升《ます》の中へ流れこんでいる。町にはそういう升がほうぼうにあって、導かれた上水がそれに受けて使われている。

「弥十さんはまた帰らなかったようだね」

六造は困ったような顔でとぼけた。

「あの人は手広くやっていなさるから、大方遠出をしてそのまま先方で泊まったんだろう」

「どうも近ごろおかしいね。あれでなかなか女にもてるって言うじゃないか。六ちゃんも気をつけるんだよ。少しばかり商売がうまく行ったからって、油断してたらすぐ元も子もなくなるんだから。ことに女遊びは身にならないよ。判ったね」

「おやおや、またお説教かい」

「あ、おしのさんに芝居の花の仕事が来てたんだ。忙しい、忙しい」

おきんは先のひん曲がってしまった古箒《ふるぼうき》をごみ溜めのそばのはばかりの横へ置くと、家の中へ入ってしまう。そのあいだに古金《ふるがね》屋の千次郎《せんじろう》が、とぼとぼとした感じで商いに出かけて行く。

とぼとぼあるくのは商売柄だ。大きな籠を背負って、

「古金ぇふるがね。ふるがね買いましょう」

と裏々を呼んで歩く。鍋釜の壊れたのから、古釘、錆《さ》び包丁など金物ならなんでも買う。もちろん捨てるよりましな程度の値段だが、それを集めると再生して新品に仕立てる別な業者がいるのだ。

古金を再生するのが鋳直し屋で、屑鉄《くずてつ》を鋳直して作った刃物などは、辰吉のような本職が見るとすぐ判るのだそうだ。そういうのは焼き入れが甘くて本職には使い物にならない。でも台所で鯵《あじ》、鯖《さば》、鰯《いわし》程度をさばくのには充分使えて安いから、それはそれで需要があるそうだ。

ただし辰吉などにかかると、後家、という符牒《ふちょう》で呼ばれてばかにされる。釘などで一度打ったのを抜いてまた使うとそれも後家。とかく後家はいい意味に使われない言葉だ。片方だけになった下駄なども後家と呼ばれる。

しかし長屋にはおしののような本物の後家も住んでいる。後家の暮らしは心細かろうが、だからと言って格別ばかにされるわけでもない。働けて役に立つならどこにでも居場所はあるというものだ。

「ごめんなさいよ、どっこいしょ」

おきんが葛籠《つづら》の蓋へ色紙《いろがみ》をたくさん入れておしのの家に入って行く。

「それはなにさ」

「芝居のお花。次の狂言で菖蒲《あやめ》がどっさりいるんだとさ。ひと月のあいだには破《や》れも出るだろうから、その分も見込んで造ってくれってさ」

「やだねえ、もうそんな時分になっちゃったのかねえ、菖蒲だなんて」

「まもなく桜だよ。六ちゃんが桜を売って歩いているじゃないか」

「でもさあ、どんどん歳をとらなきゃいけないんだねえ」

おきんは上へあがって坐りこむ。上方《かみがた》ではやっているという、五臓強精の虎威散《こいさん》という薬をいれる袋がうずたかく積み上げられていた。

「隣の勘助《かんすけ》さんに聞いたんだけど、こいさんというのはいいとこの娘さんのことなんだってね」

「あらそうかい。知らなかったよ」

「でもこの薬、男が服《の》むんだろう。ずいぶん売れてるんだそうだね」

「そうなんだってさ」

「ほんとうにそんなに効くのかね」

「当てになるもんかね。ただのはやりだよ」

「上方でなら判るよ。いいとこの娘さんを服むんだから、男は悪い気がしないやね。でもこっちの男はこいさんがどういうことか知らないじゃないか。それでもはやりだと買って服むんだからばかみたいだね」

「はやりなんて、そんなものさ。根も葉もなくたってはやるものははやっちまう。毎日こつこつおなじことをしている者には癪《しやく》にさわるけど、しかたないよ」

「そういうのが世の中ってもんなんだろうね」

おきんはそれほど気にしていないらしく、当たり前のことのように言う。はやりを追いかけるなどと言うのは、贅沢なことだと思っているのだ。もう自分たちとは縁のない世界、ときめてかかった態度だ。

「ところでお袖ちゃんは毎日三河屋へ通っているんだろう」

「ああ、今朝もでかけたよ」

おしのは虎威散の袋を別な葛籠へ十枚ひと束にして入れはじめ、おきんもそれを手伝う。二人とも手内職には年期が入っているから、鮮やかな手付きだ。

「こうして納める支度をするときが、いちばんいい気持だね」

「ひとつひとつは同じことの繰り返しで辛気臭《しんきくさ》いだけだけど、数をしあげてこうして納める段になると、肩の凝った分それだけ働いたんだという気分になって、少しは胸が晴れるからね」

「あたしはおきんさんのおかげで、折々の仕事に違うのを貰《もら》えるから、だいぶ楽をさせてもらってるよ。いまはやりの薬袋の次は芝居のお花だろ。その都度目先が変わって飽きないもの」

「数のまとまらない仕事に限って、仕上げがやかましいからだよ。雑な仕事をする連中にはまかせられないのを、ここんちへ持ってくるだけさ。別に贔屓《ひいき》をしてるわけじゃないよ。おしのさんは本当に仕事がきれいなんだから、助かるよ」

「ところでお願いがひとつあるんだけど」

おしのは手を休めずに言う。

「何だね」

「お袖の嫁入りばなしのことなんだけどね」

とたんに手伝っていたおきんの手がとまる。

「おとついの昼、三河屋の旦那が訪ねてきてたけど、やっぱりその話だったのかね」

おしのは袋を数えて紙縒《こよ》りで束にしながら頷く。

「あたしもそうじゃないかと思っていたんだよ。で、お相手はどこの人……」

「それがあそこの親類筋に当たる、赤坂《あかさか》の三州屋《さんしゅうや》という綿問屋の次男なんだって」

「なんだか知らないけど、よさそうな家《うち》らしいじゃないか。次男坊っていうのがちょっと気になるけど」

「それなんだよ。あたしらにとっちゃ、おまかせします、お願いしますで、断われた話じゃないんだよね。三河屋の旦那も隠さず言ってくれたけど、その人しばらく勘当を食らっていたんだって」

「勘当を……」

おきんは目を剝《む》いた。

おきんの驚きようにおしののほうがうろたえる。

「違うんだよ、裏勘当だよ、ただの」

「ああ、びっくりした」

おきんは大袈裟に胸をなでおろす。本物の勘当ならお上に届け出て人別帳から削除され、町奉行所の勘当帳に記載されたり、大変なことになるが、裏勘当は内緒勘当とも言われて、道楽息子に親父のきつい雷が落ちた程度のよくあることだ。

「帳消しになった人かと思ったじゃないか」

許しが出て奉行所の勘当帳から消してもらうのが帳消しだ。家への復帰手続きは大袈裟で、ことさらそれを世間に周知させようとするお上の意志が働く。勘当は同一人に対して一度限りのものだから、帳消しの際の大袈裟な行事は、いわば再犯防止の意味がある。

したがって帳消しになった者はその前歴を世間に対して生涯背負って歩くことになる。家督を継ぐことはほとんど例がなく、そんなところへ嫁に入っても、ろくな目にあうことがないのは判りきっている。

だが裏勘当ならそう心配することはない。中には壮年になってから、家の商売のやりかたで父親と対立し、頑固親父とそれを取り巻く古手の番頭たちの策略で、内緒勘当にされた仕事熱心な息子だっているのだ。

もっともそんなのは、とびきりの大店《おおだな》内部の勢力争いで、貧乏人には縁のない話だが。

「勘当されているあいだに、新乗物《しんのりもの》町でお菓子屋をはじめたんだって」

「へえ。綿問屋の倅が菓子屋をねえ」

「それが当たって勘当が解けたらしいんだけど……」

おしのは何か口ごもる様子だ。

「心配なことがあるんだね。なんでも言いなよ」

おきんは親身になっておしのの顔を覗き込むように訊く。

「親類筋だから、勘当されていた最中も、黒船町の三河屋を頼りにして、ちょいちょい来ていたらしいんだよ。……それでうちのお袖が見初《みそ》められたんだって」

「若いうち思いっきり遊んだ奴は堅くなるって言うじゃないか。思われて是非にと乞われるのは女冥利《みょうり》に尽きるじゃないか」

「あたしもそれはそう思うよ。でもまだ遊びの尾を引いていたら困るしねえ。年が一回りも上なんだもの」

「判った。あたしに調べさせたいんだ」

「おきんさんは地獄耳だから」

「そう面と向かって言われちゃあ世話はないね。でもこっちはあてがいぶちで首を縦に振るより仕方のない立場だからね。先方に気づかれないよう調べようじゃないか」

おきんはおしのを安心させようと、胸を張って言う。

「あたしにまかせときな。お袖ちゃんみたいな娘を、いい加減な男の嫁にくれてやるわけにはいかないいんだから」

それでもおしのは心配そうだ。

「でもこっちが先方のことを調べてるなんてことが判ったら、向こうの機嫌を損じて折角《せっかく》の話が壊れるかも知れないし」

おきんは舌打ちをする。

「その心配はもっともだよ。うまくやるから安心おし。でも嫌だねえ、貧乏は。どんな玉の輿《こし》に乗れるのかは知らないけど、向こうはこっちのことならすべてお見通しでも、こっちは何も知らないまま、有り難うございますの一点ばりでもらわれて行かなくちゃならないなんてさ。同じ人間同士でそれだけ差が出来ちゃうっていうのも、金のあるなしなんだから。証源寺の和尚さんが二代のあいだあたしたちに口やかましく言ってる、それ以下に落ちるなは、こういうことを言うのかねえ」

「貧乏だものしょうがないやね。でもお袖だけはしあわせになってもらわなくちゃ」

「同じ長屋のお節介婆あが勝手にしゃしゃり出たと言うなら、文句のつけようがないだろ。ちゃんと調べてやるよ。その婿さんが道楽者だってきまったわけじゃなし。存外真面目《まじめ》な優しい男かも知れないじゃないか。この話はしなかったことにして、万事あたしに任せておきな」

おしのはだまって頭をさげ、紫色の色紙を葛籠の蓋から取り出しはじめた。

おきんは出来上がった虎威散の袋をまとめていったん自分の家へとって返し、まだ手内職の材料を届ける先があると見え、風呂敷包みをかついでどこかへでかけた。

長屋の裏から裏へ駆け回る子供たちの甲高い歓声、大川の水面低く飛び交う鷗《かもめ》の鳴き声。そろそろ物売りの呼び声も聞こえてくるだろう。

飴屋の六造も、いつものように身支度を整え、天秤棒に笊をつけて商いに出かけて行き、長屋はいっとき静かになる。

と、その昼前のかかし長屋へ、こざっぱりとした身なりの男が二人やってきた。

「ええ、ちょっと物を伺いますが」

色白でいやにのぺっとした優男《やさおとこ》が、長屋のとばくちの辰吉の家の戸口に足をとめて言う。

「はいはい」

辰吉の女房のおりくが、胸もとをつくろいながら戸口へ出てきた。

のぺっとした優男は小腰をかがめ、

「こちらのお長屋に、おしのさんとおっしゃるお人がお住まいと聞いてまいりましたのですが、ご存じでしたらどちらにお住まいかお教え頂けませんでしょうか」

と、慇懃《いんぎん》に尋ねる。

「ああ、おしのさんね」

おりくはどぎまぎした様子で助けを求めるように目をあげると、向かいの戸口から覗いているお鈴の顔を見た。

「おしのさんのうちならそこですよ」

ばか丁寧なその優男の言葉にうろたえていたおりくは、お鈴の顔を見るなり落ち着きを取り戻し、斜め左を指さして教えてやる。

「ああ、これはどうも有り難うございます」

優男はゆっくり頭をさげ、そのうしろに立った三十がらみの男も無言で軽く一礼すると、二人はすぐおしのの家へ向かう。

おりくはそれを横目で見ながら、向かいの戸口から覗いているお鈴に向かって、右の手首を帯のあたりに持ち上げ、小さくおいでおいでをして見せる。

「こんにちは。おしのさんはおいででしょうか」

「はい。どちらさまで」

「新乗物町の楓庵《かえであん》の者でございます」

立て切った腰障子の中でうろたえ気味なおしのの声が答える。

「あっ、ちょっと待ってくださいよ、いま取り散らしていますんで」

ごそごそやって、すぐ声が落ち着く。

「どうぞお開けなすってくださいまし」

優男が障子をあけると、おしのは手内職の材料などを隅のほうへ寄せ、仕上がったのは片付けるわけには行かないから壁に立てかけて並べ、

「遠いところをわざわざお越し頂きまして」

と、悪い足を折って正座し、ぼろ畳に両手をついて頭をさげている。

「わたくしは楓庵の使用人で久蔵《きゅうぞう》と申しまして、こちらが主人の卯吉《うきち》でございます」

「まあ、ご主人さまがじきじきに」

そう言っておしのは一度顔をあげ、卯吉と目を合わせるとまた頭をさげてしまう。

「この度のようなお話を持ち出しましたからには、なるべく早くに一度こちらへお伺いしな

ければならないと存じておりました。手前が楓庵の卯吉でございます。なにぶんよろしくお見知り置きを願わしう存じます」

「これはどうもご丁寧なことで」

このあたりの女たちの苦手は、改まった挨拶なのだ。

お鈴はおりくの家へ移り、その戸口からおしのの家を見ている。好奇心に溢《あふ》れた目が、細くあけた腰障子から上下に二つずつ並んでいるところは、世間の目という奴を絵に描いたようだ。

「新乗物町と言ったね」

「楓庵だってさ」

「三河屋からお袖ちゃんの嫁入りばなしがあったって言うのは本当なんだね」

「菓子屋ということだったけど、楓庵というのはその菓子屋の名前だろうか」

「そうに違いないよ」

「いやにのっぺりした優男だったじゃないか」

「ばかに色白で」

「あんまり頼りにはならなさそうだけど」

「お袖ちゃんはいい子だからね。つまらないところへ嫁に行かされて、あとの苦労がなきゃいいけれど」

地獄耳と言われるほどではなくっても、狭い世間の長屋暮らしでは、噂の伝わりかたは驚くほど早い。お袖の縁談はひょっとすると三河屋の旦那がおしのに伝える以前に、おりくやお鈴の耳に入っていたのかも知れない。

「あの若旦那のうしろについて来た男は誰なんだろうね」

「三十がらみだったね。後見についてきた親戚かなにかだろ」

「新乗物町といえば人形《にんぎよう》町通りの……」

「そうそう。繁盛しているところだそうだね」

「あのあたりの菓子屋なら、さぞうまい菓子を売ってるんだろうけど、お袖ちゃんもたいしたところから見込まれたもんだよ」

「でもあいつ、いやらしいほどのっぺりしてたじゃないか」

ふたりは久蔵という若い男をお袖の婿ときめてかかっている。

だがお袖の婿としてならそう思うのも無理はない。うしろにいた三十男の卯吉が婿殿と知ったら、おりくたちでなくても驚くだろう。

そんな世間の目が背後に光っているとも知らず、卯吉と久蔵はおしのの家へあがりこんでいる。

「包み隠しはいたしません。じつは手前、若気の至りで親父から内緒勘当を受けまして」

卯吉はそう言ってさっぱりした笑いかたをする。

「いっときは、今思っても恥ずかしくなるようなばかばかりをいたしておりましたが、いつまでもこのままではいけないと、菓子屋などはじめましたのが当たりまして、いまではなんとか世間なみの暮らしに……」

　久蔵が持ってきた風呂敷包みをあけると、桐の箱が現れる。蓋のおもてには楓庵の焼印。

「まことに粗末なもので恐縮でございますが、これは手前どもの商売もので、店で商います菓子でございます。どうか一つご賞味願いたく持参いたしました。よろしければご近所のみなさまにもお味見を願いまして、こういう物で身すぎをいたしている者だということをおひろめくだされば有り難いと存じます」

　卯吉がそう言っておしのの前に滑らす桐箱は、一尺五寸に一尺という堂々とした菓子折だ。

「まあこんな立派な……。ちょっとお待ちくださいまし」

　おしのはそう言って立ち上がると、不自由な足を引きずって戸口まで行き、腰障子を引き開けて斜め向かいの辰吉の家へ手を振った。

　すかさず覗いていたおりくが近寄って行く。

「すまないけど、お茶をお願い。わけはあとで話すから」

「いいお茶かい」

「なんでもいいから早くね」

「はいよ」

　小声のやりとりも手短に、そんな助け合いなら手慣れたもので、おりくは軽く答えて自分の家へ小走りに戻る。

　おしのは客のうしろをまわって元の座につく。

「あいにく火を消してしまいましたので、お茶の用意もしかねるありさまで。いま向かいの人に頼みましたからすぐ持ってきてくれるでしょう。なにしろお見掛け通りの貧乏所帯の上、すっかり足がだらしなくなりまして」

「いえ、とんでもございません。どうかお気づかいはご無用に願います」

「お袖のような至らぬ者を、どうお気に召して頂けたのかは知りませんが、末永く面倒を見てやって頂けたら、この上もない幸せでございます。三河屋さんからも先日ご丁寧なご挨拶を頂戴いたしまして、身に余る果報と母娘ともども喜んでおりました。どうかよろしくお願いいたします」

「どうかお手をお上げくださいまし。三河屋の叔父からもお聞き及びとは存じますが、手前は次男でございまして、親もととは商売違い、離れて暮らす身の上でございます。つきましてはこのたびのご縁がめでたくつながりました上は、あなたさまにも是非当方へお移り頂きまして、親子三人睦《むつ》まじく助けあって暮らして行きたいと存じております。本日伺いましたのは、そのご相談なのでございます」

卯吉が丁寧に扱ってくれるので、おしのは一遍に卯吉が好きになってしまった。

そこへおりくが障子をあけて、盆に乗せた湯呑を三つ運んでくる。

「どうもありがとう。そうそう、こちらは新乗物町の卯吉さんとおっしゃってね、楓庵というお菓子の店の旦那さまなの。三河屋さんのご親戚で、お袖のことで来てくだすったんだよ」

おしのはおりくに卯吉をそう紹介する。

「これはご近所のかたで」

卯吉はおりくのほうへ少し向きを変え、

「お初にお目にかかります。手前は楓庵の卯吉と申します。お見知り置きくださいませ」

苦労の末の落ち着きと腰の低さ。おりくはすっかり照れてしまって、盆で顔を隠すように、

「どうもこの度は……よろしくお願いいたします」

と、わけの判らない挨拶を返して、逃げるように出ていってしまう。

「ああびっくりした。お鈴さん、あののっぺり男は違うよ」

「どう違うのさ」

「お婿さんじゃないって言うの」

「あら違ったの。そりゃそうだろうね、だいぶしっかりした人だそうだから」

「なに呑気なことを言ってるんだね。ご本尊はうしろについて来た奴なんだよ」

「あの苦味ばしった、貫禄《かんろく》のある……。まさか」

「そのまさかだよ。たったいま挨拶されちゃった」

「わたしがお袖ちゃんの婿になる男ですってかい」

「そうまではっきり言わないけどさ。腰の低い、とっても当たりの柔らかな男だった。あんな奴ならあたしが嫁に行きたいね。年格好ならちょうどあたしと釣り合うし」

「やだよ、この人。本気な顔しちゃって」

「ああ悔《くや》しい悔しい。いったい世の中どうなってるんだろう」

「男にして見れば、手付かずの生娘《きむすめ》を嫁にしたほうがいいにきまってるよ」

「でもさ、あれはさんざ女を泣かせた顔だよ。あんな男に仕込まれちゃ、お袖ちゃんもたまらないね」

「いやらしい。少し変だよ、おりくさんは」

「そうかねえ。やっぱり勘当を受けただけのことはあるんだねえ」

おりくは盆を持ったまま、框に腰を乗せて考えこんでしまう。ともあれ楓庵の卯吉は年増から見てそれほどの男だったのだ。

扇職人

しばらくは、おりくもお鈴もその楓庵の卯吉のことが頭から去らず、ひそひそと話しこんでいた。

するとやがておしのの家の戸があいて、優男がまずあとずさりに外へ姿をあらわし、続いて卯吉が何度もお辞儀をくり返しながら敷居を越えて外へ出ると、腰障子をしめて体の向きを長屋の外へ向けた。

当然戸口からおしのの家のほうを見ていたおりくたちと顔を合わす。

卯吉はおりくたちの前で足を止め、

「お世話になりました。ごめんくださいまし」

と、にこやかに挨拶して、きびきびした足取りで立ち去って行く。

おりくは卯吉の挨拶に、黙って会釈《えしやく》を返しただけだったが、卯吉たちが充分離れたと見るや、茶を運んだ盆を手にしたまま、框から腰をあげてさっとおしのの家へ向かった。

その後からお鈴もついて行く。

「どうだった、どうだった……」

卯吉がしめて行った腰障子を引き開けて、おりくは野次馬根性丸出しで言う。

「やだ。おしのさん泣いてるよ」

おりくとお鈴は飛びこんでは行ったものの、手拭を顔に当てて静かに泣いているおしのの姿勢に意表を衝《つ》かれ、その場に立ちつくした。

「どうしたのさ。大丈夫かい」

「そこにお菓子があるから長屋中にわけておくれ」

おしのは手拭を顔に当てたまま、泣き声でそう言う。

「やだこれ、大名折りじゃないの。あいつが置いて行ったんだね」

お鈴が下駄を履《は》いたまま土間から上へ膝であがって、桐の箱をしげしげと見る。

「饅頭《まんじゅう》……」

蓋におしてある焼印を読んだつもりだ。

「違うよ、楓庵。あの人の店の名前」

おしのはそう言って手拭を顔から外す。たしかに涙のあとはあるが、表情はもう笑っている。

「あけていい……」

そう尋ねるお鈴の指は、蓋をあけて中身をみたくてうずうずしているようだ。

「あたしもまだ見てないの。あけて見て」

「なんだかこわいみたいだね」

事実お鈴はこわごわ蓋を取る。

「あら、いろんなのが入ってる」

羊羹《ようかん》、饅頭、道明寺《どうみょうじ》……彼女たちが幼いころから慣れ親しんだいろいろな菓子が、それと同類とはとうてい思えないような風流な姿で並んでいた。

「どれもこれも、粋なもんだねえ」

三人の女が、楓庵の菓子をみつめて溜息をついている。いずれその一つ一つには、彼女たちの溜息を倍加させるような凝った名前がつけられていることだろう。

「あたしこんな羊羹食べたことがない」

お鈴はその中の一つを指さした。黒羊羹のあいだにこし餡《あん》をそぼろ状にはさんで蒸しあげたのを、三段重ねにしたものだ。

「初見《はつみ》の役得だよ。好きなのをお食べな」

「いいのかい」

お鈴は舌なめずりをせんばかりだ。

「さあ、おりくさんも。子供たちに見つかると騒動だよ」

「じゃああたしはこれ」

おりくは見るからに柔らかそうで、しかも腰のありそうな淡紅色の求肥《ぎゅうひ》で包まれた丸いのを取った。

三段重ねの羊羹をつまんだお鈴と顔を見合わせ、二人はちょっと首をすくめあってから、同時にそれを口に入れる。

「おいしい」

同時に言う二人の顔に、童女のような表情が泛《うか》ぶ。

「見てこれ。中身は玉子餡じゃないの。あいつ、こんな菓子を作ってるんだ」

「いい商売だねえ。奇麗でおいしくて。値は張るだろうけど、これは売れるよ、きっと」

「見て、この飾りものを」

おしのは箱の中に並んだ菓子の上に飾られた、小さな赤い実を三つつけた葉の青い植物をつまみあげ、そっとしゃぶって見る。

「やっぱり飴だ。なんて芸の細かいことをするんだろうね。飴で藪柑子《やぶこうじ》をこしらえるなんて」

「ああおいしい。甘みをほどほどに控えているところがにくいね」

そう言うお鈴は幸せそうな顔だ。

「この楓庵の主人というのが、いま来なすった人なのかい」

「そうなんだよ。ちょうど三十だって。驚いたよ」

「勘当されるほど道楽をしてたんで、所帯を持つのが遅れたんだね」

「そうらしいけどいまは真面目になって、親御さんも喜んでいなさるそうだよ」

「そんな人がお袖ちゃんを見込んで女房に欲しいと言って来たんだね」

「そうなんだよ。あたしもこれでやっと肩の荷をおろせたというもんさ」

おしのは心そこほっとしたように言った。

「さあ、分けておくれでないか。とりあえずいま長屋にいるのは」

「となりの勘助さん」

「じゃあ勘助さんに三つ。それから畳屋の吾助《ごすけ》さんところ」

「吾助さんは倅の幸介《こうすけ》さんと一緒に仕事に出かけたよ」

「じゃあきょうはおなかさん一人……」

「いつも舅《しゅうと》と一緒だからね。たまには一人が気楽でいいさ」

「でもよくやるねえ、おなかさんも」

「鬼のいぬ間だよ。おなかさんに一つ、いまのうち食べさせてやりたいねえ」

かみさんはかみさん同士。二人は畳屋幸介の女房おなかに好意的なようだ。

「おきんさんはどうしたろう。ばかに静かだけど」

「用事で出かけたけど、もうすぐ戻るだろ」

おしのが言うと、おりくとお鈴が顔を見合わせて笑う。

「おきんさんにはここで食べさせてあげなよ。食べたり喋ったり、きっといそがしいことになるよ」

「ああ、そうだろうね」

おしのも微笑してその予想を認めた。

「火をおこしといてあげようか。こんなおいしいものがあるんじゃ、お茶が欲しくなろうと言うもんじゃないか」

「ああ、お茶ね。さっきはどうもありがとう。火をおこしといてくれると助かるよ」

「じゃああたしがやる」

お鈴は気軽に土間の隅で火をおこしにかかる。

「じゃああたしは勘助さんのところへ」

おりくは手早く箱の中から適当にみつくろって菓子を三つばかり盆に取り、それを持って隣の家へ向かった。

「勘助さん、うちかい……」

おりくが自分の家とほとんど同じ造りの家へ戸をあけて入った。

手前の板敷きの上に大きめの台を置いて、黒い前掛けをした五十過ぎの男が、熟練した手さばきで扇子《せんす》をこしらえていた。折り畳んだ扇子の紙がうずたかく積んであり、糊のにおいが漂《ただよ》っている。

「なにかあったのかい。隣がばかに賑やかだ」

「お袖ちゃんの嫁入りばなしがきまったんだとさ。それでこれはとりあえずのおすそ分け」

「なんだ、菓子か」

勘助は台から伸びあがるようにおりくの盆の上を見てそう言う。

「新乗物町で楓庵という菓子屋をやっている人だって。たったいまその人がおしのさんのところへ挨拶に来たんだよ」

「ほう、どんな男だったね」

勘助は腰をあげ、台を離れておりくのそばへ中腰でやってくる。

「お、こりゃ凝った菓子だな。もらってもいいのかい」

「長屋中に配るんだから、遠慮しないでいいよ」

「ありがてえ。じゃあもらうぜ。あとで隣へ礼を言わなきゃ」

勘助はそう言って扇子の紙の切れ端へ菓子を置いた。

「それが苦味ばしった男でさ。それでいながら腰の低い当たりの柔らかな、ちょいとした奴なのさ。歳《とし》は三十そこそこ」

「三十……」

「勘当をくらっていたんだとさ。いまは真面目になったらしいけど」

「なるほど。だからいまごろ嫁取りばなしか。若いうち一度ぐれた奴は末が堅いとよくいうが、お袖ちゃんもいい男の目にとまったもんだ。おしのさんも喜んでいるだろうな」

「そう。大喜び」

「ご亭主の喜三郎《きさぶろう》さんとは気があって仲よくしてたんだ。ひとつ挨拶してこようか」

勘助は土間へおりて草履を履き、おりくと一緒に隣へ入る。

「よう、おしのさん。めでてえことがあったんだってな」

「ああ、来てくれたのかい、勘助さん。そうなんだよ。お袖の嫁入りがきまったんだよ」

「そうだってなあ。お袖ちゃんも親孝行な娘だよ。よかったなあ」

「ありがとう。これであたしもあの世の亭主に顔が立つというもんさね」

「ところでこの長屋じゃあ、こういうときは証源寺へも知らせるきまりじゃなかったかな」

「あ、そうだ。有頂天《うちょうてん》になってすっかり忘れてた。和尚さんところへも、お菓子を持って行かなけりゃ」

「よかったら、ついでがあるからおれが持って行こう。おしのさんは足が悪いんだし」

「ああ、そうしておくれでないか」

おしのはあわてて菓子を選び、紙に包んだ。

扇職人の勘助は、このあたりでは無口な男で通っている。だが陰気な感じではない。どうかすると底抜けに明るい笑顔を見せるときもある五十男だ。

毎日家で真面目に働いて、ときどき骨休めに魚釣りをする。手っ取り早く長屋の裏の土手で糸をたれることもあれば、竿と魚籃《びく》を持ってどこかへ出かけることもある。勘助の釣り好きはもう近所で誰知らぬものはない。大漁で長屋に鮒《ふな》の甘露煮を配ったりもするから、腕は悪くないようだ。

扇作りでは名人と呼ばれているそうだ。紙折りから骨作りまで一人でやる。日本橋に末広《すえひろ》という格式のある扇屋があって、勘助が作った扇はその店が引き取っている。町人には縁のない店で、名ある武家、大名屋敷を顧客にしているらしい。

そんな格式のある扇屋へ品物を納めているくらいだから、勘助は堅い人間だとも思われている。たしかに酒もあまり飲まないようだし、悪所通いの様子もない。

でも実入りはいいらしく、居職《いじよく》ではあっても小ざっぱりとした身なりで、長屋では着道楽のほうだ。

その勘助が楓庵の菓子をいれた紙包みを片手に長屋を出ていく。

番太の万吉に会釈をし、閑《ひま》そうに外を見ていた手習いの師匠には小腰をかがめて、

「こんにちは」

と、挨拶をする。そこで足を速めないのは、隣の米屋に切羽《せつぱ》つまった借りなどないからだ。

で、通りへ出ると斜めに証源寺のほうへ行く。きのうはばかに冷たい風が吹く寒い日だったが、きょうはいい日和でもう春の気配が濃い。

証源寺の入口には左右に太い石の柱があり、そこから本堂へは幅三尺ほどの石だたみが続いている。境内はいつものように掃ききよめられて枯れ葉一つ見えない。本堂左の庫裏の前に欅《けやき》の大木。長屋の子供たちがよくそこまで行って、欅の木のまわりで遊ぶことがあるようだ。

勘助は庫裏の戸の前で足を止め、板戸に手をかけて細目にあけると、

「ごめんくださいまし」

と、二度ほど声をかけた。

「どなただね」

「長屋の勘助でございます」

「おお、勘助か。おはいり」

勘助は戸を引きあけて庫裏の中へ入る。

「どうした……」

庫裏の板の間に坐っていた忍専が体を前に傾け、声をひそめて言った。

勘助は丁寧にお辞儀をしてから庫裏の戸をしめ、

「あがらせて頂きます」

と、履物を脱いで板の間へあがった。贅沢《ぜいたく》な様子はどこにも見当たらないが、隅から隅まで掃除が行き届いて、微塵《みじん》も乱れたところがない。

「これはいま隣のおしのさんから和尚さまにと預かりました菓子でございます」

勘助は坐ると同時に紙包みを差し出す。

「ほう、菓子か」

忍専は勘助の顔を見ながらそれを受取る。

「娘のお袖さんの嫁入り先がきまったとか」

「おお、聞いた聞いた。見初《みそ》めた者があるとか。めでたいことだ。春は何かしらいいことが起こるようだ」

忍専は紙包みを開いた。

「これはまたばかに凝った菓子ではないか。一人娘の嫁入りが嬉しいのは判るが、奢《おご》りすぎではないかな」

「いえ、それは婿殿の店の菓子でございますよ」

「ほう。するとお袖の嫁入り先は菓子屋か」

忍専は菓子を膝横へ置いて言う。

「人形町通りの菓子屋の主人だそうで。お袖さんを見初めたのは」

「だいぶ年上の男だそうだな」

忍専もその話は伝え聞いているらしい。

「そんな凝った菓子を商う店の主人に見初められるとは、果報なことでございますよ」

「よかったな。どうなることかと行く末を案じていたが、おしのもこれでしあわせになることだろう」

「まったくで。それもこれも証源寺といううしろだてがあったればこそでございます。本来ならば棟割り長屋でもいたしかたのないわたしどもなのに」

「これこれ。割り長屋だからしあわせだなどと、下を見て満足されては困るのだよ。経専さまがあの長屋をお建てになったのは、もっと上を見て努力せよと言うお心からだ」

「それはよく判っておりますが、正直なところみな割り長屋に住めるしあわせを感じて和尚さまの教えに従う気でおります」

割り長屋とは一棟を横に割った長屋だから表側から裏側へ突き抜けて使うことができる。これが棟割り長屋だと、一棟を縦に割ってから横に切り分けた長屋だから、入口が一方にしかなく、つき当たりは裏の住まいになってしまう。かかし長屋は割り長屋で、住人は棟割り長屋よりずっとまし、という気分でいる。

「ところでおまえはどうなのだ。昔とはすっかり縁が切れたのだろうな」

忍専は勘助の顔を覗きこむようにして言った。

「へえ」

勘助は念を押すようにそう尋ねられ、曖昧な表情で忍専をみつめる。

「亡き師のご坊が望まれた通り、あの長屋の者たちもおいおいこの世に生きるまことの喜びを手に入れはじめておる。お前は儂《わし》の代になってはじめて長屋へ入れた者だ。昔の生き方とは縁が切れたのであろうな」

「はい」

勘助は坐りなおして答える。

「ここに坐っておりますのは扇職人の勘助でございます。長屋におりますのも扇職人の勘助で、いついかなるときにも余の者はおりません。どうかご安心なすってくださいまし」

「うん、それでよい。貧に苦しむ者はえてして弱い人間だ。儂の役目はその弱い者たちを励ますことだが、お前は強いからなあ。それでちと心配になることがあるのだよ」

勘助の顔に苦笑が泛ぶ。

「手前が強いなど、はじめて伺うお言葉です。自分を抑えることがかなわず、長年苦しんだ揚句にお縋《すが》り申しあげたような男でございますのに」

「それだよ、強いと言うのは」

忍専は勘助を見つめて続ける。

「お前が長年苦しんだのは、盗癖という心の底に潜んだおのれ自身を滅ぼす魔性のなせる業《わざ》だ。お前はおのれの魔性に負けて、盗みをせずにはいられなかった。……不思議なものよ。そういう性《さが》を持つ者に限って、人並み外れた俊敏さ、身軽さを持っているとはなあ。だからお前は法の網を潜り抜け通した。だが儂がお前を強いと言うのはそのことだけではない。おのれの盗癖を憎み嫌い、遂に儂のもとへ救いを求めて来たことを強いと言っているのだ。身を慎《つつし》み、あの長屋へ隠れ住んでもう何年になるかなあ」

「あれは四十の歳でしたから、もう八年になります」

「ここまでくればもう安心じゃな」

「はいおかげさまで。近ごろでは盗み心が湧くことも絶えてなくなりました」

「昔の仲間と顔を合わすこともないのだろうな」

「もちろんでございますとも。長屋の外へ出るのは魚釣りに行くくらいがせいぜいで」

「暮らしはどうだ。近ごろは扇作りの名人とか言われるようになったらしいが、銭がなくなればまた魔性が目をさましかねんぞ」

「和尚さまにお許しを頂いたあの金《かね》を、ちまちまと小出しにして暮らしをおぎなっております。盗み貯めた金と思えば気が咎《とが》めることもございますが……」

勘助は生来の盗癖から盗みを重ね、いつしか盗みの技に熟達してしまった男だった。

だが身内からつきあげる盗みへの衝動が去ると、そんな自分が嫌でたまらず、いっそ死んでしまいたいと思うのが常だった。

しかし、身を揉《も》むような自己嫌悪も、また盗みへの衝動が襲ってくると、それが快感にすりかわり、いつしか積み重ねた習練で得た技を誇示しようという気持さえ現れた。

母を早くに亡くした勘助は、扇職人だった父親のもとで、外見は仕事嫌いの凡庸な倅として日を送っていたが、一定の期間を置いて盗みを働く二重人格者だったのだ。

その父親が死ぬと勘助の腕では扇作りの仕事だけでは生活も成り立たず、そばに厳しい監視の目もないところから、盗みを働く回数もめっきり多くなり、やがて盗賊の一部に顔を知られるほどになった。

だが生来の盗癖もやがて収まる年齢がきたのか、あるときドジを踏んで追われたとき、逃げこんだ証源寺で忍専に匿《かくま》われ、すべてを忍専に告白して救いを求めた。

忍専は勘助をかかし長屋に住まわせ、極力世間から隔離して、扇職人として身が立つよう計らっているのだった。

「過ぎた日々は忘れることだ」

忍専はそう言って勘助に白湯をすすめる。

「お前を捕らえて島送りにしたところで、盗みを働くものがなくなるわけでもあるまい」

「ですが近ごろ、このままでは申しわけないような気がしてなりません。身をかくして暮らすばかりではなく、なにか世間の為になることはできませんでしょうか」

「二度と盗みをせぬことだ。それが世間の為になる」

「それは判っておりますが……」

「まあ急《せ》くな。人の世はよく川の流れにたとえられる。自分から世間の為になろうとするよりは、世間がお前を必要とするときが来るまで、じっと静かに待つことだ。そのときが来なければ来ないでいいではないか。それより気をつけたほうがいいぞ」

「どういうことでございましょう……」

「世間の役に立ちたいと思いはじめたその心だ。ひょっとしてそれは盗みに走らねばいられなかった心の疼《うず》きと、どこかで通じてはいなかろうな」

勘助は不意を衝かれたように黙りこんだが、やがてふうっと息を吐き、肩を落とした。

「そうかも知れません。よく考えて見ます」

近ごろでは忍専も、勘助という男を信用しきっていた。盗癖をその持ち主の責任だときめつけられても、勘助はとうにそれを肯定するようになっている。たとえひどい盗癖を持って生まれてきたにせよ、それを抑えられなかったのは自分のせいだという気持になっているのだ。

「誰のことでもない自分のことだ。たてよこ斜め、自分を日の光にかざし、透かしてあら探しをするようなつもりでたしかめることだ。人間の考えなど、これが正しいと信じたことでも、年がたてばまた考えが変わって来るものなのだ。とりたてて他人の役に立たなくてもよいのだぞ。この世でおのれの命を生かし続ける限り、どこかで役に立っているものなのだ。おのれの命を得がたいと思えば、他人の命も大事に思わねばなるまい。盗むということは、他人の銭《ぜに》を軽く思う心からはじまる。他人の銭は軽くて自分の銭は大切か……それでは自分さえよければということではないか。それが釈尊の教えのすべてとは言わぬが、われら凡人にはそこからみ教えに近づくのが正しいと思えよ」

それから一刻あまり、忍専は勘助に人の生きる道を説き続け、おわったころには聞いていた勘助より、説いた忍専のほうがむしろ満足げだった。

そんなわけで勘助が証源寺を出たのは九つごろになっていた。

勘助も忍専の諭《さと》しをうわの空で聞いていたわけではない。よく人を集めて説法する忍専が、自分一人のために熱心に教えてくれたことを有り難いと思い、いま聞いたことを反芻《はんすう》しながら長屋へ戻ったのだ。

表通りは人馬の往来が激しくなっている。とりわけ米俵を積んだ車を引く人足たちの、粗野なわめき声が耳ざわりで、勘助はその通りを急ぎ足で三好町へ斜めに入って行った。が、その勘助の姿を、足を止めてしげしげと見ていた男がいる。

「はて。いまのは夜風の伝造《でんぞう》じゃなかったか……。まさかとは思うが、よく似てやがる」

そう呟いてまた浅草御門のほうへ歩きはじめた旅支度の男は、この五年ほど江戸を留守にしていた手妻の半助《はんすけ》という盗賊だった。

「そうか、伝造って奴がいやがったっけ。あんな変わった男もいなかったなあ。盗みなんぞ嫌だ嫌だと言いながら、ひとりばたらきでは鮮やかなところを見せやがる。あいつを仲間に引きこんだときには、頭《かしら》にだいぶ褒められたっけ……」

春の気配が濃いその道を、久しぶりに江戸へ戻った半助が、町場の風を楽しむようにゆっくりと遠ざかって行く。

盗人《ぬすっと》仁義

江戸を逃げ出し武州《ぶ》は避けて、まず下総《しもうさ》から常陸《ひたち》へ入り、下野《しもつけ》、上野《こうずけ》、信濃《しなの》に甲斐《かい》。飛騨《ひだ》に越中《えっちゅう》、越後《えちご》とまわり、行く先々で頼ったのは、頭と仰ぐ古池の五兵衛《ごへえ》が持った広い顔。縄張りがどうのこうののいざこざが、博徒と違いほとんどないのが盗人稼業のいいところで、田舎大尽、長者の屋敷など、繁華な江戸の町なかにくらべたら、人目もなければ備えも薄く、まるで赤子の手をひねるよう。この五年、尻に帆かけて逃げ出すような目にもあわなければ、血を見るようなへまな仕事もせずにすませた。

ずっとこのまま根無し草の暮らしでもいいと思っていたところ、肝心の古池の五兵衛がふとした風邪がもとで寝ついてしまい、ふた月ほどで呆気《あっけ》なくこの世を去った。

手妻の半助も、古池の五兵衛の右腕としては相応の働きを示せるが、見知らぬ他国での人集めなどまだ出来ようはずがなく、五兵衛の死とともに江戸へ戻るより仕方がなかった。

古池の五兵衛の面が割れて上役人に追いまくられ、ほとぼりを冷まそうと江戸をでたのが五年前。思えば頼る頭と二人旅の、面白い歳月だった。

もちろん二年やそこら遊んで暮らすには充分過ぎるほどのお宝が、振り分けの荷や胴巻の中にしっかりしまいこんである。

かと言って、信用ならない昔の仲間にいい顔をして、役人に密告《さ》されるほど間抜けではない。江戸へ近づいたときから心を引き締めてもいる。

それでまず、旅人のかた通り旅籠町の安宿で田舎言葉で押し通す。それから旅装を解いて髪床へ行き、馴れた町場の遊び人姿に戻る。舞い戻ったのを知られたくないからだ。千住《せんじゅ》あたりにはお上の手伝いをするケチな奴らがたくさんいて、ほとぼりを冷まして江戸へ戻った盗賊、凶状持ちを鵜《う》の目鷹《たか》の目で見張っている。本物の田舎者は旅装のまま江戸へ直行するから、半助のやりかたのほうがかえって怪しまれない。

で、江戸へ戻る前から目星をつけていたのが根津界隈《ねづかいわい》。歩きまわって住まいを探すと、運よく一軒家の空きが見つかった。と、言っても物置小屋の大きめなのを、人が住めるようにちょっと手を入れたというほどの粗末なものだが、まわりは菜畑でそばに小川があり、うしろは竹藪《たけやぶ》という隠れ家にはうってつけの場所だ。

二十日ほどは酒を飲んでも前後不覚にならぬよう用心していたが、慣れるに従って沸き上がるのは遊び心。

ひと月たたぬうちに根津から湯島《ゆしま》。足をのばして吉原《よしわら》と、盗みに走るおおもとの、悪所通いがはじまった。

ここは上野《うえの》の池之端。近ごろえらく繁盛しているという料理屋弁天《べんてん》の裏あたりの小升《こます》という小さな店。

食わせる物はありきたりでも、酒だけは吟味《ぎんみ》をしておりますと亭主は言うが、それだってせいぜい中の上くらい。あまり上等な酒を置いても、客筋が客筋だからそう勘定を高くするわけにも行くまい。そんないい酒を落ち着いて楽しむような客ならば、前の弁天を贔屓にしているはずだ。

そのかわりこの店には曖昧な酌女たちがいる。芸者でもなし女郎でもなし、折り合いがつけばいつでもなびく風情の色っぽい女たちだ。

でも気に入らなければすぐはぐらかす。店の亭主にどんな力があるのか知らないが、小升の女たちはそこらの酌婦にはない突っ張ったところがあって、自由気ままに客との色恋を楽しんでいるようなのだ。

客とすればそこのところが面白くてたまらない。うまく口説《くど》いてものにしたからと言って、店に金を払わなければいけないわけではなく、それはあくまで客と女の相対《あいたい》ずくなのだ。

江戸へ戻った手妻の半助が、その小升という面白い店へぶつかるまでにひと月ほどかかったようだが、近ごろでは入り浸りのありさま。口説く相手はおたかという、ちょっとあか抜けのした小柄な女だ。

「半さんはいつも一人だねえ」

今夜もいつもの隅の席で飲んでいると、相手をするおたかがふとそう言った。

「一人で飲むのが好きなんだ。ことにこういう店は仲間を大勢引っ張って、どやどや押し寄せるもんじゃねえだろう」

「そりゃ半さんだけのほうがあたしだって嬉しいし、余分な気を使わないですむから楽でいいよ。でも店だって商売だからね。たまにはあっちみたいに大勢で来てくれたほうが、あたしもあとがやりいいし……」

賑やかな六人連れの席のほうを見て言葉を濁すおたかに、半助はすぐ勘定のことだと気がついた。

「なるほど。この店はおたかたちに酒や料理をどんどん売らせて、その分お前らを自由にさせているんだな。それなら何も人数のことを気にするこたあねえじゃねえか。どんどん高えもんを注文してくれりゃあいい。自慢じゃねえが稼ぎはいいんだ。女房子があるわけでもねえし、ちまちまと持って帰る心配《しんぺえ》をしなくてすむ身なんだからよ」

「でもたまには友達を連れておいでよ」

おたかにそう言われ、半助は気を許せる仲間がいないことに心が揺らいだ。金はあっても一緒に遊ぶ友達がいないのは、やはり寂しいことだった。

半助は次の日も次の日も小升へ通い続けていたが、どうももう一つ面白さが足りないような気になっていた。

夜ごとおたかをそばに侍《はべ》らせ、客の切れ目にはほかの女も加わって賑やかに遊んでいるものの、そんないい思いをしている自分を見てくれる者がいないのだ。

一人でいくらうまい物を食ったって、その快楽には限りがある。

「な、これ旨いだろう」

と、自分が感じる旨さを判って感心してくれる者がいたほうがずっと遊びが面白い。しかもそいつに奢ってやろうというのだ。いまの半助にはそれくらいの金は屁でもない。

小升の遊びは吉原などよりずっと粋で面白いのになあ……。

半助はあれこれ昔の仲間を思い泛べ、遊び友達を物色しはじめた。とは言えそこらの見ず知らずの男ではつまらない。同じ危ない橋を渡る稼業の仲間でなければ、腹を割ったつき合いなど出来るものではないのだ。

だが古池の五兵衛はもうこの世にいない。昔の仲間と言ってもその都度《つど》役に立つ男を寄せ集めていた五兵衛のやりかたは、こうなるとその連中の居所を探すのさえ楽な仕事ではない。

まして五年も江戸を空《あ》けていた半助にとって、誰が安全で誰がお上に目をつけられているか、見極めるのも大変だ。

そこでふと思い出したのが、江戸へ戻った日に駒形あたりで見かけた夜風の伝造らしい横顔だった。

その夜風の伝造について半助は、自分が見つけて古池の一味に引き入れたこともあり、ほかの者にはない好感を持っていた。

「いまもひとりばたらきをしてやがるんだろうか。危ない仕事に引きこむんじゃねえんだし、まあつないでみるか」

半助は気楽に考えて、その男を見かけたあたりを探ってみることにした。

だがなかなか見つからなかった。それもそのはずで、半助が知っている伝造という名前は偽名だったし、夜風の、という二つ名も、もともとは半助が頭の五兵衛に引き合わせるとき、それらしく見せようと思いつきでこしらえたものなのだ。

そこへもってきて当人は足を洗ってかかし長屋に引っ込んで、出来るだけ目立たないように暮らしている。

半助の探し方は、さし迫った用件でもないのでいい加減なものだったから、すぐ近くまで探しに来ていながら、二人が出会えないのも当然のようなものだった。

そのかわり、半助は見つかりたくない相手に見つかってしまった。

まっ昼間道を歩いていて、いつのまにかそばへ寄って来ていた男に気づかなかったのが、もう半助の負けだった。五兵衛が生きていて盗みまわっていたころなら、そんな油断は決してしなかっただろうに、まだ当分盗みばたらきに戻る気もない半助は、そんな用心などしなくていいときめこんでしまっていたのだ。

「半助じゃねえか。いつ戻ったんだ」

様子からするとだいぶ前からつけられていたようだ。半助が道をそれる様子もなく、前後に人通りも絶えたところだったので、相手は安全を見極めて近寄ったものらしい。

「あ、後家屋の兄貴……」

後家屋の為吉《ためきち》という盗賊だ。古池の五兵衛に呼ばれてたびたび一緒にヤマを踏んでいた仲間だ。

後家屋とは、その男の表の稼業が古金を鋳直す鋳直し屋で、鋳直して造った刃物などが符牒で後家とよばれるところから来た呼び名だ。

「古池のお頭も戻りなすったのか」

半助は足を止めざるを得なかった。

「それが兄貴、越後で死になすった」

為吉はさすがに顔色を変えた。

「どうして……」

「風邪がもとで」

「病《やまい》か……」

半助は為吉の鋭い気迫がすっと消えたのを感じた。

「手を尽くして看病したんだが、なにしろ知らぬ他国でどうにもなるもんじゃなかった。なんとか野辺の送りの形を整えるのが精一杯で」

「そりゃあとんだことだったが、おつとめを縮尻《しくじ》った上でのことでなくってよかった。そうか、死になすったか」

二人は道端によけて話しこんだ。

「だがおめえのほうは達者そうだな」

「そうでもねえよ。頭は死んじまうし、途方に暮れるって奴さ。兄貴も承知の通り、知らせる身寄りもねえお人だったし」

「古池の頭が可愛がっていたのは、おめえくれえなもんだったからな」

　この為吉に出会ったからには、古池の五兵衛が越後で死んだことも、日ならずして江戸中の盗賊仲間に知れ渡るだろうと、半助は溜息まじりにそう思った。

「この先どうするつもりだ。足を洗うか」

「まだなんにも考えてはいねえ」

　事実半助はまだ当分遊んで暮らすつもりだった。いまの半助の立場は親を亡くしたみなし子同然。後家屋の為吉の親切は本心からだろう。

次に身を寄せる親がきまらねば、この先の暮らしも定まるまい。

「どなたを頼れとは言えねえ稼業だ。でも手妻の半助が頭に死なれて体を空けていると言うことくれえは、仲間内に流しておこうじゃねえか。戻ってからの落ち着き先はどこなんだい」

　ふつう盗人に隠れ家を尋ねるのはおかしなことなのだが、この場合はいたしかたなかろう。半助は江戸の盗賊社会に復帰したとはまだ言い難く、隠れ家、あるいは連絡場所が判らなければ、せっかくの好意も無になってしまう。もちろん、これをしおに足を洗うというのなら話は別だが。

　半助には足を洗う気などさらさらない。ほかに生きる手だてなどあるはずはないと思いこんでいるのだ。

半助は自分の盗みの技には自信と誇りを持っている。それは古池の五兵衛のお蔭なのかも知れないが、いざと言うときの度胸と技は、そこらのこそ泥となど較べてもらいたくないという自負がある。そしてほかのことでそれほど自負の持てることは何もない人間だと自認もしている。

つまり自分は盗みよりほかに取柄のない人間だと。

だからまだ当分遊んで暮らすつもりではいても、その先のことを考えると、為吉に根津の隠れ家を教えないわけには行かなかった。

為吉は仲間同士の好意で言ってくれているのだし、自分にあったどんないい稼ぎ場があるかも知れないと思ったからだ。

遊ぶだけ遊んで金が心細くなったら、気の合う頭を選んでまた盗賊の仲間に加わり、兄い風を吹かせようという気楽な思いしか浮かばない半助なのだ。

「為吉は仲間を売るような男じゃねえ。不意に出てきやがってびっくりしたが、これで先のことは何とかなるだろう」

半助はそう呟いて、その夜も池之端の小升へ出かけるのだった。小升には半助が気に入っているおたかのほかに五、六人の女がいて、みななかなかの別嬪《べっぴん》ぞろいだ。どうやら女たちには客の割り振りがきまっているらしく、女たちは自分の客の勘定に対する歩合《ぶあい》のようなことで給金がきまるらしい。

だから女たちも張り合いがあるようで、それぞれ知恵を絞って客の財布の紐をゆるめにかかっている。

酌婦はまる抱えにするのが普通のやりかたなのに、小升はそういう女たちをみな通いにさせていて、おみつという女などは、看板近くなると毎晩のように男が迎えにきて、一緒に帰って行く。

半助はそのおみつの男と親しくなった。毎晩のように看板まで粘る客や、おみつを迎えに看板近くなると来る客と顔見知りになるのに、そう手間はかからない。

目が合えば会釈のひとつもするのが人情で、半助もそのころにはだいぶご機嫌になっているから、

「よう。どうでえ、こっちへ来て一杯やらねえか」

とかなんとか声をかける。

「いいじゃないかね、弥十さん」

その客が相手にしていいものかどうかためらっているのを、情婦然と横に坐ったおたかが誘う。おたかとおみつが仲良しなのは男も当然知っていて、その誘いには断わり切れない。

酒場ではよくある出会いだ。

で、その男は半助の奢りで酒を飲み、二度三度となると、

「いつも奢られてばかりいちゃあ男がすたりますよ。今夜はわたしの勘定で」

と言うような具合で自然とつき合いが深くなって行く。

女を介した酒だけのつき合いだから、どちらも深いことは言わず、その場に合わせた当た

り障《さわ》りのないことを言って盃を交わしている。

もっとも半助のほうは盗人だから、商売などについて語れば嘘八百になるのはきまったことだ。しかしだんだん垣根が取れて、あまり遠慮もなくなれば、自分のことは言えなくても、相手の商売くらいは聞きたくなると言うものだ。

「弥十さんよ。言いたくなきゃ言わねえでもいいんだが、おめえさんの商売はなんだね」

「えへへ。当ててごらんなさい」

「そうだな。呉服の担ぎ商いってのはどうだい。反物をどっさり風呂敷に包んで大家の奥座敷へ入りこみの、お内儀さまの前で広げて見せの、がっぽり儲けのというらまい商売をしてやがるんじゃねえのか」

「あはは、半さんはいつも面白いことを言いなさる。でも違いましたよ。あたしの商売はそれなんです」

「それって、この煙管《きせる》……そうか煙管屋か」

「いいえ、煙管につめるものを商っていますんで」

「ああ、莨屋《たばこ》さんか、おめえさんは」

「へえ。これでも仲間には羨まれるような上得意を持っていますんで、こうした店でどうやら飲ませて頂けるような按配《あんばい》でして」

「やはりあの担ぎ商いで……」

「へえさようです」

「葭屋はいいなあ。なにより荷が軽い。で、住まいはどこかね」

「浅草三好町。かかし長屋という貧乏長屋で」

そう聞いて途端に半助は思い出した。

「三好町と言えば駒形の近くだったな」

「近くも何も、すぐそばでね。昔から言うでしょう。駒形までは都鳥《みやこどり》ってね。ほんのちょっとのところで、その下流《しも》に住むあっしたちは、ただの鷗というわけですよ」

その通り、粋な呼び名の都鳥の正体は鷗なのだ。

「あの辺に伝造という男は住んでいねえかね。老けて見える奴だったから……そうさなあ、今頃は五十がらみに見えるかも知れねえが」

弥十は首を傾げる。

「伝造さんねえ。ちょいとすぐには思い出せませんねえ。ご商売はどんなことで」

と、問われたって、腕のいい盗人だとは答えられない。

「いやなに。あのあたりでちょいと見かけたことがあるんで訊いて見たのさ。あそこらに住んでいるのかどうかもはっきりとはしねえんだよ」

「そんなことくらい、お役に立とうじゃありませんか。とりたてて探しまわらなくたって、その名を覚えておけば、ひょいと耳に入ってくるもんですよ。伝造さんねえ……」

弥十は伝造の名を心に刻む目付をした。二人とももうかなり飲んでいる。

「以前《せん》は扇職人だったが、いまもあの商売をしているだろうか」

「あ、扇職ですか。それならあっしの長屋にも一人おりますよ。もっとも名が違いますがね」

「ほう、なんという名だね」

「勘助さんと言いましてね。そりゃあ真面目なお人です」

「勘助か。そいつの年格好は……」

「老けて見えますが五十そこそこ。まだ二つ三つ手前じゃないかと」

「かかし長屋の勘助か」

半助は遊びを離れた鋭い目になってそう言った。

「あっしの住まいのまん前でして」

「名が違うんじゃしょうがねえな。ま、そのうち会えることだろう。いつまで扇をいじくっている奴でもなさそうだったからな」

半助はそう言って尋ね人のことを打ち切ったが、その実かかし長屋の弥十の前の住まいにいる、勘助と言う扇職人が、夜風の伝造に違いないと確信したようだ。

「三好町というのは、大川のあそこのあたりに、南蛮船の舳先《みよし》が置いてあったからついた名だそうだな」

半助は町名の由来に話題をそらせた。

そのあたりは昔、隣町の黒船町とともに、峡田《はけた》領の石浜荘《いしはましょう》新町《しんまち》村と呼ばれた土地の一部だったそうだ。

徳川家が江戸を支配したあと、難破した南蛮船を曳航《えいこう》して来てそのあたりに泊めておいたらしい。一説には家康《いえやす》が伊豆《いず》で建造させた唐船をそこに置いたとも言う。

いずれにしてもその船体は下流に舳先《へさき》を向けておかれたらしく、船体が接していた側が黒船町で、飾りもののついた船首の部分が置かれたところを、三好町と呼んだという。三好は本来舳《みよし》だったようだ。

後世三好町に接して厩橋《うまやばし》ができ、そのあたりは駒形町に編入される。

半助も場数を踏んだ盗賊だ。どんなところへは、いつどうやって忍び込めばいいかよく判っている。

別にかかし長屋へ盗みに行こうというわけではないが、そのての長屋は住人全体が防犯装置のようになっていて、見知らぬ者が入りこむと、たちどころに長屋全体が監視の目を光らすのだ。たとえ竹籠を背負った屑屋だって、新顔は警戒される。

半助がかかし長屋へ行ったのはまっ昼間。出かけるものは出かけてしまい、女房連中の洗濯もすんで、井戸端の賑わいも静まった頃合だ。

表の戸口は二棟向き合って建ててあるが、割り長屋だから裏にも戸がある。

勘助の住まいは五軒の真ん中。半助は多分お蔵の土手を越えたのだろう。土手と長屋の湿った狭い隙間から、勝手口とはちと生意気な裏の戸を、音もなく引き開けて中へ入った。

勘助はそれに気づかない。盗みの日々は遠のいて、いまは堅気《かたぎ》の扇職になりきっている。が、半助がそろりと近づこうとすると、さすがに昔とった杵柄《きねづか》でその気配を察し、反射的に細工用の短い刃物を握って右腰のあたりに構え、それに左手を添え左膝を立てて、きっと半助を睨《にら》みつけた。

その間無言。

「おっと、物騒なことはなしだぜ」

半助はにやりと余裕のあるところを見せる。

「こんなところにいたのか」

家の中を見まわして言う。

「いつ帰《けえ》ってきた……」

「久しぶりだなあ」

勘助は外の気配をたしかめてから、

「長屋の者に怪しまれる。戸をあけておいてくれ」

と、穏やかな言い方になって坐りなおした。

「越後で頭に死なれちまってよ」

半助は言われた通り腰障子をあけて言った。

勘助は昔の仲間などそばへ寄せつけたくなかったのだが、話がいきなり旧知の者の訃報《ふほう》になったので、思わずそれに乗ってしまった。

「古池の五兵衛さんが死んだ……」

「しばらく江戸を出てほとぼりを冷ますことにしたのは、おめえだって知ってるはずだったよな」

「ああ。だが俺はその前から足を洗いにかかってた。あの頭の無事は祈ったが、こっちも見送るほどのゆとりはなくて、それきりになった」

「あがらせてもらうぜ」

半助はそう断わって、作りかけの扇が積んである板敷きの上へあがり、勘助の前であぐらをかいた。

「今の俺はあのころのおめえと同じだ。足こそ洗っちゃいねえけど、江戸へ戻ってから何一つ悪さはしていねえ。女を作ったくれえのもんでよ。いい女だぜ。そのうちおめえにも会わせてえ」

「そんな用で来たんじゃあるまい」

「ところがそうなんだ。とりたてて用件なんぞあるわけはねえ。でえいち俺はどこの頭にもまだついちゃいねえんだ。それよりも、久しぶりの江戸なのに、どうも淋しくていけねえ。さりとて変な奴に声をかけて、面倒なつき合いに広がっちゃいけねえしな。そこで思い出したのがおめえのことさ。夜風の伝造という奴はいい男だったからな」

半助は妙に情の籠もった目で勘助を見た。どうやら悪意はないようだ。勘助を自分同様孤独な身だと思いこんで、あい哀れむ気持になっているらしい。

「よくここが判ったな」

「それが縁というものじゃねえかと思うんだよ。江戸へ戻ったその日、まだ道中姿でいるときに、この辺でおめえをちらっと見かけたような気がしてな。それで一度この辺を探して歩いたんだが見つからなかった。ところがどこまでも俺とおめえは縁があるらしくて、妙なところで妙な奴と知り合っちまったのさ。そいつがおめえを知っていたのよ」

「誰だ」

「誰だと思う」

半助は思わせぶりな間を置いて言う。

「莨屋の弥十さんと……。どこで知り合ったんだ」

「弥十って男だ。向かいに住んでるんだってな」

「池之端にある店だ。料理屋と言うには安直で、一杯《いっぺえ》飲み屋と言うにはちっとばかし粋すぎる。酌に出る女たちがみな上玉ばかりでよ。莨屋の弥十って奴は、そこのおみつと言う女のレコらしくて、毎晩のように迎えにきやがる」

半助は左の親指を立てて見せた。

「そうだったのか」

勘助は思わずどぶ板の向こうの弥十の住まいのほうを見た。

「おとなしそうな男だが、ありゃあ結構な遊び人だぜ」

「おめえは古池の頭と江戸を出て、あっちこっちでいい目を見てきたようだが、俺はもう足を洗った身だ」

勘助はそこで声をひそめた。

「昔の俺を知ってる奴とは会いたくねえと、ここで真面目に暮らしてもう八年になる。たとえ一度は仲良くつるんだこともあるおめえでも、堅気に戻った俺を元の道に引き戻す奴は許さねえと、固く心にきめていたんだ。でもおめえもあの頭に死なれて江戸へ戻り、それからはまだ一度も盗みは働いていねえそうじゃねえか。どうだ、俺と同じようにここらで足を洗ったら」

そう言われた半助は苦笑いを泛べる。

「そんな説教を聞くためにわざわざ忍んできたんじゃあねえや……と言いたいところだが、ここらで足を洗うのも悪くはねえ。でも、足を洗ったらどうやって食って行きゃあいいんだ。きょうの米、あすの塩にも事欠く暮らしなんぞは真《ま》っ平《ぴら》ご免だな」

「そのことはゆっくり考えようじゃねえか。俺に出来たことだ。おめえに出来ないことはねえと思うぜ」

「おめえは昔っから、妙にものがてえところがありやがったからな」

半助は閉口気味にまた苦笑する。

「とにかく盗人で居続けるより、足を洗ったほうがいいにきまってる。おめえが足を洗うんなら、どんな役にも立とうじゃねえか。十両で死罪と、相場はもう決まった世の中だ。法度《はっと》がそうなら盗人も、十両くらいじゃ死んでも死に切れねえと、鵜の目鷹の目ででけえヤマを探しまわる。おめえなんぞはいい頭についていたから、いままでに奪ったお宝は、十遍《ぺん》死んでも間に合うめえ」

「当たりめえよ。一度に三百両、五百両だって盗《や》ったことがあるさ」

「ほれ見ろ。よく考えて見るこった。十両で死罪なら五百両だと五十遍殺されなきゃならねえ。三尺高《たけ》え木の上で、錆《さ》び槍で突かれるんだぜ。楽な死にかたじゃねえや。死んであの世へ行ったあとも、その苦しみは続くと思わなきゃ。いまのおめえは自分でその気にならなくても、足を洗ったも同然じゃねえか。江戸じゃあ何年もやってねえんだし」

「ちぇっ。うめえこと口説《かんげ》きやがる」

「とにかく俺のことは人に言うな。足を洗ったてめえが可愛くて言うんじゃねえ。この家はおめえの逃げこみ場所なんだから。判ったな」

　盗人暮らしが身について、他人の言葉をすぐには信じられなくなっている半助も、どうやら勘助の善意だけは判ったようだった。

「いずれそのときが来たらここへやってくる。そんときはよろしく頼むぜ。そりゃ俺だって、足を洗ってのうのうと暮らしてえや。でもな、その前になんとかもうひと山当てて、ちゃんとこの身が立って行く算段をしなけりゃあな」

　勘助は舌打ちした。

「まだそんなことを言ってやがる」

「そのことはそのことで別っこにしておいて、今夜あたり俺と一緒にどうだい」

　半助は左の親指と人差し指で輪を作り、酒を飲む仕種《しぐさ》をして見せる。

「なあ、つき合えよ。おめえも言った通り、俺は江戸へ戻ってまだ白地《さら》の身だ。一緒に飲んだくれえで、おめえに迷惑をかける気づかいはねえだろう。誰も気を許してつき合う相手がいねえんだよ。こういう淋しさはおめえだって判るはずじゃねえか。一人はもう堅気。もう片方はこれからおめえを見習って、堅気になろうとしているんだ。いろいろと教えてもれえてえこともあるしよ」

「人にものを教えるほどの男じゃねえよ」

そう謙遜《けんそん》する勘助は、もう半分誘いに乗ったも同然だった。

「向かいの弥十さんに俺のことを喋ったのか」

勘助はそうたしかめた。

「いや。だいたい俺が探していたのは夜風の伝造だ。かかし長屋に住む扇職人の勘助なんて、俺は知らねえもん」

「それならいいんだ。決して言うなよ」

「判ってるよ。大事な逃げこみ先じゃねえか。それより、今夜あたり暇を作れねえか……」

「日限に追われる仕事じゃなし、暇を作ろうと思えばいつでも作れるさ」

「じゃあ改めて迎えにくる」

「いいよ」

そうちょいちょい来られては困るから、勘助は迎えを断わった。

「落ち合う場所を言ってくれ。こっちから出向く」

「じゃあ……そうだな、池之端の弁天という料理屋を知ってるか」

「ああ、噂には聞いている」

「その弁天の前あたり、暮れ六つでどうだい」

結局勘助は引っ張り出されてしまった。

身の上ばなし

土手で子供たちが遊んでいる。空は晴れて、けさも朝焼けが奇麗だった。

「吾助爺《じい》さんが釣りをしてるぞ」

「あんなところじゃ、ろくに釣れっこねえのにな」

大勢の子供たちの中から抜け出して、バタバタと駆け出したのは、腕白《わんぱく》ざかりの三、四人。

「やあい。釣れたかい、吾助爺さん」

背を丸め、しゃがんだ股のあたりに細い竿を握って両肘《ひじ》を膝にあて、釣りというより行く川の流れとあわせて、時の流れをみつめているような姿勢の老人が、その声に振り向いてニコッとした。

「釣れるもんかよ。こんなところで針にかかるような魚は、身投げをしたくなった魚だろう」

腕白たちが爺さんのそばへ寄って行く。

「あれ。魚でも身投げする奴がいるのかい」

「いるともさ。魚のことならなんでも訊いてくれ」

「でも爺さんは畳屋だろ。畳屋に魚のことが判るのかい」

「よく知ってるな、俺が畳屋だったってことを」

「だって幸介さんは畳屋だもの。爺さんは幸介さんのとこの人だろ」

吾助はかかし長屋に住む畳職幸介の父親だ。吾助も昔は湯島のほうで、職人を十何人と顎《あご》で使ったこともあるそうだが、うまく行かずにだんだんと暮らしを落として、このあたりの掘立《ほったて》小屋にまで行きついたところを、証源寺の先代住職経専に救われて、いまはおきん婆さんと莨屋弥十の住まいにはさまれた、古金屋の千次郎の向かいに住んでいる。

「魚は縄張りがきまっているんだぞ」

吾助は浮子《うき》を見ようともせず、子供たちに話しかける。

「へえ。魚に縄張りなんかあるのかよ」

「ああ、あるぞ。そりゃ厳しいもんだ」

「どういう風に……」

「まず塩水に住む奴と真水に住む奴があるな」

中でも一番こまっしゃくれた子供が言う。

「海の魚と川魚《かわうお》だよね」

すると一番子供っぽい子供が訊く。

「じゃあ川の魚が海へ泳いで行ったらどうなるの」

「死んじゃうよ。同じように海の魚が川へあがって来ても死んじまうんだ」

「どうしてだろう」

「それが縄張りってもののこわいところさ。堅気はやくざがいるとこへ行っちゃいけねえ。賭場へなんぞ行ったら、堅気は死ぬような目にあわされるんだぞ」

吾助は何かを子供たちに教えようとしているようだ。

「吾助さんは……」

さっきまで井戸端で洗いものをしていた左官の熊吉の女房お鈴が、戸口の前でおなかに声をかけた。

「土手」

薄っぺらな掛け布団をひろげ、衿《えり》を掛け直していたおなかは、顔を戸口へ向けてニコリと笑ってみせる。

お鈴は洗った箸《はし》や、味噌《みそ》漉《こ》し、茶碗などを入れた鍋をさげたまま足を止め、中へ入って行く。

「こんなところで針にかかる魚がいるのかねえ」

「いいの。退屈しのぎなんだから」

お鈴はあがり框に腰をのせる。洗った鍋は敷居の上にひょいと置かれ、二度ほど揺れて中の箸がころがった。

「あんたも大変だねえ」

お鈴が言うと、おなかはすぐその先を察してわらう。

「大変だなんて。苦労なんて贅沢なもん、あたしなんかには縁がないから」

お鈴は大きく頷いてみせた。

「そうだよ。あたしらには苦労が当たり前だもの。苦労してますなんて言う奴らは、そんな贅沢言ってるんだよ」

まだ下に棟割り長屋の暮らしがあるとは言え、幸介の嫁に来たときから狭い住まいで舅に仕え、閨《ねや》のことさえ贅沢としなければならない暮らしを続ける女なのだ。

その苦労が判っているから、一人きりでいたおなかに声をかけたお鈴だが、そんなことは当たり前と言い切るおなかの顔を見ていると、同情しかけた自分がばかみたいに思え、急いで世間ばなしに切りかえた。

そのころ土手では、吾助のまわりにいた子供たちが吾助のそばを離れ、ほかの小さい子らを従えて遠くへ駆け去ったところだった。

水面に頭をのぞかせた浮子が急に沈んで、竿の先がググッと下へ曲がる。

「あっ」

吾助は慌てて竿を摑みなおした。途端に竿が元通りになり、腰を浮かせかけた吾助も元の姿勢に戻る。

「びっくりさせやがる」

まるで針にかかった魚をなじるような言いかただ。

「それにしても、いまのはでかかったな」

少し間を置いてから吾助は残念がる。あげた竿の糸の先には針がなくなっている。

「針はあれでしまいだったっけ。やれやれ」

吾助はがっかりした様子もなくそう呟き、竿を置くと両膝へ両肘をのせ、両てのひらの間へ顎をのせて川面を眺めるのだった。


古金屋の千次郎がとぼとぼと土手を歩いてくる。そんなところを流したって商いになる稼業ではないのだ。

背中にしょった竹籠は、紙屑屋などのものよりだいぶ目が細かい。その中には厚手の布で作った巾着《きんちゃく》のような袋が四つ五つ入っている。金物の種類によってその中へ入れ分けるのだ。

要は紙屑屋と同じだ。町の裏々を呼び歩いて、不要な金物を買う。買うといっても一文二文。それにも満たないものだって珍しくはない。子供が差し出す折れ釘一本だって、それこそ塵《ちり》も積もればで有難くもらい受ける。

もちろん錆《さ》びた折れ釘一本に礼銭を払うわけにはいかないから、そのかわり安い飴や煎《い》り豆を持ち歩いている。

でも中には子供のくせに世故《せこ》にたけた奴がいて、遊びがてらにも落ちている釘、金物を丹念に拾い集め、それを貯めてときどきどさっと古金屋の前へ持ち出す奴もいる。

そんなときはちゃんと秤《はかり》で量って金を払うが、そんな子はよく普請場や空き家へもぐりこんだり、人の家の羽目板の桟をめくり返して、釘を抜いたりしているのだろう。

古金屋の相手はなにも子供に限ったことではない。もう鋳掛《いか》け直しの手にも負えなくなったような鍋釜を、貧乏やつれを絵に書いたような女から、割高で売りつけられることだってよくあるのだ。

すぐにでもかわりを手にいれなければならないから、相手だって必死なのだ。できるだけ高く売らなければかわりの鍋が買えないからだ。むろん新品を買うはずはないが、たとえ古手の鍋だって、穴がでかくて鋳掛け屋も見限ったような鍋を売った代金では、買えようはずもない。

そんなとき、路地裏で繰りひろげられる古金屋との攻防は、貧苦と貧苦のぶつかりあいだ。売るほうは、次のを買うのに足す銭を、出来るだけ少なくしようというのだし、買うほうはそれで今夜の飯の足しにしなければならない。

だが千次郎はそういうきわどいところではいつも負けてしまう。穴のあいた鍋を売って、新しい鍋を買わなければならないような女の、必死の形相を見ていると、とても駆け引きをする気持にはなれなくなる。

それというのも自分に思い当たることが多すぎるからなのだ。千次郎の家では、隅に穴のあいた鍋を、大きく傾けて使っていた時期がある。そんな貧乏をさせた女房はもう死んだが、いまだに貧乏暮らしは続いている。千次郎は貧の諸相を知り尽くした男なのだ。

水際から離れ、土手上の道へあがった吾助が、黒船町のほうから歩いて来た千次郎に気がついた。

「こんにちは。いいお日和で」

吾助は自分の住まいの真向かいに住んでいる千次郎に、まるでよその人のような言い方をした。年のせいでもう両眼が霞んでいるのだ。

「やあ吾助さん」

千次郎が立ち止まって答えた。

「おやその声は千さんじゃないか。妙な方角から戻りなすったんだね」

まるで見えないというのではない。吾助はちかぢかと寄って千次郎の顔をあおぎ見る。腰も曲がって、頭の高さは千次郎の胸あたりだ。

「きょうは早じまいでね。頭が痛くて吐き気がするもんだから」

千次郎の声は弱々しい。

「そりゃいけないね」

吾助がそう言ったとき、千次郎がよろっとした。

「いけねえ、大丈夫かい」

吾助は持った釣り竿を逆さにし、千次郎の脇に体を寄せる。

「俺の肩につかまんな。頼りげえのねえ肩だが、ねえよりはましだろう」

たしかに千次郎は吾助の肩を借りるというより、その肩に手をついた格好で、ゆっくりと歩きはじめた。

ゆるい傾斜の土手をおり、裏のほうから長屋へ入って行くと、おきん婆さんがそれを見て甲高い声をあげる。

「どうしたんだい、千さん。だいじょぶかい」

おきんの甲高い声は、住人に異常を知らせる警報機の役を果たしている。

「でかい声を出さないでくれよ。ちょいと気分が悪くなっただけなんだから」

それでもおきんは駆け寄って、千次郎に手を貸す。

「ほら吾助さん、どきなって。千さんもこの人の助けを呼ぶようじゃおしまいだね」

「別に俺が呼んだわけじゃない。土手で会ったんだ」

「ほらほら、籠をおろして」

千次郎が戸口で籠を背中からおろし、吾助がおきんに口をとがらす。

「俺に助けを呼ぶようじゃおしまいだ……病人をつかまえて、おしまいだはねえだろう」

「励ましてんだよ。こういうときは悪態が励ましさ。薬なんてないんだろ」

千次郎が首を縦に振り、住まいへ入る。

「吐き気がするって。熊の胆《い》でもありゃいいんだが」

吾助が言い、長屋のみんなが寄って来ていた。

千次郎は家へあがるとすぐ、敷きっぱなしの煎餅布団の上へ仰むけに横になってしまう。

おきんはそのあとから籠を土間へいれ、

「よほど辛かったんだろうね。吐き気がするんだって……」

と訊いた。

「頭が刺すように痛いんだよ」

「そうなったのはどこらへんからさ」

「我慢出来なくて引っ返したのがコツ通りの手前」

「なんだ、千住のほうまで流してるのかい」

おりくが戸口から入ってきた。

「ほら、薬だよ」

「ありがとう」

おきんがおりくに礼を言う。

「よく薬なんてあったねえ」

「去年の秋、お末が寝こんだときのさ。残りを取っておいたんだよ」

「水もおくれ。あれは麻疹《はしか》だったんだろ」

「そう。でも薬さ。ないよりはましじゃないか」

おりくは湯呑に水を汲んで差し出す。

「煎じて飲ますのかも知れないけど、粉だからこのまま飲みな。ほら、体を起こして」

千次郎は素直に上体を起こし、粉薬を口に含んで湯呑の水を一息に飲みほした。

「ありがとう。おかげで楽になった」

「なるわけないだろ。世辞を言うんじゃないよ、病人のくせに。足袋《たび》を脱がせてやるからね」

おきんは布団の裾にまわって、汚れた足袋のこはぜを外しはじめる。

「このうちは長屋で一番汚いよ。掃除でも洗濯でももっとマメにするもんだ。独身だって甘えちゃいけないよ。だから病気なんかに取りつかれちゃうんだから」

口では厳しくたしなめながら、おきんは千次郎の足袋を脱がせ、取り散らかった枕許《まくらもと》を片付けはじめる。様子を見に来た長屋の連中も、たいしたことはないと見て散って行く。

「千さんのことを世間じゃなんと言ってるか知ってるかい」

「知らない」

「弱気の千次郎だってさ。少しはくやしがるもんだよ。忍専和尚だってそう言ってる。千さんが貧乏したのは気が弱いせいだって」

「それが俺の生まれつきなんだから」

「しょうがないって言いたいんだろ。でも、しょうがないですめば世の中、楽なもんさ。お武家の出だそうなのに。もっとしっかりおしよ」

「それは言わないでくれ」

千次郎は天井を向いたまま弱い声で言う。

「ご免ね」

おきんは寝ている千次郎のほうは見ずに謝った。

おきんがつい口を滑らせた通り、千次郎が武家の出だということは、どうやら本当らしい。

忍専和尚もその噂は否定していない。

世間には自分が由緒《ゆいしょ》ある家柄の出だと言いたがる者が少なくない。だが千次郎に限っては、そんなことを自分から言い出したことは一度もないのだ。

とすれば、その噂はどこかよそから流れて来たものに違いない。千次郎の生まれを知っている者がどこかにいるのだ。

ところが千次郎は弱気男で有名なのだ。噓か本当かはっきりしないその噂が、長屋の連中に信じられているのは、千次郎の人となりをよく知っているからなのだ。

どう見たって、武士がつとまる柄ではないのだ。人前では物も言えないのだって、恥ずかしがっているのではなく、人に臆しているからだ。それがまた、誰の目にもこわがっているのが判ってしまう。武士どころか古金屋だってよくつとまると思うくらいなのだ。

「ふるがねぇえ、古金。古金買いましょう」

裏々でそう呼んで歩くのだって、当人には苦痛なのだ。どういうわけか、子供はそんな千次郎の弱さをすぐ見抜いてつきまとい、からかったり悪さを仕掛けたりする。

と、大人がそれを見兼ねて叱ったり追い払ってくれたりして、次に来たとき顔を合わせると礼を言うから、それがきっかけで千次郎には、行く先ざきで妙な人気がある。なんとなく放っておけないから、ほかの古金屋に売るなら千次郎が来るのを待つと言った按配なのだ。

おかげでなんとか暮らしては行けるこの頃だが、病にかかると独り身はだらしがない。近所の者が知らせに走る先もないのだ。

だからおきんが寝かせつけてやったあとは、源太が証源寺へ知らせに行くことになる。

「和尚さま、和尚さま」

「おお源太か。また何かあったのか」

「古金屋の千さんが病気で寝こんじまったんだ」

「千次郎がか。それは困ったな。容体はどんなだ」

「頭が痛くて吐き気がするって。いまもゲエゲエやってた」

「いかんな、それは。卒中かも知れん。あとで行ってみるから静かに寝かせておくようにとな」

忍専はすぐ長屋へ出かけた。千次郎の住まいには、おきんのかわりに吾助が来ていた。おきんは内職の手配で花川戸《はなかわど》まで出かけたらしい。それもこのあたりの連中には大事なことなのだ。

「あ、和尚さま。ご苦労さまで」

忍専はすぐ千次郎の枕許へ坐る。

「これ、千次郎。気分はどんなだ」

忍専はそう言いながら千次郎の脈をみる。それを吾助が感心したように、首を斜めにして見ている。

「どうした、爺さん」

忍専はいつも吾助をただ爺さんと呼ぶ。

「さすがは和尚さまだと思いまして」

吾助は首を傾げたまま言う。千次郎の脈をとる忍専の指先を、忍専の衣の袖の下から覗くように見ていたのだ。

「僧はみな、医者の真似ごとくらいはするのだ」

「で、容体は……」

「さいわい脈は落ち着いているようだ。儂にはどうも卒中のように思えるが、そう重い病状ではないようだな」

「そりゃあよかった」

「すまぬが爺さん。ちょっと外してくれないか」

「へ、あっし……へえへえ」

吾助は意外そうな面持《おもも》ちで外へ出て行った。

「手足に痺《しび》れは感じぬか」

忍専は優しく尋ねた。

「いいえ」

千次郎は仰むけに寝たまま目を開けて忍専を見る。

「麴町《こうじまち》へ知らせてやらいでよいのか」

「滅相《めっそう》もない。それればかりは」

「だがもし長びいたらどうする気だ」

「すぐによくなります」

千次郎の表情に、珍しくかたくなな色がよぎった。

「たくわえもないはずだ。お主が寝こめばすぐにでもまわりの者に手数をかけることになる。気のいい長屋の者たちに迷惑をかけていいのか……」

「いやです。だからすぐよくなります。あすは商いに出るつもりです」

「そう思い通りには行くまい」

忍専はそう言って腕を組み、溜息をついた。

「五千石の春日井《かすがい》家に生まれながら、古金屋で終わる気か」

「それは言ってくださいますな」

千次郎の言い方はもう、市井《しせい》の者になりきっている。十七のとき、家督を継ぐのを嫌って家を捨てた男だ。

「はて、どうしたものか……」

忍専は千次郎の枕許で腕を組む。

「このまま長く床につかれては、世話をする者もいるではなし」

千次郎は土手《どて》三番町に屋敷を持つ、五千石の春日井家の次男に生まれたが、病弱、小心。俗にいう対人恐怖症の気味があった。

それが父君春日井志摩守《しまのかみ》の跡目相続問題にからんで、突然失踪《しっそう》してしまったのだ。長男は夭折《ようせつ》し、本来なら千次郎が家督を継ぐべきところだったのに、それを嫌っての失踪だった。

幼少のころから武士にはふさわしからぬ性質を示していたから、家督は勝行《かつゆき》という弟が継ぎ、以来千次郎は市井貧困の暮らしに沈んで、ひたすら生家とは縁遠く過ごすことを心がけていたようだ。

　春日井家では千次郎の失踪に、病死届を出すことで体面を繕《つくろ》ったという。それからすでに二十五年の歳月が流れている。

　もうこの世にはいない者にされた千次郎の人別を作らせ、一庶民として暮らせるようにしてやったのは、当時の春日井家用人小野寺徳内《おのでらとくない》だった。

　千次郎は最初どうやら家を出て死ぬ気だったらしい。それを小野寺徳内があの手この手で思いとどまらせ、市井の庶民として平穏に一生を送らせようとしたのだが、生きるということに執着を欠いた千次郎には、徳内も事ごとに手を焼き、最後は証源寺の先代経専和尚に依頼して、かかし長屋で暮らすことで、なんとか落ち着いたのだった。

　それまで小野寺徳内は、千次郎を、紙屋、油屋、煎餅屋など、いろいろな商家の主に納まらせようと苦心したらしいのだが、どれも千次郎の気に染まず、とうとう独り暮らしの古金屋として暮らしを立てるようになったのだ。

　春日井家で唯一千次郎の行方を知り、力になっていたその小野寺徳内も今は亡く、経専のあとを継いだ忍専も、千次郎の身の上についてはほとほと困り果てたという様子だ。

「ご用がおありでしょう。どうぞもうお引き取りくださいまし」

　寝ている千次郎のほうが、そんな忍専に気を使っている。忍専はその顔を見下ろして、溜息をついた。生きる意欲のない者ほどこわいものはないようだ。

「このままずっと床についてしまうときまったわけではなし、あとのことはしばらく様子を見てから考えるとしようか」

忍専だって楽な暮らしをしているわけではなし、もし倒れて寝ついたら、千次郎同様あすの暮らしのめども立たぬ身になるのだ。

それを思うとつい暗い気持に襲われ、忍専は力ない足取りで千次郎の住まいを出るのだった。

「ご心配なさいますな。あっしのところで千さんの世話をいたしますから」

外で待っていた吾助は、おなかと並んで忍専を見送りながらそう言う。

長屋の端ではおりく、お鈴の二人が戸口へ出て、

「千さんのことならあたしたちにまかせておいてくださいまし。不自由なことはさせませんから」

と、これも明るい表情できっぱりと言う。

「頼みましたよ」

忍専もつとめて明るい顔でそう答えるが、少し長屋を離れれば、そう言ったおりく、お鈴や吾助たちだって、明日に備えのある身ではなし、ひとたび病の床についたら、いまの暮らしはたちまち崩れて、いっそ死んだほうが楽、などと本気で思わなければならなくなるのだと、ますます気持が暗くなる。

「いや、儂がこんな気持ではいけないのだ」

忍専がそう呟いたとき、

「和尚、寄って行きなさらぬか」

と、左の家から声がかかった。手習いの師匠、柴田研三郎が、外出しようと草履を履きかけたところだった。

忍専は足を止め、その浪人者の顔を見て微笑する。二人はほとんど同年で共に囲碁《いご》が好き。よく気も合って格好の碁敵なのだ。

「きょうは神田《かんだ》から大切な使いの者が来る日なので、長く寺をあけているわけには行かぬのです。よかったら寺へおいでになりませぬか」

柴田研三郎はふところ手をして忍専の横に立つ。

「柄《がら》にもなくこの春風に誘われてな。すこしそこらをぶらつくつもりだったが、和尚に会えたとは嬉しいことだ。きょうはひとつ、はじめからきつい碁を打たせてもらうとするか」

二人は並んで歩きだす。

「ところでまた何か長屋に起こったのか」

「千次郎が寝こんでしまったのですよ」

「それは困ったことだな。重いのか」

「まだはっきりとはしませんが」

忍専は柴田研三郎と寺へ向かう。

浪人者

証源寺の境内で、柴田研三郎は庫裏のそばに咲く、淡い黄白色の花を咲かせた木に目をやった。

「そうか、樒《しきみ》が咲いたか」

忍専もそのそばで足を止め、花を眺める。

「経専さまのころから、毎年春には盛んに咲きます」

「道理で負けいくさが続いている」

「ごもっとも」

柴田研三郎と忍専は軽く笑い合って庫裏の中へ入る。

樒は徳川家康が武田信玄《たけだしんげん》との戦いに敗れて浜松《はままつ》の城へ逃げこんだとき、折からの節分会に柊《ひいらぎ》がなく、その代用にされた故事で知られている。

証源寺もかかし長屋も、先代経専のころよりは少しずつましにはなってきているが、それは貧しさが幾分穏やかになったという程のことで、勝ちいくさとはとても言い難い。

「ささ、そこへ」

忍専は柴田研三郎を坐らせると、まず庫裏の西側の戸を開け放って眩《まばゆ》いほどの光を入れ、それから碁盤を抱えて柴田の前へ置くと、

「しばらくお待ちくだされ。湯など沸かしますので」

と、土間へおりた。

引き開けた戸の先には、石や枯れ木が入り組んで、そのあちこちに緑の芽ぶきがある。よく見ればそこは小さな枯れ山水の庭だったようだ。左手に本堂の回廊の一部が、灰色に見えている。

その庭を眺めて、というより、そこからさしこむ光に目を浸していたらしい柴田研三郎は、庫裏にひろがる淡い煙と火の匂いを嗅ぎながら言う。

「春日井志摩守の実兄、か」

土間におりて火をおこしていた忍専は、

「はい」

と、短く答える。

「五千石を捨てて、かかし長屋の古金屋か。嘘のような話だが、潔《いさぎよ》い男だな」

「人知れず朽ち果てるのが望みのようで」

柴田研三郎の位置からみると、背を丸めて火をおこす忍専は、まるで大きな炭団《たどん》のようだ。

「いろいろな人間がいるものだ。番太の万吉もなかなかの変わり者だぞ」

土間で忍専が背筋を伸ばし、火に薬缶《やかん》をかけた。

「学問がしたいと言い出した」

「それはそれは。して、いかなる学問をですか」

「それが、六韜《りくとう》を教えろとせがまれた」

忍専は声をあげて笑い、柴田研三郎も笑う。

「おもしろいから教えはじめた。まだ太公望《たいこうぼう》のくだりだが」

「天下の利を同じくする者は、則ち天下を得、天下の利をほしいままにする者は、則ち天下を失う……ですか」

忍専は上へあがって両手に碁笥《ごけ》を持ち、それを碁盤の上へ置きながら言う。

「坊主が六韜を諳《そら》じるとはな」

柴田研三郎は黒石の入った碁笥に手を伸ばしながら、意外そうに言う。

「四天《してん》流の達人が寺子屋の師匠になり、外をお歩き召さるにも、お腰のものはなしですむ時勢ですから。六韜を遊びで読む坊主も現れますよ」

「俺も碁将棋などの修業を積めばよかったのだ」

忍専は大ぶりの急須《きゅうす》を持って茶壺のそばにしゃがんでいる。

「芸が身を助けるほどの不しあわせ、と申しましてな。ようございましたよ、碁が笊《ざる》で」

「申したな」

二人は気の置けない碁敵の仲なのだ。

「ほうじ茶です。香ばしさが取柄です」

忍専は柴田研三郎の横に湯呑を置いて言う。へぼ碁の支度は整ったようだ。

「雲の色、風の温《ぬく》さ、草木の芽ぶきにも、春気《しゅんき》の盛んなことが見てとれる。千次郎の病もこの春気がもたらしたことではあるまいか」

「愚僧はそうは思いませぬ」

「ではどうしたことだと言うのだ」

パチリ、パチリと二人は盤をはさんで石を置きはじめる。

「千次郎は成人するまで五千石の跡取りとして育てられたそうです」

「嫡男《ちゃくなん》は早くに死んでしまったそうだな」

「はい。まだ乳《ち》飲《の》み子だったと聞いております。千次郎ははじめから家督を継ぐ者として育てられたのです。ですから、あの男には、お乳母日傘《んばひがさ》のひ弱さがついてまわっているようです」

「なるほど。貧乏人の逞《たくま》しさに欠けたまま、市井庶民の暮らしに紛れ込んだ咎めが来たというわけか」

「このあたりの水や食い物から寝間の湿気まで、ことごとくあの者の体には馴染まぬのでしょう」

「気の毒に。たしかにそうかも知れぬな。さすれば、武芸で鍛えた我が身の幸せは、貧乏長屋の暮らしにもよう馴染むということか」

柴田研三郎は自虐の笑いを泛べる。

「武家には無用の三男坊が、それで身を立てよと兵法修業の道に追いやられ、遮二《しゃに》無二《むに》受けた皆伝も、ついに食うことには役立たなかった」

「四天流とは二刀を用いるとか……」

白石を持った忍専は、柴田研三郎の布石を受けながら、さり気ない様子で話をそらす。

「流祖は成田《なりた》高重《たかしげ》。肥前《ひぜん》の人にて諸国を廻り、下野《しもつけ》宇都宮《うつのみや》で戸田《とだ》流の皆伝を得たのち、肥後《ひご》熊本《くまもと》は細川《ほそかわ》家の指南役として仕えしが、その折り二天《にてん》流寺尾《てらお》信行《のぶゆき》と立ち合っておくれをとり、直ちに入門して二刀の術を会得。四天流を創始した」

「剣のほかに居合、組討ち、鎖鎌までなさるそうで」

「よう知っておるな」

「柴田さまは気になるお人ゆえ。この近くに武芸のことに詳しい老人がおりましてな。その物知りに聞いてみたのでございますよ」

「そうか」

柴田は石を打つ手を休め、忍専の顔を見た。

「このあたりにも、わが流派を存じよりの者がおったか」

「それどころか、首を傾げておりましたぞ」

「何ゆえに……」

「ひと昔ほど前のことだそうですが、駿府《すんぷ》に名高い剣の使い手がおりましたそうな。他流の者との立ち合いを拒《こば》まず、試合う相手をことごとく打ち据えて敗れたことがなかったと申しますが、あるとき四天流の武芸者に挑まれて無残な敗北を喫し、その日のうちに駿府を立ち退《の》いて行く方知らずになったとか。また、勝った四天流の武芸者も、そのまま姿を消したので、残された門弟衆は狐につままれたような按配で、その不思議な立ち合いが、駿府では長く語り継がれておるそうです。その物知りが言うには、ひょっとして江戸に隠れすむ四天流の達人がいるとすれば、その立ち合いに勝った武芸者ではなかろうかと」

「その話なら儂も耳にしたことがある。しかしどこまで本当のことやら」

柴田研三郎は目を盤上に落とし、パチリと石を打つ。

「ことが剣術の試合の話ともなれば、とかく尾鰭《おひれ》がついて伝わりますからな」

忍専もそう言って石を打つ。

「おお、これはきついぞ。食らいつく気か」

「なんのなんの。今日は厳しい碁を打つと申されたのは、そちらさまではございませぬか。さすれば愚僧は機先を制したまでのこと」

そのとき庫裏の戸を叩く者がいた。

「ご免くださいまし。築地《つきじ》の若狭《わかさ》屋から参りました」

「おお来たか。暫《しばら》くご無礼を仕《つかまつ》ります」

忍専は柴田研三郎に会釈して立ち上がり、土間へおりて庫裏の戸をあけた。

「おう、七助《しちすけ》さんか。ご苦労さま」

忍専が戸を引きあけると、年の頃二十二、三のいかにも商家の者らしい律儀な様子の男が、油紙に包んだ封書ほどの大きさのものを手にして立っていた。

「まあお入りなさい」

忍専はあとずさって土間へその男を招じ入れる。

「あるじの藤左衛門《とうざえもん》から預かって参りました。どうぞお収めくださいませ」

男は碁盤を前にしている柴田研三郎のほうへちょっと会釈をして見せてから、忍専に油紙の包みを手渡した。

「いつもお使いご苦労様だね。一休みして行かないかね」

「いいえ、きょうはこれから箕輪《みのわ》まで行く用事がありますので」

七助と呼ばれた男は、また柴田のほうへ目を走らせて答えた。

「ああそうかね。じゃあちょっとそこで待っていてくださいよ。受け証に判を捺《お》して返しますから」

忍専は七助へとも柴田へともつかずに言い、上へあがって隅の棚のところで油紙を開き、中のものを取り出しておし頂くと、それを丁寧に棚へ置いてから、小さな紙に印形を捺して七助に返した。

「藤左衛門さんによろしく伝えてくださいよ」

「はい、承知いたしました。ではこれでご免蒙《こうむ》ります」

七助は丁寧に頭をさげ、戸を閉めて去る。

「若狭屋とは、海産物問屋のあの若狭屋か」

「そうです。当主の藤左衛門という人は、なかなか物の判ったお人でして、経専さまのころからこの寺に肩入れしてくれております」

「見るともなく見てしまったが、どうやら寄進のようだな」

忍専は元の座に戻り、

「さようです。毎月今のように金子《きんす》を届けてもらっております。小さいようでも十年続けば大きな額になります。なかなか出来ることではありませぬ」

と言って、碁石をつまむ音を立てた。

「不思議な寺よのう、この寺も」

柴田研三郎は感じ入ったように言う。

「かかし長屋も今ではこの界隈では一番の、小ざっぱりした長屋になっている。証源寺の住職が二代にわたって教化に励んだおかげだが、その証源寺を蔭で支える大商人《あきんど》もいる。世の中はまだ、捨てたものではないと言うことか」

「世の中には腐れたところも多かろうとは思いますが、市井の無名人《むめいじん》のほうには、かえって腐れがないようで」

柴田研三郎は湯呑をとりあげてほうじ茶を飲む。

「武家には無用の三男坊か……。たしかに俺には兄たちがいて、武芸で身をたてるよりほかに道はなかった。いや、そう思いこんでいた。武芸で身を立てれば武士として生きて行けるからだ。そして一族の者たちもそのことで武家としての面目が保てるというわけだ。だから俺は修練に励んだ。誰よりも強くあらねばならないと思いこんでいたのだ」

柴田は湯呑を下に置き、忍専をみつめる。

「だがそれは武家のみのことではなかったのだ。かかし長屋のそばに住んであたりを見まわせば、あたりは百姓の次男三男ばかりではないか。継ぐべき土地も財産もない者が、なんとか一人だちして暮らそうと、江戸へ出てきて苦労を重ねている。子らに読み書きを学ばせるのは、行く末親よりはよい暮らしをする者になってもらいたいと思うからだ。人として生まれてなにが一番大切か……俺は近ごろよく考える」

忍専も湯呑をとりあげていた。

「ぜひお聞かせください。人は何をしにこの世へ生まれ出たのか……古来無数の賢者がその答えを求めて参りました」

柴田研三郎はその面長な口許を歪《ゆが》めて苦笑する。

「さほどに大仰なことではない。要するに人は子を作りに生まれてきたのさ。城をどれほど築こうと、次代に送る一人の子を持つことには及ばぬではないか。肉は命の容《い》れものよ。血は命の流れ……違うかな」

忍専は頷いて先をうながした。

「子を作り育てて次代へ送りこんだら、人としての使命のあらかたはすんだと思ってかまわぬ。……俺はそう思うのだ。贅を尽くしておのれを楽しませたとしても、そんなことはなんの足しにもならぬ。あとは多少なりとも他人の役にたつよう生きればそれでいい」

「柴田さまはその役を果たしておいでです。子供らに読み書き算盤を教えて……」

「やめてくれ。それは根の浅い草に如雨露《じょうろ》で水をやるような慰めかただ。和尚には似合わぬ」

柴田研三郎は差し出された手をピシャリと払うような気合で言う。

「俺は遂にこの歳まで妻《めと》を娶らずに過ごしてしまった。人として最も大切な、子を作ることをせずに終わったのだ。無為の人生よ」

「愚僧とて同じ身です」

「仏に仕《つか》える身だ。俺たちとは話が違う」

「俺たち……」

「俺は千次郎のことを言いたいのだ」

柴田研三郎は沈んだ声で言った。

「あの男はいくさ嫌いだ。それも並み外れた。人と戦うということを嫌い抜いて生きてきた。俺とは川の向こうとこっち。まるで逆の生き方をする男なのだ。思うに、家督相続にからんで、激しい葛藤があの男の一族に生じたのではなかろうか。千次郎はそれを嫌って家を捨てた。出家すればことは簡単だっただろうが、それさえもさせない武門の体面があったはずだ。俺には千次郎を武士の家に縛りつけずにはやまないものがあったことがよく判る。武士の身分を捨て、町人の中へ逃げこむということは、いくさをせずに逃げ走ることに等しい。それは人間であることをやめ、犬猫の仲間に入ることと同じだ。俺も和尚も千次郎のいる側に立っているから、そんな考えは釈然とせぬが、そういう見方で人の世の上に立った気でいる連中がいるのだ。そんな連中のところから逃げ出すには、犬猫の仲間になったほうが早いのだ。そこは彼らの結界の外で、それ以上追っても詮《せん》ないことになるのだ。そこまで逃げた相手は、この上ない恥知らずなのだからな」

「おっしゃること、おぼろげながら判ります。ご大身《たいしん》のお武家がたでなくとも、仏門にも身分を誇りとし、その誇りを通して世を眺めておる者が数多くおりますからな」

「俺はおのれを恥じておる。武士であることを誇りとし、その誇りの尺度で世間を見ていた時期が長かった。だが今にして思えば、俺は千次郎と同じ川に沿って歩いていたのだ。なまじ剣を振りまわして強がっていただけ、俺のほうが千次郎より始末が悪い。強かろうと弱かろうと、ここまで生きて来たことに変わりはない。まして貧乏暮らしの程では大差ないではないか。その上二人とも子を作らなかった。なあ和尚。俺や千次郎のような者の使い道を考えろと言われたらどう答える……」

忍専は即座に微笑して言う。

「盤上に石をお打ちくだされ。千次郎でも碁将棋はいたします」

「ほう、そうか」

柴田研三郎は黒石をつまんでから、意外そうに忍専を見た。

「あの男でも黒白の争いを楽しむのか……」

「用があれば世間のほうから迎えにまいります。きっとそのうち、柴田さまでのうてはならぬ出番がまいりましょうほどに」

「いかにも坊主らしい言いぐさよ」

柴田研三郎は笑って石を打つ。

「めでたい話もありますぞ」

忍専がそう言って碁笥の中の石を鳴らした。

「めでたい話か。聞きたいな」

柴田研三郎は忍専が打った石の位置をみつめながら言う。右手の指先は碁笥の中にあり、碁石の触れ合う軽い音が聞こえている。

「三河屋の通い女中をしているお袖のことでございますよ」

「おしの の娘か。あれは素直でよい娘だ」

「愚僧もそう見ておりましたところ、あの子を見初めて是非嫁にと、母のおしのに承知させた男が現れました」

「どこの倅だ。まっとうな家の息子であろうな、和尚がめでたがるからには。跡取りか……」

どうやら柴田研三郎も、お袖のことを気にかけていたらしい。

「それが菓子屋のあるじなのでございますよ。年もお袖よりひとまわり上だそうで」

「それはめでたい話だな」

「ほう……なぜそう思われますか」

「苦労人にきまっておろうが、そんな男は。しかも分別盛りだ。お袖を見初めたそうだが、器量色香で見初めたわけではあるまい」

「さすがでございますな。いかにも、道楽が過ぎて勘当をされたことがある男です」

「内緒勘当か」

柴田研三郎はそう言って石を打った。

「やはりそのあたりが合戦場でしたか」

今度は忍専が盤上の石の配置をみつめる。

「……赤坂の綿問屋の次男だそうです」

「家を出されてから自力ではじめた菓子屋が当たったのだな」

「新乗物町の楓庵」

忍専はそう言いながら力をこめて石を打つ。

「楓庵か。凝った菓子を並べそうな店だな」

「おかげでかかし長屋に空きが出来そうです」

「そうか。母親も引き取るというわけか」

柴田が負けじと盤に黒石を打ちつける。また小気味よい音が立つが、続いて忍専が間を置かず打ち、柴田もそれにすぐ続く。双方とも熱くなってすぐ石を打ち返すのが、いかにも力量の接近したヘボ碁打ち同士。

「おしの、お袖の母娘《おやこ》はそれでよいとして、心配なのは千次郎だな。長屋の空きが二つにならねばよいが」

「千次郎にも女房がいたのですよ」

「ほう。それは知らなかった」

「柴田さまがあそこへお入りになる前のことです。貧の苦労をあるだけして、死んでしまいました」

柴田研三郎は顔をあげる。暗い表情だった。

足洗い稲荷《いなり》

「よう。しまいかい」

通りがかりに声をかけられたのは畳屋の幸介だ。

「相変わらず仕事熱心だそうじゃねえか。父っつあんは元気かね」

「おかげさんで」

場所は菊屋橋《きくやばし》の東、門跡《もんぜき》前と呼ばれるあたりだ。寺と仏具屋がやたらと多い。

その寺の一つは畳替えを請負って、きょうでもう三日目なのだ。それがすんだら隣の寺の畳も引き受けることになっている。

だから幸介は手ぶらだ。ちかまの仕事は何かにつけて気が楽だ。ただ寺の庫裏などに置いてある家具類は重くてかなわない。見かけを仰々《ぎょうぎょう》しくさせたいのだろうが、どれも古びて瑕《きず》だらけなだけに、そんなものは裏の板の間か納戸《なんど》に置いてくれと言いたいが、なぜか客の目に触れるよう畳の上に置きたがる。

幸介はそんなことをとりとめもなく頭に思い泛べながら、いつの間にか金竜寺《きんりゅう》の前を曲がって、福川《ふくかわ》町のほうへ足を向けていた。そのあたりを通ると、福川町の荒物屋の角へ自然と足が向いてしまうのだった。癖になっているのだ。

幸介はその荒物屋の屋号もろくに知りはしない。店の奥から雑多な品が表へはみ出さんばかりになっていて、近所では小兵衛《こへえ》と呼ばれているようだが、どうもそれは当主の名ではなさそうだ。むかし小兵衛という者が荒物屋を開いたからそう呼ばれるのだろうが、幸介にはまるでかかわりのないことだ。

幸介が足を向けるのは、その小兵衛という荒物屋の角にある小さな稲荷の祠《ほこら》だ。お定まりの赤い鳥居に正一位の白い幟《のぼり》。俗に足洗い稲荷で通っている。

由来ははっきりしないが、その稲荷に願うと、今していることから足が洗えるということだ。

幸介は別に畳職から足を洗いたがっているわけではない。父親の吾助が大の博打《ばくち》好き。それで一家がどれほど苦労してきたことか。

実を言うと幸介は子供のころから母親に連れられて、その足洗い稲荷を拝みに来ていたのだ。

いまはもう吾助の博打もふっつりとやんで、吾助の代に底まで落ちた運勢も、幸介の代にはなんとか持ち直しそうな按配だ。

だから近くを通りかかれば、今でもその稲荷に礼を言うことにしているのだ。ただ幸介にその稲荷を教えてくれた母親は、貧苦のうちに死んでもういない。幸介が近づいて行くと、その赤い鳥居の前から女が一人離れて行く。願掛けしていたのかも知れない。

通りかかれば必ず足をとめ手を合わせる足洗い稲荷。

幸介は赤い鳥居の前で立ち止まり、小さな祠に向かって手を合わせ、軽く目を閉じた。

小兵衛稲荷と呼ぶ者も多く、足洗いの利益《りやく》は知られていても、それを足洗い稲荷と呼ぶ者はそう多くない。

「なにから足を洗えてえんだか……」

幸介の背後で声がする。通りがかりの三人連れが、からかい気味の目を向けているのだが、幸介は別に逆らう気もない。足洗いの願いは叶《かな》えられ、これはお礼参りのようなものだ。合わせた手を解いてまた歩き出す。さいわい今の三人連れとは方向が違っているから、気まずい思いをせずにすむ。

このところ幸介の暮らしはいいほうへ向かっている。丁寧な仕事ぶりが認められて、あちこちから声がかかるようになったのだ。まだ新築の家をまかされるほどではないが、表替えだって一人立ちすれば楽に食って行けるのだ。

「あのう、もし……」

幸介は少し歩いたところで声をかけられ足をとめた。相手は女だった。

「あっしのこと……」

女は十八、九。小奇麗なみなりをしている。

「ちょっとお尋ねしたいことがありまして」

女は恥ずかしそうに目を下へ向けて言う。

「なんだね。道に迷ったのかい」

「いいえ。あの、あそこのお稲荷さんのことで」

幸介は思わず振り返る。

「ああ、小兵衛稲荷のことかね」

「足洗い稲荷とか」

「ああ、そうとも言うよ」

「本当に効くんでしょうか」

幸介は苦笑した。いま手を合わせていたのを見ていたらしい。とすると、その前に稲荷の前を離れて行ったのがこの女だったのだろう。

「なんで足洗い稲荷と言うんだか、そのいわれは俺もよく知らない。でも効くよ。俺の親父は博打からきっぱり足を洗えたもの」

「そうですか」

女は目をあげて幸介の顔をみる。ほっとしたような表情が泛んでいた。

「毎日願いに来なければいけないんでしょうか」

「出来ればそうしたほうがいいんだろうが、うちのお袋は毎日じゃなかったな。思い立つと来てたようだ。それでいいんじゃないのかな」

女はますます安心したようだった。

「どこのどなたさんで……」

女は幸介にそう問われてまた目を伏せた。

「ご勘弁くださいまし。ありがとうございました」

そう言うと小走りに幸介の横をすり抜けて、稲荷のほうへ去ってしまう。幸介は振り向いて見送ったが、女は稲荷の前でも足を止めず、すぐ横へ曲がって見えなくなった。

「どうせいいことじゃなかろう。言いたくないのが当たり前か」

幸介は意外とも思わず、そう呟いて歩きだす。

亭主の道楽に困り果てて、足洗い稲荷にすがる気になったらしいのは、幸介にも手に取るようによく判る。

博打か酒か女道楽か。いずれにせよみなりからすると、まだそう悪い暮らしではなさそうだ。だが、女房にさせるその道楽が、楽な暮らしに油断をした貧のはじまりだと言うことは、幸介も小さい頃から、吾助の転落のさまをしっかり見て来たから、肝に銘じている。

で、長屋へ帰りながら気になったのは、自分があの女に稲荷の由来をよく説明できなかったことだった。

なにしろ母親に連れられて行ったのが最初だから、もうあの稲荷とのつき合いもかなりのものだ。母親は死に、親父の博打癖も治ったが、稲荷の由来を知らないでいたのはいかにも迂闊だ。

これは誰かに訊かねばならないと思いながら三好町へ入ると、番太の万吉が路地口へ顔を向けて、鼻くそをほじらんばかりの閑《ひま》な様子だ。

「万さん」

幸介が声をかけると、途端に万吉は嬉しそうな顔になる。

「いま帰りかい」

「そう。ちょっと物を尋ねてえんだけど。いいかい」

万吉は向かいの柴田研三郎の家の方へ目をやりながら、

「いいとも。なんでも訊いておくれ」

と、妙におっとりした返事をした。

「小兵衛稲荷のことなんだけど」

「荒物屋の角のかい」

「そう。あの稲荷をなんで足洗い稲荷って言うんだか教えてくれないか」

「ああ、足洗い稲荷の由来ね」

万吉が得意そうな顔になる。

「大昔、このあたりには川や池や沼が多くてな。どうもあそこらにも小川か池があったらしいんだ。そこの水で平《たいら》の将門《まさかど》が足を洗ったからついた名だそうだ」

「将門《しょうもん》さまが足を洗った場所かよ」

万吉のいる番小屋をあとにした幸介は、ぶつぶつ言いながら自分の住まいに戻った。

吾助は仕事から戻った息子を見て、

「お帰り。すまねえな、助《す》けなくて。でも暇でしょうがねえや。あしたから手伝わせちゃあくれねえか」

と、子供のようにせがんだ。

「将門さまが足を洗ったって場所を知ってたかい」

「将門さまって、あの平の将門のことか」

吾助は呆れたように幸介の顔をみつめた。

「そうだよ。どっこいしょっと」

幸介は草履を脱いで上へあがる。

「知らねえな。どこで足を洗ったんだい」

すると土間にいたおなかが笑った。

「この近所にきまってるじゃないか。小兵衛稲荷のことだろう」

おなかは舅と幸介を半々に見ながら言う。

「あ、そうか。それで足洗い稲荷か」

「そうなんだってさ。いま万さんに訊いてはじめて知ったよ」

吾助は唐突に大声で、

「きょうこんなでっけえのを釣り落としちゃったぞ」

と、両手をめいっぱいひろげて見せた。

「どこで……」

幸介は吾助の大声に驚いて目を丸くし、その手の幅をみつめる。

「本当にそんなでけえ奴がいたのかい」

「いるわけないだろう。いたらそいつは大川の主《ぬし》だよ」

　口をはさんだおなかは、また笑っている。

「お父っつあんは、とうに足洗い稲荷のことを承知してなさるんだよ」

　吾助はひろげた両手をすぼめ、左手を盆の窪《くぼ》に当てる。

「面目《めんぼく》ねえ。おっかあにも幸介にも、苦労かけてすまなかった」

「なんだ、お父っつあんの博打をやめさせようと、母ちゃんが願掛けしてたのを知ってたのか」

「だから、すまねえって言ってるだろ」

　吾助はますます小さくなってぼそぼそと言う。

「それよりなんでいまごろ、万吉さんに足洗い稲荷のことなんか聞いたのさ」

　おなかが吾助を庇《かば》うように言った。

「人に訊かれたからだよ、足洗い稲荷の由来を」

「どんな奴にだ。そいつも博打癖がある奴か」

「女だよ。ありゃどうも死んだ母ちゃんと同じだ。亭主の博打で困ってるんだな」

「気の毒に」

　吾助はそう言ってしまってから、気がついて首をすくめた。

「俺が気の毒がる筋じゃねえか」

「お父っつあんのはもうやんだじゃねえか。母ちゃんもあの世へ行ったことだし、いつまでくよくよするなよ」

「俺の博打がやんだのは、足洗い稲荷のご利益かどうか判らねえ。賭場へ持ってく金はなし、年ぃ取ってもう金を作る元気もなし。神様が自然と足を洗わしてくれたのかも。どうも将門さまがそんな面倒まで見てくれるとは思えねえ」

「どこのおかみさんだね」

おなかは他人事でない顔になって幸介に訊く。

「さあ」

幸介は判らないのが自分の手落ちのように思ったらしく、すまなそうに肩を落とした。もともと気のいい男なのだ。

「恥ずかしがっていたみてえだったから。着るものからして、そう困った家《うち》の人じゃなさそうだった」

「そりゃ大変《てぃへん》だ。いまのうちなんとかしてやらねえと」

そのへんのことになると、吾助が一番よく判っている。稼ぐための手は畳のこと以外なにも判らず、文字だって仮名のほかはろくに知らない。

でも博打にのめりこんだら、一家の行く末がどうなるか、その順序は家へ帰る道筋のようによく判っている。その点では道学の先生なんか足もとにも及ばないだろう。

めいめいがそれぞれの思いで口をとざし、しばらく静かになった。とはいえ隣近所の話し声や物音はよく聞こえている。

「針を取られちまった。あれをあげとけば飯が楽しみだったのにな」

吾助が話を変えた。

「針くらい買いなよ。なあ、おなか」

幸介が労《いたわ》るように言う。

「釣針くらいお安いご用だけど、どうせ釣りをするんなら、もう少し釣れそうなところで釣んなすったら……。近所の人が、お父っつあんのことを笑ってるの。釣れないところを選《よ》ってるみたいだって」

「なに、魚を釣ろうと思ってしゃがんでるんじゃねえや。退屈だからよ。なあ、あしたから仕事をさせてくれねえか」

「また腰が痛みだしたらどうするんだい」

「もう痛まねえから大丈夫《でえじょうぶ》だよ」

吾助は息子に手を合わせんばかりだった。

お節介《せっかい》

八つごろ。柔らかく吹く春風の中を、四角い風呂敷包みを抱えた番頭風の男が一人、かかし長屋へ近づいて行く。

そこへ来るまでも、裏々を流す行商人の呼び声がひっきりなしに聞こえており、男はその呼び声が生み出すけだるさの中で、大工辰吉の家の前を近所の者のようなさり気《げ》なさで通りすぎた。

それでも辰吉の女房おりくは、喋りにきていた向かいのお鈴に目配《めくば》せして、

「誰かね……」

と、短く言った。

「勘助さんのとこだね。扇屋だろ」

「珍しいね」

男に向けた関心はそこまでで、二人はとりとめもない世間話に戻った。

勘助の家の戸は半分あいていて、男は中へ声をかける。

「ごめんなさい。勘助さんはこちらで」

仕事の手を止めた勘助は、顔をあげて眉を寄せ、舌打ち一つ。

「あとを閉めろ」

男はニヤリとして、

「へいへい。それではお邪魔をさせてもらいます」

と、中へ入って腰障子を閉めた。

「なんでえ、その格好は」

勘助が咎めるように訊く。

「毎度裏から忍んで来いと言うのかい」

男は手妻の半助だった。さすが盗賊だけに、さして特別なことはしなくても、人を怪しませないような、もの堅い風体に見せることはうまいものだ。

「こないだはすっかり奢ってもらっちまったが、そうひょこひょこ俺んとこへ来てもらっちゃ、お互いにまずかろう」

半助は風呂敷包みを置いて、勘助の向かいに坐りこむ。

「だからこうして実直な風に変えて来たじゃねえか」

半助は低い声で言う。

「来ちゃったものは仕方ねえ。で、何か用事か。……急ぎの用事があるわけはねえはずだが」

「ああ、ないね」

半助は軽く答えて低く笑う。

「でも遊びの誘いくらいはしてもよかろうよ」

「あまり派手に銭を使わねえことだ。持ってるのはいいが、人に見せるもんじゃねえからな」

「どうだった。小升の女。面白え女だろ」

「浮気を商売にしてる。面白そうだが程があるぜ」

「あの晩は運が良かったぜ」

半助は扇の材料を珍しそうに見回して言う。

「なにが……」

勘助は相手を歓迎していないことを示すためか、仕事の手を休めずに訊く。

「向かいの莨屋のことよ。ちょうどあの晩は小升に顔を見せなかったから」

「そりゃたしかに顔を合わせねえですんだのは、運がよかったのかも知れねえな」

勘助は木で鼻をくくったような言い方をした。

「でももうご免だぜ。ああいうところへ行ってうれしがる歳でもねえし」

半助の声が少し尖《とが》る。

「昔馴染みの俺とおめえの仲じゃねえか。まして人には言いにくい稼業でよ。俺だっていまはこうしておとなしくしてるんだ。つき合ってくれたっていいじゃねえか」

「そう思うからつき合った。いまのおめえが寂しがる気持も判るけど、静かにしていればこそ、お互いあまり深入りしねえようにしといたほうがいいんじゃねえのかい」

　そう言われて半助は態度をやわらげる。

「こんなところに身をひそめて、もう八年になるってな。こないだ池之端で一緒に飲んだときそう思ったんだが、たしかにもう夜風の伝造って奴はいなくなったようだ。いるのは堅気の扇屋の勘助さんだけだ。正直言って俺にその真似が出来るかどうか……」

　半助はしんみりした様子で少し考え込んだが、思いなおしたようにまた顔をあげ、陽気な声で言う。

「苦労して足を洗った奴を、元の稼業に引き戻しにかかったりするようなことは、俺には出来ねえよ。実はこの先付き合うのは嫌だと言われても、仕方がねえと思ってはいたんだ」

　半助はそう言いながら風呂敷包みを解きはじめる。

「つまらねえものだが、これは足を洗えた祝いだと思ってくれ。できれば俺も見習いてえよ」

　半助はなにやらきちんとした折箱を、体を斜めにして勘助のほうへ滑らせた。

「なんでえ、照れくせえことをするじゃねえか。俺だって、昔の知り合いがお縄になったなんて噂は、聞きたくねえさ。おめえもきっぱり足を洗いな。俺よりずっと若えんだし、立派にやり直せるって」

　そう言われた半助は、妙に投げやりな薄笑いを泛べている。勘助はふと目を仕事の台の下へ落として、半助が滑らせて寄越した折箱を見たが、途端にその目がきつく光った。

勘助は折箱をとりあげてしげしげとそれを眺める。このあいだ隣のおしのの家で見た箱よりはだいぶ小さいが、蓋には楓庵の焼印がおしてある。

「楓庵か。中身は何かな」

「菓子よ。おめえはあんまり飲《や》られねえくちだから」

「ほう、菓子かい」

勘助は箱を台の上に置いて蓋を外す。

「おう、こりゃあ旨そうな菓子だな。楓庵というとどこにある店だ。この様子じゃ名のある店なんだろう」

「こんところちょっと評判になってる店だ」

「どこの……」

勘助はくどく尋ねる。

「新乗物町さ。凝った店構えでよ。ちかぢか嫁入りがあるとかで、ばかに賑やかにやってるよ」

「こんな凝った菓子を売るくれえだから、きっと内福な店なんだろうな」

勘助は素知らぬふりで探りを入れている。

「手堅くやって派手には見えないが、あれでなかなかのもんだと見たな」

半助はそう答えてニヤリとしている。勘助はそれでもうすべてを見抜いたようだった。

「ありがとよ。おめえの祝いをじっくり味あわせてもらうことにしよう。どうだ、ここでおめえも一つ食って行けば。茶ぐれえ出せるぜ」

　半助は手を横に振る。

「俺は知っての通りの飲ん兵衛さ。甘えもんは駄目なんだ」

「きつい言い方をしてすまなかったな。どうも虫のいどころが悪かったらしいや。おめえに会いたいときはどうすればいい。あの小升って店へ行けばいいのかい」

「今んとこ、ねぐらは根津さ」

　半助はなんの疑いも見せず、自分の隠れ家を勘助に教えた。

「用がなくてもまた来てくれよな」

「いいのかい……」

「また奢ってもれえてえな。小升の女、色っぽくていい女だ」

「じゃあまた誘いに来るよ。今日んところはこれで」

　半助は腰をあげる。畳んだ風呂敷を懐へねじこんで、来たとき同様物堅い風で外へ出ると、

「ではお願いしましたよ」

　と、障子をしめて歩き始める。おりくとお鈴はまだ喋り込んでいて、長屋を出て行く半助に会釈をしている。

「菓子折一つでころっと機嫌がよくなりやがった」

　半助は薄笑いを泛べてそう呟いた。

　半助が帰ったあと、勘助は腕を組んで考えこんでいる。膝元に楓庵の菓子折があり、その

焼印の文字が勘助にはまがまがしいものに思えていた。

「お袖ちゃんが……」

危ない、という言葉を呟きかけて、勘助は危うくそれを飲み込む。

「あんちきしょうめ」

そのかわり半助に向けた呪いの言葉が口をつく。

その菓子折は半助が楓庵を下見した証拠のようなものなのだ。

「おとなしく暮らしてえ、なんて言っときながら、とんでもねえことを考えてやがる」

勘助にとって、半助が楓庵を狙っていることは、もう間違いないと思えているのだ。

「勘当をされた身を、一からやりなおしてまっとうな商人《あきんど》になったたって言うのに。ここでまた素寒貧《すかんぴん》にされたら、どうなることか判ったもんじゃねえ」

とは言え勘助も今はもう堅気の暮らし。人に言えない苦労と辛抱でそれを手に入れただけに、どうして半助の狙いを阻止していいか、手だてが判らない。

時がたつにつれ、手妻の半助が楓庵に目星をつけ、盗みに入る支度をしているということだって、少しずつ疑わしくなってくる。

自分の思い過ごしではないかと思えてくるのだ。それは多分、そうあって欲しいと願っているからなのかも知れない。

楓庵の菓子折は、まったく半助の好意のあらわれで、本当に半助も盗っ人の足を洗いたがっているのかも知れないのだ。

楓庵はそれほど巷《ちまた》の評判になっていて、久しく江戸を空けていた半助が、珍しがって菓子を買いに行くほどのことはあるのかも……。

「甘え甘え」

勘助は腕組みを解いて首を横に振った。

「あいつが楓庵を狙っていることはたしかなことだ」

それはもと盗っ人の夜風の伝造が確信していることだ。そうではないと思いたがっているのは、扇屋の勘助の心だ。

そして最後は夜風の伝造という、とうにこの世から姿を消したはずの盗っ人の意見が勝ったようだった。

だがその夜風の伝造は、二度と現れてはならない奴だ。

となれば、楓庵をどう守ってやるか、あるいは見てみぬふりをするか、相談する相手は証源寺の忍専和尚しかいない。

勘助は腰をあげ、草履を履いて証源寺へ向かった。

忍専和尚は寺にいた。

「おう、勘助か。長屋にまた何か起こったか」

忍専はいつも長屋に起こる不幸を気にしているようだ。たしかにかかし長屋は最初のころよりはずっとよくなって来たが、貧乏暮らしから這い上がるのは大変なことで、忍専が常に住人たちの手綱《たづな》を引き締めていないと、すぐまた元に戻りそうな按配なのだ。

忍専のかかし長屋に対する気配りは、勘助が一番よく判っていると言える。なにしろ盗っ人の足を洗わせてくれたのだし、それを世間に露ほども知らせぬように計らってくれているのだ。

つまり勘助は忍専、いやこの証源寺が作り出した最大の傑作と言ってもいい。勘助もそれを充分自覚して、そのことを励みにもしていたのだ。

しかしいま、勘助は大きな危機を迎えている。隣のお袖の幸せを守ってやろうとすれば、自分の過去をさらけ出さなければならなくなりそうだし、見て見ぬふりをすれば、人の道を踏みはずすことになってしまい、折角足を洗った自分に、自分で汚点を作ることになりかねない。

忍専は勘助の顔に動揺があらわれているのを敏感に察したようだ。

「あがってそこへお坐り。なにがあったのだ」

勘助は言われた通り忍専の前へ坐った。

「実は今、男が一人たずねて参りまして」

「昔の仲間か」

忍専は厳しい表情で勘助をみつめる。

「はい。手妻の半助と言いまして、古池の五兵衛と言う盗賊の手下でしたが、五兵衛がお上に追われて江戸を離れると、それについて長い旅に出ておりました」

「盗賊の旅というと、行く先ざきで盗みを働きながらか」

「はい。その旅の五年目に頭の五兵衛は死にまして、江戸へ舞い戻ったのだそうで」

「その男に顔を見られたのだな」

「はい」

「いずれそう言うこともあるのではないかと案じておった。とうとう来たか」

「半助は手土産《てみやげ》を持って来ました」

「盗っ人の手土産とは。いったい何を持って来たのだ」

「それが、楓庵の菓子でございます」

　忍専は無言で眉を寄せ、勘助をみつめた。

「手前にはよく判ります。半助は楓庵を狙っているのです」

「いつだ。盗みに入るのは」

「判りません。いまはまだ探っている最中かと」

　楓庵が襲われるにはまだ少し間があるらしいと知って、忍専はほっとしたようだった。

「誘われたのか、その半助とかいう盗賊に」

「いいえ、それはまだ」

「押し込みか、忍びこみか」

　忍専は素人《しろうと》らしい尋ねかたをした。

「江戸に戻ったばかりの半助が、一人仕事をするはずがありません。ですから仕口は組む相手によります。ひょっとすると、いや十中八、九誘われたのだと思います」

忍専は腕を組んで唸《うな》った。

「襲う人数は判らぬか」

「楓庵という店も見たことがございませんので」

「そうか、見ねば見当もつかぬわけだな」

「はい」

「見に行けば、楓庵に狙いをつけた連中に、勘助が見られてしまうわけだな」

「はい。ですがもう半助がその者たちに喋っているかも知れません」

「どうすればその盗みを防げると思う」

「盗っ人は狙っていることを相手に知られるのを一番嫌います」

「ならば楓庵に知らせて用心させれば諦《あきら》めるか」

「はい。ですが盗っ人はどうして自分たちの企みが漏れたかを、しつっこく究明しようとするでしょう。それをしなくては、次の盗みも出来なくなりますから」

「なるほど、それはそうであろうな。そういう究明の仕方は、役人も盗賊も同じことか」

「はい」

「するといずれ勘助に危害が及ぶことになるのか」

「仲間が足を洗うのを嫌うのは、漏れ口を作らぬようにするためです。おかしな言い方でしょうが、盗っ人が一番憎む盗っ人の悪事は密告です。盗っ人同士のいさかいで、相手の狙い先《さき》をお上に密告したりしたのが判ったら、そいつは間違いなく殺されます」

「そう言うものか。すると勘助もやられるのだな」

「はい。みせしめをしなければ、同じことが起こりますので」

「なるほど。その盗賊一味をひっくくったとしても、ほかの盗賊がみせしめをすることになるのだな」

「はい」

「とするとお上はだめか」

忍専は楓庵も勘助も、両方救いたがっているのだ。

「用心棒を置くのはどうだろうか」

忍専は逆に勘助に尋ねた。

「喧嘩《けんか》出入りとはわけが違いますので」

勘助は微《かす》かに苦笑を泛べて言う。そういうことについては、忍専も世間の旦那衆と変わりはないのだ。

「盗っ人に狙われて置く用心棒は、隠していたら役に立ちはしません。強いのがいるということで、相手を諦めさせるためですから」

忍専はひどく感心して何度も頷いた。

「そうかそうか。隠していては役に立たぬのだな、用心棒は」

「さようでして。……用人棒を置くくらいなら、お上に訴え出たほうがずっと手っ取り早ようございます」

いのだ。

「どの道どこから漏れたか、探られることになるのだろうからな」

それではいずれ勘助のことが表に出てしまう。忍専はそれ以外の手だてを考えねばならないのだ。

「困ったな」

忍専は腕を組んで勘助をみつめた。

「ひょっとして、用人棒には柴田さまをお考えではございませんでしたか」

勘助は遠慮がちに言った。

「いかにも、いよいよのときはあのかたのお力をお借りするつもりだ。しかしお前のことを考えると、柴田さまの出番もないようじゃ」

「柴田さまはそんなにお強いので……」

「四天流免許皆伝じゃ。盗賊など取りひしぐには何の造作もあるまいて」

忍専はそう答えてから、急に勘助を睨《にら》んだ。

「こういう策はどうじゃ」

「はい」

勘助は膝を揃えなおした。

「楓庵に、その者たちよりひとあし先に、別な盗賊が忍び入ったらどうなる」

「別の盗賊が……」

「そうすれば楓庵が用人棒を置くようになっても、盗賊どもに怪しまれずにすむのではないかな」

「楓庵が嘘をつくのでございますか」

「嘘をつくと言うのは聞こえが悪いが、要はその……なんと申したかな、お前が見られた昔の仲間は」

「手妻の半助です」

「その手妻の半助たちが、楓庵を諦めるように仕向ければよいのではないか」

「そうですが、まさかこのあっしが……」

「お前はなにもせんでよい。ただ知恵を貸せ。いかにも本物の盗賊が忍び込んだと言うようにするためには、どうしたらよいか教えろ。楓庵の者たちが気を揃えてその通り振舞えばよい」

勘助はしばらく考えていた。

「あいつらに見抜かれなければよいのですが」

「そこをどううまくやるかが、お前の知恵の見せどころではないか」

忍専は励ますように言う。

「ほかに相談する者がいるわけではなし」

勘助は弱気な表情を泛べて忍専を見つめた。それは詫《わ》びているようにも見える顔だった。

「和尚さまが楓庵に言ってくださるのですね」

忍専が苦心しているのは、勘助をこのことの外側に置いて、どうやって昔の仲間から遠ざけてやるかという点なのだ。

それがよく判るだけに、勘助としてはまるで自分が難題を持ちこんだように思ってしまうのだろう。

「儂が向こうへ出向くのはさしつかえなかろうな」

「まあ大事なかろうとは思いますが……」

「少しでも心配なことがあったら、遠慮なしに言ってくれ」

「相手はまだこれが漏れたとは思っていないでしょうから、楓庵の主人の出かける先まで、いちいち目を光らせることはしないと思います」

「楓庵の主人はなかなかの苦労人だそうだ。世間の裏にも通じていると思われる。儂が呼び出してみよう」

「では手前は盗っ人がどう忍びこむか、その手順を考えましょう」

「勘助なら抜かりはあるまい。まかせたぞ」

「恐れ入ります」

勘助は閉口したような顔で頭をさげた。

「いや、これは余分なことを言ってしまったな。気にしてくれるなよ」

「何を手前が気にすることがございましょう。それよりも、人さまのお役に立つことが出来れば本望です」

「それさ、お袖の嫁入り先に不幸があってはならんからな。お前もよく知らせてくれた。我が身可愛さで見て見ぬふりをしても誰も気づかぬことなのにな」

「余計なお節介ならよいのですが」

「そうあって欲しいのだが、勘助の目に狂いはあるまい。相手はお前と違って、いまだに地獄をうろついている連中だからな。お互い油断せずにお袖を守ってやろうではないか」

「はい」

忍専に改めてそう言われると、勘助は自分が危険なことに首を突っ込んでしまったことを、強く感じないわけには行かなかった。

「まず楓庵の主人に会う手はずを整えよう」

「では手前は偽《にせ》の盗っ人に入られる手順を考えます」

勘助はそう言って立ち上がった。

後家屋の為吉《ためきち》

楓庵の卯吉のもとに、忍専からの文《ふみ》が届いたのは、翌日の昼のことだった。

卯吉は奥の座敷でその文をひろげ、すぐ手を打って久蔵を呼んだ。

「はい、お呼びで……」

久蔵が座敷へ顔を出して何やら気ぜわしそうに言う。久蔵はもともとは菓子職人で、気ばたらきがいいところから番頭格に引き立てられている。

「この文を受け取ったのはお前だね」

「はい」

「使いの人はどうした」

「すぐに帰りました」

「どんな人だった」

「十三、四の……生意気盛りといった。なにかご本家に変事でもございましたか」

卯吉の様子がそんな風に見えたのだろう。久蔵は心配そうに訊く。

「いや、なに起きたわけではない。わたしはこれからちょっと出かけなければならないので、留守を頼みますよ」

「それはまた急なお出かけで。どちらへ……」

「お前には帰ってから話します」

卯吉はもう立ち上がって出かける支度をしている。

「火の元、戸締まりを念入りにな」

「は……」

久蔵は怪訝《けげん》な顔で廊下へ出る卯吉を見送った。

卯吉がうろたえるのも道理で、忍専からの文の内容は容易なものではなかった。楓庵が盗賊に狙われていること。それについては家の中に手引きする者がいないとも限らないから、万事内密にしたまま、取り急ぎ証源寺へ来て欲しいということなど、手みじかながらさし迫《せま》った文面だった。もちろん証源寺へ行くことも隠すように書いてある。新乗物町から浅草御門へ向かう卯吉は腹を立てていた。懐中には出かけるとき、忍専からの文がねじこんである。それを取り出して読みなおすまでもなく、家人さえも疑わせるような書きぶりに怒りを感じるのだ。

それに卯吉はかかし長屋と証源寺のつながりも、まだ知りはしないのだ。その腹立ちを抑えているのは、自分の店を盗賊が狙っているという警告を、無視するわけには行かないからだった。

嘘や冗談だったらただは置かないぞ、という意気込みで卯吉は証源寺へついた。

「ごめんくださいまし。楓庵の卯吉と申します。和尚さまはおいででしょうか」

その声と同時に庫裏の戸があいた。

「おお、おいでくださったか。お待ちしておりました。むさいところですが、上へ、上へ」

忍専と卯吉は初対面。だが忍専は旧知の仲のように卯吉を迎えた。

「まずそこへ。当寺は儂よりほかに人はおりませぬ。湯茶のもてなしは話がすんでからのこと。なにせ内聞《ないぶん》を要することでございますからな」

忍専はそう言って卯吉と向き合う。

「手前は新乗物町で菓子屋を営みます……」

卯吉が初対面の挨拶をしかけると、忍専は右手を横に振ってそれをおしとどめる。

「いまは挨拶なしですましましょう。それよりも、この寺とかかし長屋のつながりをご承知かな」

「かかし長屋とは、あの三好町の長屋のことでございましょう」

「さよう。お袖の住んでいる長屋のことです。あの長屋はこの証源寺の前の住職経専和尚が、貧窮の者たちに立ち直る場を与えようと造ったものです」

「そうでございましたか」

そう聞いた卯吉は、意外そうに庫裏の中を見回している。

「僧侶とて手取り足取りして、貧苦の境涯から抜け出すのを手伝える相手の数は、知れたものです。仏の教えを説くだけで救えるものではありませぬからな。男にはまず手に職を与え、その家族には明日へのよい夢を見ることのできる寝ぐらを与える……それが師のご坊がお考えになられたことでありました。仏法を説くだけで衆生《しゅじょう》が救済できるなら、千年も前に僧は不要になっているはずだと言うのが口癖でおわした」

卯吉は眉を寄せて忍専の顔をみつめている。それと自分の店を狙っているという盗賊のことは、どういうつながりがあるのだと言いたげだ。

「これをお話しておかぬことには、楓庵を狙う盗賊のことがお判り頂けぬのでな」

忍専はそう言ってひと息つくと、言葉の調子を変えた。

「つまり当寺は世の中の底の泥とつながりがありますのじゃ。卯吉さんは盗っ人たちの掟《おきて》をご存じかな」

卯吉は黙って首を横に振る。

「密告者は殺すのです。それは密告された連中のことだけではない。その者たちが密告者を制裁できぬときは、ほかの者が殺すのです。密告者を野放しにしておいては、誰しも次の盗みが出来なくなるからです。それはお判りかな」

「はい、判ります。盗っ人といえども、厳しい掟の中に生きているのでございますなあ」

卯吉は感心してみせたが、忍専は語気を強くした。

「じゃによって、この件を儂に教えてくれた者の名は明かすわけにはゆかぬのだ。決して口外せぬと誓ってもらわねば困る」

忍専は卯吉の認識が甘いことに苛立《いらだ》ちを感じているようだ。

「そのお人に後日迷惑が及ぶわけでございますな」

「迷惑どころではない。儂に教えて楓庵の危機を救おうとするのは、命がけのことなのだ」

「そうまでして頂けるとは、ありがたいことでございます」

卯吉は几帳面《きちょうめん》な様子で頭をさげるが、忍専の抱いている危機感と比べると、まだだいぶゆとりが見えた。

「お袖という娘には、徳のようなものがあるらしい」

忍専はもどかしがりながらも、卯吉に事の重大さを判らせようと、話の持って行きようを変えた。

「お主のような苦労人に見出されたのも、そうした徳があればこそじゃ」

卯吉はまた黙って頭をさげた。不用意な返事をすれば、年甲斐《としがい》もないのろけになってしまいかねないところだからだ。

「お袖のしあわせを心から願っている者はほかにもいる。その一人がこの件を知らせてくれたのだ。……命がけでな」

「なるほど、そういうわけでございましたか」

卯吉にも少しは絵が見えて来たようだ。表情に緊張があらわれている。

「貧苦の底から一人でも這い上がって欲しいと、互いに励ましあって生きている者が、お袖のまわりにはたくさんいる。お主はお袖のようないい娘を娶《めと》って、お袖母娘をしあわせにしてやり、それで自分もしあわせになれば、それだけですでに大きな功徳《くどく》を施《ほどこ》したことになるのじゃ。しあわせ者よ、お主は。……そしてそのしあわせを崩させてなるものかと、おのれを棄ててかかっている者もいると知って欲しい。盗っ人ごときにお主たちのしあわせを壊させてなるものかと、この貧乏坊主までそう思っておる。じゃが儂はそれと同時に、儂に盗賊たちの動きを教えた者も守ってやらねばならぬのじゃ。どうかこのことはお主の胸ひとつに納め、どうして盗賊の動きが判ったか、人には明かさずにいて欲しい」

「あい判りました。決して口外はいたしませぬ」

「盗賊どもはまだ楓庵の様子を探っているところらしい。儂によい考えがある。その手だてを講じれば、いま楓庵を狙っている盗賊どもは手を引くはずじゃ」

忍専はそう言って卯吉の目を深々と覗きこんだ。

「楓庵に目星をつけ、襲う支度をしている盗賊がいるとすれば、それと無縁に行き当たりばったり、人の家に忍びこむ盗っ人もいるはずではないか」

忍専はひと膝乗り出し、上体を前に傾けて声をひそめる。

「儂が思うに、襲う支度に手間ひまかけるのは、おそらく人数も多く、大掛かりな仕口を得意とする連中じゃろう。だがそんな連中とはつながりを持たず、一匹狼のように振舞っている盗っ人もいるはずじゃ」

「そうでございましょうな」

卯吉にも忍専の対策が判ってきたようだ。

「そういう一匹狼が、大人数《おおにんずう》の盗賊たちの先《せん》を越して、楓庵に忍びこんだとしたらどうだろう」

「盗っ人に入られたふりをするのでございますか」

「そうだ。どこから忍びこみ、何を奪ってどこから逃げて行ったか、その道に明るい者が見ても理に叶《かな》った風に仕立てればよいではないか。味方にはその道に詳しい者がついておる。その者の言う通りにして置いて、翌朝盗賊に入られたと騒ぎ立てればいいのだ。さすれば翌日と言わずその日から、用心を格段に厳しくするのは当然じゃろう」

「いかにもさようで」

「場合によっては用人棒を置くことになっても、狙っていたほうでは怪しむまい。出来ることならそうしたいと思うのが人情じゃからな」

卯吉は少し考えこんだ。

「この考えになにか不足があるのか……要はどこから漏れたかを、相手に考えさせぬようにして防ぐことじゃからな」

卯吉は顔をあげ、遠慮がちに言う。

「それはその策で万全でございましょう。ありがたく承《うけたまわ》ってその通りいたしたいと思います。しかし偽泥棒については、お上に訴え出なければなりませぬ。そのへんをどうしようかと……」

「あ、そうじゃったな。上役人《かみやくにん》の手をわずらわせなければならんのか」

「放ってはおけません。だがそうすると、お上に嘘ごとを申し立てることになってしまいます」

「そうだな。愚僧もそこまでは考えていなかった」

忍専は腕を組んで考えこんだ。

「盗っ人を追い払う手立てだと申し上げて、通るものでございましょうか」

卯吉には卯吉の立場があって、嘘の盗っ人騒ぎを起こすには、少なくともお上の内諾を得ておかねばならないということが、すぐ頭に泛ぶようだ。

しかし忍専にはその配慮が欠けていた。ただ騒ぎを起こせば盗賊が警戒して、楓庵を襲うのを諦めるだろうということしか思い泛ばない。

だから卯吉にそこを指摘されると、たちまち行き詰まったように腕組みをして考えこんでしまうのだ。

「こうしたらいかがでしょうか」

それへ助け船を出すように、卯吉がへりくだった様子で言う。

「手前は従前から、さるお大名のお留守居役と心やすくして頂いております。そのお方にこの件を申し上げて、お力をお貸し頂くというのは……」

忍専は腕組みをしたまま卯吉をみつめた。

「お留守居役か」

忍専は腕組みを解き、明るい表情になる。

「そういうお人なら、さぞかしお顔が広いことじゃろうな」

「それはもう」

卯吉は大きく頷いてみせた。

「奉行所の旦那がたにも、深いおつき合いがあると聞いております」

忍専もさすがに大名の名を訊くことは差し控えている。しかし、留守居役というものの顔の広さは充分に承知していた。

町奉行所の与力たちは、それぞれ然《しか》るべき大名から禄に近いものを受けている。厄介ごとが起きた場合の為だ。同様に同心たちは然るべき大店《おおだな》から、同じような扱いを受けている。理由も同じだ。

そうした余禄は与力、同心ともそれぞれ下に分与して、独り占めということはしないそうだが、それでも表向き微禄と言われる身分にしては、内福な実情なのだ。八丁堀の組屋敷内に儒家や医師の家が多いのは、そうした実態に対する世間の口を考慮して、与力、同心たちが昔から無難な職業の者に、土地を貸しているからなのだ。

「そのお留守居役からなら、与力の旦那にも話が通せます。それを下へおろしてもらえば、お手伝いの衆が何か言って来る気づかいはございませんでしょう」

お手伝いというのは、お上の御用の手伝いをするやからのことだ。手伝いと言えば聞こえはいいが、たいていはお上の威光をかさにきて、世間のあらで飯を食う連中だ。

「それは好都合ではないか。お主にまかせよう」

忍専は肩の荷をおろしたような顔でそう言った。

「では手前はさっそくに」

卯吉はそう言って腰を浮かす。

「なにごともお主の店の為を思ってのこと。長屋の者はみな、お袖のしあわせを願っているということを忘れずにな」

忍専は卯吉を送り出しに戸口までついて行く。

「それはもう、決して忘れはいたしません。ことが無事おわりましたら、みなさまにも厚くお礼をさせて頂きます」

「相手は常の世間とはかけ離れた考えかたをする連中だ。くれぐれも余人には漏らさずにいてもらいたい。このことでは、命をかけた者さえいるのじゃからな」

卯吉は戸口で立ち止まり、

「忍びこまれて金子をとられるくらいなら、また働けばすむことでございますが、刃物支度の大勢に押しこまれては、手前どもも命が危ういことになります。命がけは手前も同じこと。人に漏らしなどするものではございません」

と、きっぱり言って頭をさげる。

「ではあとはおまかせしましたぞ」

「お心づかい身にしみてありがたく存じました。ではこの足でお留守居役にお目にかかってまいります。ごめんくださいませ」

卯吉は再度頭をさげ、境内を足早に去って行く。庫裏の戸をあけてそれを見送る忍専の目も、お袖の無事な祝言《しゅうげん》の日が来るのを祈って、仏の力にすがるような色を泛べている。

かかし長屋ではちょうどそのころ、寝こんでしまった古金屋の千次郎のところへ、見舞いの者が訪ねて来ていた。

「ええ、お尋ねいたします。千次郎さんのお住まいはどちらで……」

風体《ふうてい》は古金屋。背中にしょった大きな籠でそれと判る。紙屑屋の籠よりは目が細かくて頑丈に出来ている。

おきん婆さんがすぐに出てきて教えてやるが、相変わらず余分なことを言っている。

「千さんのうちならそこだけど、おや、お前さんも古金屋だね。じゃあ病気見舞いというわけだ」

おきんは千次郎のところの腰障子をあけて、先に中へ入ってしまう。

「千さん。ご同業の見舞いだよ。起きなくてもいいからさ。……さあ古金屋さん、入りなよ。千さんはまだ当分起きられそうもないんでね。長屋の者が寄ってたかって世話をしているのさ。……籠をしょったまま入れるわけがないだろうに。ほら籠を外でおろして。そうそう。古金屋ってのはみんなそんなかい」

千次郎はもぞもぞと煎餅布団から起き上がろうとする。

「これは立派な住まいだ」

戸口へ籠をおろした男は、そう言いながら入って行く。籠をしょったままだって、入ろうと思えば入れるのだが、それには敷居のところで体をちょっとひねらなければならない。つまりコツがあるのだ。

「ここが立派……驚《おど》かさないでおくれよね。お前さんはどんなとこに住んでるのさ」

「壁なしの棟割り」

「判るけどさ。そう言うときはもう少し情けなさそうに言うもんだよ」

「千さん、俺だよ」

男は背伸びをして千次郎の顔を覗き込もうとしている。

「起きちゃだめじゃないか」

おきんは千次郎に厳しく言う。

「ほんとだよ。寝てなよ千さん。やっぱり具合が悪かったんだね。親方の言った通りだ」

「親方に言われて来てくれたのかい」

千次郎はあげかけた頭を元におろし、天井を見上げて細い声で言う。

「今朝がた会ったら、千さんは病気じゃねえかって言ってた。だから様子を見に寄ったんだ。気分はどうかね」

「だんだんよくなる」

おきんが怒ったように言う。

「嘘お言い。だんだん悪くなってるくせに」

「ほんとうかい、お婆さん。だんだん悪くなってるって」

「よくはなってないね」

「困っちゃうなあ」

「どうしてよ。この人に銭でも貸しているのかい」

「そんなんじゃねえよ。俺は千さんに商売を教わったから……恩を受けてるんだよ。恩返しをしなきゃならねえとこなんだけど、いまはなんにも出来ねえし」

「さあ大変だ」

おきん婆さんは外へ飛び出して行く。

「おりくさん、おりくさん。ちょいと出ておいで。千さんに商いを教わったっていう奴が来てるんだよ」

千次郎のそばで古金屋がぼやいている。

「なんだい、あの騒ぎようは。教わったっていいじゃねえか。なあ千さん」

「為吉親方にすぐよくなるからって、言っといてくれよ」

「会ったら言っとくがよ。あの親方は評判がよくねえぜ。俺たち、鋳直し屋を変えたらどうかな」

二人とも集めた古金は、箕輪の鋳直し屋為吉のところへ持って行って売っている。

「評判の悪いのは俺も知っているが、はじめからあの親方に買ってもらっているからなあ」

「千さんはまったく義理がてえんだから」

その間にも外の騒ぎは続いている。

「どんな人さ、千さんの弟子って人は」

　どうやらおりくやお鈴が出てきたようだ。

「あすこに置いてある籠が弟子の籠」

「やだ、弟子も古金屋かい」

「当たり前だろ」

　あはは……という陽気な笑い声。

「この長屋はみんないい人ばっかりだ」

「その自慢は先《せん》から聞いてるよ。だけど、人はいいかも知れねえが、口は揃って悪そうだ」

「口のうまい奴は腹が汚い。ここはみんないい人だ」

　千次郎は心底そう思っているらしい。

「どれどれ……あ、この人」

　女たちが戸口から覗き込む。

「どうも。このたびは千さんがえらく世話になっているそうで」

　男はペコリと頭をさげる。

「手前は千さんの弟分で三造《さんぞう》という者です」

「おや、お仕込みがいいから、ちゃんとした挨拶だねえ」

「千さんがいつも自慢をしてなさるんですよ。うちの長屋はいい人ばかりだって。どうもあっしもあやかりてえ。口は悪くても腹の奇麗な人がよござんすから」

女たちは顔を見合わせている。

「褒められたんだろうか……」

「からかわれてるのかも」

おきん婆さんが口を尖らせて言う。

「口が悪いのは聞けばすぐ判るけど、腹が奇麗なのはよくつき合わないと判らないもんだよ。お前さん、どうしてあたしたちの腹が奇麗だって判るのさ」

「それはその……千さんがそう言ったから」

「まあいいや。見舞いに来てくれたんだし。お前さんもたちのいい古金屋らしいね」

「なにしろ千さんのお仕込みですから」

「千さんに弟分なんかがいたとはねえ」

「頼りになりますぜ、千さんは」

「本当かい……」

「何しろ千さんは学がある。こないだも鋳直し屋の為吉親方の代筆をしてあげたんで」

「代筆……手紙かい」

「それが去り状で。三くだり半て奴」

外で賑やかにやっているのを聞きながら、扇の骨を削り揃えていた勘助が、急に手を止めて聞き耳を立てた。

「鋳直し屋の為吉って人は、女房を追い出したのかい」

「本当は、悪いのは親方のほうなんで」

「女遊びの揚句だね」

「これはよくご存じで」

「判るよすぐ。そんなことぐらい。そうかい、悪い奴だねえ、その為吉って親方は」

後家屋の為吉に違いない、と勘助は思って聞いている。

「ええ、よくない人です。飲む打つ買うの三拍子揃っているのに、いつまでもへこたれないでやっているんで。そうでしょう……遊びなんてもんは、しまいにゃ銭に詰まるもんだ」

「そうだよねえ。こちとらは遊ばなくても詰まってるけど」

「よほど鋳直し屋というのは儲《もう》かるものなんですかねえ」

「そりゃこっちが聞きたいね。鋳直し屋は儲かるのかい」

「さあ、あっしはそれほど儲からないと思うんだけど」

鋳直し屋がそう儲かる商売のはずがない。古金を集めて鋳直すのだ。再生鉄は焼きが甘くて、玄人《くろうと》の使い物にはならないと相場がきまっている。だから後家ものと卑《いや》しまれて、後家屋の綽名《あだな》は表向き鋳直し屋のことだが、盗っ人仲間では故買屋《こばいや》、窩主《けいず》買いの符牒だ。

後家屋の為吉は鋳直し屋の仮面をかぶった盗賊なのである。その道では立ち回りかたがうまくて、長いことお上の目をすり抜け、岡っ引の中には手先に使った者もいるらしい。

もちろん勘助はその社会から遠のいているから、近ごろのことはよく知らないが、とにかく後家屋の為吉という危険な男が、こともあろうに古金屋の千次郎とつながりを持ち、いまだ御用にならず生き延びているということはたしかなようだった。

勘助は仕事台から離れると、窓の下まで行って腰を伸ばし、そっと障子の隙間から覗いて見た。

訪ねて来た古金屋は、寝ている千次郎に遠慮したらしく、戸口の前でおりく、お鈴におきん婆さんを相手にして喋っている。

「評判のよくねえ親方だから、千さんと一緒によその鋳直し屋に移ろうかと思っているところさ。でも千さんは義理がてえから、なかなかうんと言わねえ」

「箕輪だって。その為吉という親方の鋳直し場は」

間違いなく、盗賊後家屋の為吉のことだった。

さぐり合い

楓庵の卯吉はたしかに証源寺を出たあと、大急ぎで知り合いのお留守居役のところへ向かおうとしたが、新乗物町の店へ忍専からの文が届いたのがちょうど九つごろ。それから堀田原の証源寺へ行って話しこみ、南へとってかえして愛宕《あたご》下大名小路の越後長岡《ながおか》藩牧野《まきの》家中屋敷へ門限の暮れ六つまでに着こうというのは、ちと無理なようだった。

それで卯吉は途中で諦め、店へ戻ってすぐ書状をしたため、それを番頭の久蔵に託して愛宕下へ走らせた。

卯吉があてにしていたのは、牧野家の江戸留守居役、大川原周右衛門だったのだ。牧野家は堅い家風で知られた名家だが、大川原周右衛門は親の代からの江戸留守居役で、自身も江戸生まれ。役目柄至って捌《さば》けた人柄だった。

その大川原周右衛門は楓庵の卯吉の呼び出しを快諾した。ふとした縁で卯吉を知った大川原周右衛門が、卯吉に菓子屋をやって見ろと勧めた張本人なのだ。だから卯吉は充分に恩義を感じており、時候の挨拶はもとより、折をみてはなにかと大川原周右衛門をもてなすことに気を配っているのだ。

「ちょうどよいおりじゃった。あすは二《に》の橋の酒井家まで行く用事があるのでな……」

だから卯吉の頼み通り、昼どきに石田《いしだ》屋で会うのは好都合だと言うのだった。二の橋は木《こ》挽《びき》橋を渡ってすぐ。その二の橋のそばに酒井右京亮《うきょうのすけ》様のお屋敷がある。そして石田屋は近ごろ銀座《ぎんざ》で評判の料理屋だ。

久蔵はその返事をもらって帰る途中石田屋に寄って、あす卯吉が大川原周右衛門をもてなすからよろしくと頼んで来た。

それでもうお上に対する偽泥棒の根まわしは出来たも同然だったが、その晩から楓庵が用心を厳重にしたのは当然なことだった。

で、翌日の昼ごろ、約束通り卯吉はひとあし先に石田屋へ行って大川原周右衛門を迎え、かた通りもてなしながら、楓庵が盗賊に狙われているらしいと言うことを告げた。

すると大川原周右衛門は、

「卯吉はますます運が上向いて来たようだ」

と言って喜んだ。

「なぜでございますか。盗賊に狙われているのに」

「それが事前に判るということが強運なのじゃ。早速にこのことを南の中田潤之助《なかたじゅんのすけ》に教えてやらねば。いや、これはめでたいことになりそうじゃぞ」

大川原周右衛門はばかに機嫌がよかった。

卯吉は相手があまりにも上機嫌になったので、かえって心配になったようだ。

「このことは出来るだけ内密にお願いいたしたいのでございますが」

楓庵は牧野家の贔屓にあずかっていることで、どれほど得をしているかわからない。いまの繁盛も牧野家あってこそなのだ。

だから卯吉は遠慮がちに言った。その程度で大川原周右衛門の機嫌を損ねるということはありえないが、もし牧野家を縮尻《しくじ》ったら、楓庵はないも同然だ。

「よいよい。心得ておる」

だが大川原周右衛門は上機嫌で笑う。

「お前の店には牧野家がついておるではないか。鼠の一匹や二匹、そう大仰に構えることもなかろう。それよりも……」

大川原周右衛門は卯吉にあいた盃を向けて酌をさせ、それを飲みほしてから肘を膝について、上体を前に傾けた。

「これでまた楓庵の評判が高まろう。上菓子の評判だけでなく、お上の威光を示す役にも立つのだからな。町奉行所も楓庵を粗略には扱うまい。そうだ、八丁堀組屋敷あげて、格別の贔屓菓子屋ということになれば、町方の者たちは、夜が明けるなり楓庵の菓子を買うために、人形通りへ駆けつけることになるやも知れぬぞ」

「まさかそのような……」

「うん、儂がそう焚きつけてやる。ははは……江戸中の菓子屋の影が薄くなるようだぞ」

大川原周右衛門は連歌、俳諧はもとより、狂歌、川柳《せんりゅう》の類《たぐ》いを弄《もてあそ》ぶ者たちのあいだにまで交遊が深いという。自身も愛宕山人はじめ幾つかの雅号を使いわけ、江戸の文人の一人として賑やかにやっているらしい。

つまり牧野家お留守居役大川原周右衛門は大層な趣味人なのだ。楓庵を有名な店に仕立てて喜んでいるのも、そうした粋人ぶりを世間に示したいからだろう。

そんな粋人がこの件で何を思いついたのか、卯吉にはとうてい判りようがない。ただその相手なら自分に不都合なことをするはずがないと信じるだけだった。

「いずれにいたしましても、当方は盗賊よけに偽盗っ人の芝居をいたしますので、お役人がたにはそのむねよろしくお伝え願わしゅう存じます」

「まかせておけ。決して悪いようにはせぬ。そのかわり儂の言う菓子も作って売れよ」

大川原周右衛門は卯吉の婚礼のことを知ったときから、婚礼の祝い菓子を作って売れとけしかけていたのだ。そんな思いつきも世間ではやれば、考案者として鼻が高いと思っているのだろう。

ことの起こりは扇職人の勘助が、昔馴染の盗賊手妻の半助の態度から、楓庵が狙われていると直感したことに始まっている。

だがその勘助が楓庵に対して警告を発したことは、決して半助とその仲間には知られてならないことだった。

だから卯吉が大川原周右衛門と会った日、勘助はまるで本物の盗っ人がするように、身なりを変えてひそかに楓庵へ行き、自分の名は告げずに盗賊ならどこから侵入して何を盗み、どう逃走するかということを詳しく見立て、卯吉に偽盗っ人の手口、段取りを教えてやった。勘助は最初から、偽盗っ人が一人だけだったことにするようきめていた。すでに半助たちが楓庵に狙いをつけている以上、彼らはとうに楓庵を見張っていると思わねばならない。するとその監視の目をかすめて忍び込めるのは、一人ばたらきの盗っ人でなければならないのだ。大人数では半助たちがいくらだらけた寄り合い所帯でも、気づかないわけがないのだ。

要するに、半助たちの狙いの先を越して、一人ばたらきの別な盗っ人が楓庵に盗みに入り、そのため楓庵の警戒が厳重になったことにすればいいのだ。

それなら足を洗った勘助に、密告したと盗っ人仲間の憎しみが及ばなくてすみ、楓庵も無事婚礼の日を迎えられることになるわけだ。

勘助は夜風の伝造と呼ばれた昔の知識を活《い》かし、偽盗っ人の仕口、段取りを卯吉に詳しく教え、来たときと同じく百姓姿で用心深く楓庵を出た。

小豆《あずき》を運んで来た風をよそおった勘助に、楓庵の動きを探る監視の目が気づいた様子はなかった。

だがそのかわり勘助は、楓庵を見張る別な者の存在に気づいてしまった。京橋から築地一帯に古くから顔を売っている、稲荷の新吉《しんきち》という岡っ引と縁のある男が二人、明らかに張り込みという顔でそのあたりをうろついていたのだ。

「こいつはいけねえ。うちの和尚はどんな段取りをしてきたんだろうか」

勘助は不安を抱えて証源寺へ走って戻った。

「和尚さま」

欅の木のそばで子供たちの相手をしていた忍専を見ると、勘助は思わず大声で呼んでしまった。

「おお、戻ったか。ご苦労だったな」

忍専は邪気のない顔で勘助を迎える。

「和尚さまのなされようをお疑いするわけではございませんが、あの偽盗っ人の件、楓庵の主人にきちんと判らせて頂けたのでしょうか」

忍専は勘助のただならぬ様子に驚いて、

「まあ中へお入り」

と、急いで庫裏へ連れこんだ。

「いったいどうしたというのだ。楓庵へ行って偽盗っ人のことを教えてやったのだろう」

「はいそれはもう、抜かりないようによく教えてまいりました」

「じゃあなんだね、お前らしくもない。血相変えて」

「偽盗っ人のことなら誰も捕まるわけでなし、心配はありませんが、楓庵にはもうお上の手が動いているようなので」

「どういうことなのか詳しく言ってごらん」

忍専はそう言って庫裏のあがり框に腰をおろした。もう日は暮れかけていて、庫裏の中は薄暗かった。

「お上の手伝いをしている奴を楓庵のそばで見かけたのです。それも二人」

「岡っ引のことか」

「はい。あっしの知る限りでは、二人とも稲荷の新吉という男の手下《てか》でして」

「稲荷の新吉と言えば、お上の手伝いをする連中の中でも、名の知れた男じゃないのかね。聞いたことがあるな、その名は」

「はい。八丁堀とはひとっ走りの、稲荷橋のきわに住んでいるのでその名で呼ばれます。岡っ引では古顔で、人によってはいまどき御用聞きと呼べるのは、その新吉だけだなどと申します」

「その手下が楓庵を見張っているのか」

「はい。あれは上から言い付かって張りこんでいる顔です。もうかかし長屋に暮らして長いことになるあっしが知ってる顔ですから、その二人も古顔です」

「ということは、それなりに大物が出張っているということか」

「そうです。稲荷の新吉はもう指図をするだけで、自分では動かない年になっているはずですが、その二人はとうにどちらかの旦那から手札を頂いて、幅をきかせている連中です」

「つまり人から御用聞きとか親分とか奉られている男たちだというわけか」

「そうです」

忍専は溜息をした。

「偽盗っ人は内密にしなければなんにもなりません」

すると忍専は勘助にむかって頭をさげる。

「すまぬ。偽盗っ人のことは、楓庵の主人から役人へ伝わってしまったらしい」

「奉行所へですか……」

勘助は呆《あき》れ顔になった。

「ことを荒立てずにおこうと思いましたのに」

勘助は暗くなって行く庫裏の中で、悔しそうに言った。

「お前が見たというその二人は、たしかに楓庵を見張っていたのか……」

忍専は気を取り直してそう訊く。

「あっしの勘です。でも……」

忍専は勘助にみなまで言わせない。

「たまたまあの近くにいただけのことかも知れんのだな」

「それはまあ……でもあっしには」

「悪い風に考えてはきりがない。たまさか居合わせたと思ってもよかろう。もし卯吉というあの主人が役人に知らせたとしても、それはそれで楓庵が襲われるのは防げるわけだ。お前はお袖たちのことを思ってしたことだろう」

「それはそうです。でもあっしは手妻の半助もお縄にはしたくないのです。あいつだって江戸へ戻ったそうそうで……」

「犯した罪は償《つぐな》わねばならぬ。いずれは捕まる身なのだ」

「でもあいつは足を洗うことだってできるんです。犯した罪はすべて償わねばならないのでしたら、このあっしはどうなるんでしょうか。和尚さまが貧乏人たちの力におなりになるのと同様、あっしだって盗っ人に足を洗わせる手伝いがしとうございます」

「その気持はよく判る。だがことは運んでしまったのだ。楓庵の主人は、偽盗っ人のことはお上に嘘を申し立てることになると言っていた。それをよいようにするために、どこぞのお留守居役に頼んで、奉行所に話を通させるつもりでいたようだ。案ずるな、役人には役人の思案があるのだろう。悪いようにはならんと思う」

忍専は宥《なだ》めるようにそう言った。

「それならよいのですが」

勘助はそれ以上忍専に苦情を言う気にはなれなかったらしく、不快さを隠した顔で口をつぐんだ。

「お前はよいことをしたのだ。もうこの件には深入りをしないようにな」

「はい。では長屋へ帰らせて頂きます」

勘助はそう言って、楓庵へ行くためにしていた百姓姿を手早く変えて、もとの職人の身なりに戻ると証源寺を出る。

が、不安と不満は心中大きくなるばかりだ。

「もしや半助と後家屋の為吉がつながっていたとしたら……」

勘助はそんなことを考えながら長屋へ帰った。

勘助は忍専に苦情を言う気にはなれなかった。もともと楓庵のことは自分の勘からはじまったことで、たしかな証拠があるわけではない。

それを忍専は信じてくれて、いろいろと手を打ってくれている。お袖おしのの母娘におとずれた、この上もないしあわせを守ってやりたいと願う心は、忍専も勘助も同じなのだ。

だが勘助のほうには、昔の仲間を売るという引け目があった。もう足を洗って堅気になったから、盗っ人の仕事を邪魔するのは当たり前……とは言い切れない立場だ。半助のがわからみれば裏切りということになる。

「盗っ人根性が抜けていねえのかなあ」

勘助は家へ帰ってからそう呟いていた。半助の企みを察して告げ口し、自分は安穏《あんのん》にその騒ぎの外にいようというありようを、反省しはじめている。

たとえ人助けでも、身を捨ててかからなければいけなかったと思ったのだ。

「それが嫌なら、はじめから見て見ぬふりをしてるこった」

そう呟きながら、いつもの仕事に取りかかろうとしたが、どうにも気が乗らず、壁に寄りかかって考え込んでしまう。

これはまずいことになりそうだ……。なんとなく不吉な予感がしてならないのだ。もと盗賊の勘助からみれば、役人たちを信頼するわけには行かなかった。

「あの連中は自分たちの都合でしかものを考えねえからなあ」

役人にかかったら、お袖母娘のことなんかどうでもよくなってしまうに違いない。

「だから素人はこわいというんだ」

勘助は善良そのもののような忍専の顔を思い泛べながら、また呟いていた。

そのころ楓庵には一人の客が訪れていた。本家に当たる赤坂の綿問屋三州屋の大番頭助三《すけさぶ》郎《ろう》である。

「この家を盗賊が狙っているというのは本当のことですか」

助三郎は卯吉を子供のころから可愛がっていて、勘当騒ぎのときもなにかと庇《かば》ってくれたから、卯吉が父親以上に頼りにしている男だ。

「どうもそうらしい」

「なぜそれが判ったので……」

「お袖の住んでいる長屋のほうから知らせがあったんだ」

「かかし長屋とかいう、寺の持ち物の長屋ですね」

助三郎はことの次第を承知しているらしい。

「実はそのことで、南の旦那からお話がありましてね。これは大事なことなので、どうでも聞き入れて頂かねばなりません」

助三郎はそう言って卯吉の顔をみつめた。

「中田潤之助様と言えば南の一番組で御吟味《ぎんみ》方《かた》。こわいがものの判ったお方と評判の旦那です。その中田様のお指図で、三州屋へあの相原《あいはら》様が内密でお立ち寄りになったのです」

相原伝八郎《でんはちろう》。老練な同心で卯吉も過去に世話になったことがある。無茶な遊びの最中のことだ。おかげで今日まで無瑕《むか》の身で過ごすことができた。卯吉はそれ以来博打には一切手をだしていない。楓庵の主人として立ち直ることができたのも、その同心のおかげと言える。

「相原様が……」

そう言う事情だから、卯吉も助三郎の言うことを、すべて受入れなければならないと肚《はら》を据えた。

「泥棒よけにひと芝居打つつもりでおいでのようですが、それはやめてもらいたいそうです」

「なぜ……」

今度は卯吉が助三郎をみつめる番だった。

「その盗っ人たちをお縄にかけるおつもりなのです」

「困ったな。そんなことをしたら、盗っ人のことを教えてくれた人に迷惑がかかってしまう」

「でも、相原様にご恩返しをしなくてはなりません。盗っ人のことを教えてくれた人というのは、盗っ人たちのことに明るいお人なのじゃありませんかね」

「わたしもそれがどんな人かは聞いていないのだよ。証源寺という寺の和尚から知らされただけで」

「その和尚は差し障《さわ》りがあるから、その人の名を隠しているのでしょう。きっと仲間なんですよ、盗っ人の」

　助三郎は卯吉をみつめ返し、励ますようにそう言った。

「久しぶりにお目にかかりましたが、相原様は定廻《じょうまわ》りから臨時廻りにお変わりになっていました」

「そうか……もうお年だからなあ」

　臨時廻りは定廻りの補佐役のような立場で、経験の豊富な老年の者が務めるのだ。

「進太郎《しんたろう》様というご子息がおいでです」

「ああ、知ってるよ」

「いまは本勤《ほんづとめ》並みでいらっしゃいます」

「あ、……そうか」

　卯吉にも絵が見えてきたようだ。与力の中田潤之助のところへ、大川原周右衛門から楓庵を狙う盗賊のことが伝えられた。すると中田から同じ一番組の同心相原伝八郎へそのことが下がって行ったのだ。

「進太郎様の代になるわけか」

　そう言って卯吉は大きく頷いた。

「ご子息が本勤めにおなりになって、相原様はお引きになるのでしょう」

　その代がわりに花をそえるため、楓庵の一件を利用しようと言うのだ。

　牧野家お留守居役の大川原周右衛門は、与力の中田潤之助に恩を売り、その与力は配下の相原伝八郎に余恵を授ける。そして息子の相原進太郎が、手柄を引っさげて正式の同心の座に着くというわけだ。

「儂が楓庵へ行って話せばことは簡単だが、それでは盗っ人たちに悟られかねないから、お前が行って話して来いとの仰せでした」

「この店へ罠《わな》をしかけるというわけか」

卯吉は承知するより仕方がなかった。いや、それ以上に自分から相原父子《おやこ》の捕り物を手伝う気になっていた。父親のあとを継いで本勤めになる進太郎の役に立っておけば、昔の恩返しが出来るばかりか、赤坂の三州屋も楓庵も町奉行所とは格別のつながりが出来て、先行きどれほど有利か判らないほどだ。

「よし、お役に立たせてもらおうじゃないか」

卯吉は助三郎にきっぱりと言う。

「相原様には後日ゆっくりお目にかかって、あとのことを相談しよう」

「おお、そうなさいませ。これで楓庵も三州屋も万々歳でございますな」

忠義な助三郎は手放しで喜んで帰った。

「証源寺の和尚さんには、あとで充分にお礼をしなくては」

卯吉は忍専の好意がよく判っているから、そう自分に言い聞かせ、決してないがしろにするわけではないと思っていた。

町奉行所の与力や同心がからんで来てしまっては、とうてい卯吉などの思い通りに行くわけはない。しかし過去の罪を帳消しにして、まともな人間として生きて行けた者の例は数多い。現に卯吉だって些細《ささい》な瑕《きず》とは言え、大目に見てもらわなかったら腕に墨の一本や二本、入っていたかも知れない身なのだ。

かかし長屋の誰だって、今度のことがうまく行けば、忍専に庇ってもらってこそこそ生きる必要はなくなるだろう。……この俺がその男にもっと楽な暮らしをさせてやろうじゃないか。

卯吉は胸を張ってそう思った。相原様なら悪いようにはしないはずだ。盗っ人には盗っ人の掟があると言ったところで、どうせ相手は盗っ人じゃないか。

悪い相談

堅気の風につくろう必要もない盗っ人同士の酒盛りが、湿っぽい深川仙台堀《せんだいぼり》のあたりではじまっている。

まだ陽は高く、あたりの家々は稼ぎ手がみんな出払って、いるのは女子供ばかりだ。

「莨ばかり吸いやがって。おめえさっきから煙管を持ちっぱなしじゃねえか」

「いいだろうよ、俺が好きなんだから。莨くれえでとやかく言われる筋はねえや」

「莨を吸いながら酒を飲むなってえの」

「いけねえか」

「あぶねえよ。ここをどこだと思ってやがる。炭屋の二階だぞ。下には炭俵が積み重なってるんだ。酔ってきたら煙管の火を飛ばさねえとは限らねえだろ」

「盗みばたらきはしても、火付けはしねえから安心しろい」

「心配《しんぺえ》だから言ってるんだよ」

がんもどきと里芋の煮付けに鰯のたたき。それを肴《さかな》に湯呑で冷や酒。煙管に莨を詰め替えているのが横寺《よこでら》の雁吉《がんきち》で、火の元を気にしているのが手妻の半助。二人のやりとりをにやにやしながら見ているのが後家屋の為吉だ。

楓庵に目星をつけたのはその三人で、もう明日にでも押し込もうという段取りになっている。

「本当に二人でいいのか」

一番年嵩《としかさ》なのが後家屋の為吉で、そいつが楓庵の件を二人に持ちかけたのだ。

「あんなとこ、二人いればたくさんだよ。それだって分け前は三つわりだ」

横寺の雁吉が不服そうに言いながら莨の煙を吐く。

「本当に二百両あるんだな」

手妻の半助が念をおした。

「俺が仕込んだ話にいっ狂いがあったよ。たしかな話じゃなけりゃ、売りやしねえさ」

後家屋の為吉はもう自分では盗みばたらきをしなくなっている。するのは卸《おろし》と系図買いだ。卸は盗み先の間取りや家人の数、金の置き場所からその金額などを調べて仲間に教え、それで金を取る。系図買いは盗品の故買。どちらも盗っ人の世界にはなくてはならない商売だが、卸をする奴はあまり多くない。

実行犯とのあいだに手ぶら代というとりきめがあり、情報に間違いがあった場合、その保証が高くつくからだ。

まかり間違って実行犯が捕まったら、自分のことも白状されるから、よほど確実な情報でないかぎり人にはすすめられない。後家屋の為吉は、そんな危ない稼業をしている男なのだ。

「俺はまだそう金に困ってるわけじゃねえ。だがここまで見こまれたら、引き受けねえわけにはいかねえじゃねえか」

半助は為吉に向かって鷹揚《おうよう》な言い方をする。為吉に誘われてこの仕事を引き受ける気になったのだ。江戸へ戻ってからの初仕事だ。

「近ごろじゃ骨のある奴にはとんとお目にかかれねえ。おめえに出会ったときは嬉しかったぜ」

為吉はそう言って雁吉のほうへちらっと視線を走らせる。

「後家屋の身内になれ。古池の五兵衛と言えば当代切っての大物だったが、あの世へ行っちまったんじゃ仕方ねえ。おめえは長いこと江戸を留守にしてたから知るめえが、いまじゃ後家屋の卸した仕事なら、誰だって飛びついてくるってもんだ」

たしかに情勢はそうなって来ている。後家屋の為吉が卸す仕事は、いまのところ誰がやっても外れがないから、評価が以前よりぐんと高くなっている。

そんな中で為吉は、自前の盗賊団を持って稼ぎの割をよくしようと画策《かくさく》し、その手初めが今度の楓庵なのである。

「相手は婚礼騒ぎで浮かれ切ってる。赤坂のほうの本家からは、身代《しんだい》分けのようにして大金がころがりこんだし、言うところのねえ狙い目だ。おめえらの腕なら万に一つもしくじる気づかいはねえさ」

為吉がそう言うと半助は首を傾げた。

「それにしても、どうやって調べたんだい。間取りまで……まるで手妻みてえだぜ」

「おめえに言われちゃあくすぐってえ」

為吉がそう言い、雁吉が大笑いする。言った本人が手妻の半助なのだ。

そこへ年のころなら三十くらい。見るからにしたたかそうな女が、通い徳利をぶらさげて梯子《はしご》段をあがってきた。

「あんまり飲みすぎないでおくれよね。仕事が近いんだから」

階下は炭屋の炭置き場。その二階というよりは天井裏のようなところだから、人目につかない格好の隠れ家で、後家屋の為吉はよくここを寄りあい場所に使っている。

女は為吉の情婦《いろ》で、名はお仙《せん》。女郎あがりの海千山千だ。

「前祝いなんてしていい柄じゃないんだからね。今度から仕事前にこうして集まって飲むのなんかは、よしにしておくれ」

お仙はきつい目で為吉を睨んだ。

「江戸へ戻った手初めにしちゃあ軽い仕事さ」

半助はまだそう酔った様子はなく、自信ありげな顔で言う。

「たったの二百両。高に不足はあるけれど、言われてみればもっともだ。金の高がでかければ、あとのとがめもきつくなる。なにこの俺にせえ、江戸へ戻ったとたん、足を洗ったらどうだと親切に言ってくれた友達だっていたんだが、そう手軽に足を洗ってたまるかってことさ」

「そうだよ。お前ほどの腕をして、おめおめ隠れ暮らしをしていいもんじゃないさ」

お仙もそこは為吉と気を揃え、半助を自分達の手足にしようと企んでいるから、気を煽《あお》る呼吸に隙はない。

「行く行くは古池の五兵衛さんに負けない大物になってくれるさ」

「でもよ」

雁吉が口をはさむ。もともと為吉に頼り切った生き方をしてきた奴だから、為吉が身寄りもなければ頭もなくした半助を、自分の身内に取りこんで甘い汁を吸う気なのは承知の上だ。しかし楓庵の件では配分についてよく飲みこめないところがあるらしい。

「三つわりというとはどういうことだね。それじゃ相手に払う手間は後家屋が持ちなさるんですかい」

話はきわどくなってきて、後家屋の為吉はきつい目で雁吉を睨みつけたが、お仙は平気で内緒のことをばらしてしまう。

「久蔵のことだろ。あいつは菓子屋の番頭に嫌気がさしてしまっているのさ。主人がうんと年の離れた、若い嫁さんをもらうことにきめたのも気に入らないしね。先を見る目があるんだよ、あいつは。暖簾《のれん》分けなんてまだずっと先のことじゃないか」

「お仙、もういい加減にしとけ」

為吉がお仙をたしなめた。

「久蔵なんて奴は、遅かれ早かれあの店をおん出る気なんだよ。あんな奴に店をまかせているというのも、楓庵の主人に足りないところがある証拠さ」

為吉はそこまで喋られて、お仙の口を封じておくことを諦めたらしい。

「楓庵の番頭をたらしこんだのはお仙さ。それについてはだいぶ銭も使ったが、そいつはこっちで持つことにきめたんだ。半助に気分よく仕事をしてもれえてえからな」

「なんだそうか。お仙さんにかかっちゃ、骨抜きにされない男はまずいねえさ」

「半さんは後家屋の初仕事なんだから、しっかりね」

お仙は半助に色っぽい目を向けて言った。

捕り物支度《したく》

気の利いた若い者数人に楓庵の見張りをまかせて、友造《ゆうぞう》と千次《せんじ》と言う二人の乾分《こぶん》が稲荷の新吉の家へ顔を揃えた。

「おう、ご苦労だったたな。店のほうに変わりはねえか」

稲荷の新吉はもう六十過ぎ。近ごろは自分で働くことはなくなったが、八丁堀の旦那衆との間に作った縁はますます深くなっているようで、複雑なことはたいてい新吉が通すことになっている。

「別に変わりはありません」

友造と千次がくると、新吉の家にごろごろしていた連中が、食い物や飲み物の器をさっと取りかたづけ、新吉の前に二人の座を作って、自分達は台所のほうへさがり、行儀よく静かになった。

二人は新吉の前に座ったが、とりたててかしこまる様子もない。気楽にあぐらをかいて、莨など吸いはじめる。

稲荷の新吉に仕える形でお上ご用の手伝いかたを修行して、もう随分長い年月がたっている。おかげで近ごろは独り立ちし、それなりに顔を売っているが、稲荷の新吉には頭があがらないでいる。

世間には昔のことに詳しい頑固爺が大勢いて、友造や千次をまだ一人前と認めない者も多いのだ。そういう連中が御用聞きと認めるのは、せいぜい稲荷の新吉くらいなものなのだ。岡っ引という言い方に見下した響きがあるなら、目明し、手先、首代《くびだい》、口問《くちどい》という類いの蔑称までさまざまあって、友造や千次はようやくその身分から浮上しかけているところだ。だが新吉の立場では、世間の見る目とは別に、そういう乾分を育てて置かないと、自分の立場が弱くなる。岡っ引だ目明しだと言われても、常に目をかけ引き立てて置かないと、いざというとき旦那方のお役にたつことができないのだ。

　友造と千次は新吉にとって頼りになる乾分なのだ。

「そろそろ奴らが動きはじめるころでしょう」

　友造がそう言った。

「だがその前に、ひっくくっておかねばならねえ奴がいる」

　新吉は落ち着きを見せて言う。

「誰です」

「番頭の久蔵だ。こっちも人を使ってようやく手引きをする者を突き止めたところさ」

「久蔵って、あののっぺりした若い番頭ですかい」

　友造と千次は意外そうに顔を見合わせた。

「楓庵のおつとめは、卸が一枚噛んでいやがった」

「卸が……」

二人はさすがに緊張したようだ。

「ばかに久しぶりじゃござんせんか」

千次は卸のことをそう言った。たしかに素人が盗みの手引きをする例はあっても、本格的に卸をするものはこの十年ほど絶えてなかった。

その盗み卸が出現したとあっては、尋常なことではない。

「ただのこそ泥ではなかったんだ。こいつはどうでも根こそぎとっ捕まえて、相原様の手柄にしてやらねえとな」

新吉は満足そうな顔で友造と千次をみつめる。もう盗っ人たちを捕まえたも同然という態度だ。

「いってえその卸とはどんな野郎で」

「それがおめえ、だらしのないはなしだ。箕輪の伝七がときどき使っていた、あの後家屋の為吉という鋳直し屋さ」

「本当なんで」

「本当も本当、久蔵が吐きやがった」

「どうして久蔵が……」

「若えと言うのはしかたのねえもんで、あいつは楓庵から暖簾分けしてもらって、早いとこ一人だちするつもりだったようだな。ところが楓庵の主人に若い嫁がくることになって、暖簾分けの話は先へ延びちまった。でも久蔵は菓子の工夫は自分がしたという思いこみがあるから、あと十年も番頭で辛抱している気なんかありゃあしねえ。それでぐずぐず不平を言ってたら、そこを後家屋の為吉に突かれちまったらしい。後家屋の為吉の情婦《いろ》にお仙というてえしたあばずれがいやがって、そのお仙が腕によりをかけて久蔵をたらしこみやがったそうだ」

「ちょっと待っておくんなさい」

友造が新吉の得意そうな話に口をはさんだ。

「ちょいと調べが進み過ぎてやしませんか。それはもしや相原様あたりのお調べでは……」

「ふふ……判ったか。実はそうなんだ。楓庵の盗みの話を知ってすぐ、相原様は楓庵に手引きする者がいるはずだと睨みなすったのさ。さすがというよりほかにねえ。それですぐ久蔵を用事にかこつけて呼び出し、相原様がかまをかけたらぺろりさ」

「その番頭も相手が悪かったんですね。ことと次第によっちゃあ、卸の後家屋やその情婦だけでもすませるものを、今回に限っては、盗みに入る奴らも一緒に捕まえちまおうと言うんでござんすね」

「それもこれも相原様のお代がわりさ。せいぜいしっかりやってくれよ。悪いようにはなりっこないんだから」

稲荷の新吉は上機嫌だった。

久蔵は愛宕下の牧野家中屋敷へ使いに出され、そのまま捕らえられて、厩《うまや》の隅に放り込まれていた。

大川原周右衛門が南の与力中田潤之助に頼まれて便宜をはかってやったのだ。縛られた久蔵を見張るのは実直な中間《ちゅうげん》たちで、久蔵が捕まったのは一時誰にも知らさないことになっている。

こうなったらとにかく楓庵が襲われないことには、格好がつかなくなっていた。万事が大《おお》袈裟《げさ》になってしまっているのだ。

ことの起こりは久蔵のちょっとした不平不満がもとだった。久蔵は主人卯吉の今度の嫁取りが気にいらなかったのだ。あろうことか長屋住まいの貧乏なところから、若くて世間の評判になるほどの器量よしならともかく、うぶなだけのあか抜けない娘を迎え入れようというのだ。

久蔵にしてみれば、もっと筋の通った嫁さんなら、上に戴いてそれなりの忠義を尽くせもしようが、お袖ごときが相手では、ばかばかしくて話にならないのだ。

だからこの話が起こったとき、何度も卯吉をいさめたのだが、当人はもう思いこんでしまっていて、どうにも後もどりをする様子がない。

卯吉には卯吉の見方があってのことなのだが、若い久蔵には男女の道を一から出直そうという卯吉の気持が、さっぱり理解できなかったのだ。

卯吉と一心同体でやってきたつもりでいたのが、突然ばらばらになってしまったような気持だったのだ。

で、多少外で飲み歩いて、酔うとその愚痴をこぼして気を紛らわしていたのだが、運の悪さはそんなとき、ついお仙という色っぽい女にひっかかってしまったことだ。

まあその手管《てくだ》の凄《すご》いこと。久蔵はたちまち骨抜きにされ、楓庵の内情を洗いざらい喋らせられてしまったのだ。自分はそれほど根の深いつもりでいたわけではないのだが、気がついたら卯吉のやり方を一から十まで批判して、そのやりかたのおかしさに、暖簾分けが迫っていた自分の立場さえ、台なしになってしまったことになっていた。

店の内部の見取図まで書けと要求されて、おかしいと思ったときはもう手遅れで、盗っ人の片棒かつがされる立場になっていた。

「盗んだら山分けさ。お前が手引きをしたなんて、だれが疑うものかい。知らん顔してたまげたふりをしていればいいんだよ。あとはあたしにまかせておいで」

お仙にそう言いくるめられ、不安を隠して日を送るうち、牧野様へ用事を言いつかって出かけたら、いきなり中間たちに取っ捕まったというわけだった。

つかまったとき居合わせたのは南町奉行所同心の相原進太郎。もう三十すぎの物分かりのよさそうな人物だった。三つ紋黒羽織の着流しで細身の長脇差に朱房の十手。お定まりの粋な姿で、ついているのは股引き姿に梵天帯をしめた、紺看板の中間がひとりだけ。

それが牧野家のお厩中間たちが久蔵を縛り上げるのを、じっとそばで見ていた。

久蔵がお厩の隅の納屋へ押し込められると、十手片手の同心と、紺看板の中間だけになっ

て、

「おおそのことはもう判っているのだが、お前の口からも言えるだけのことは聞いておこう」

と、そばへしゃがみこんで静かに訊かれた。

「永年卯吉を助けて実直に働いて来たそうだが、どこでつまずきやがったのか」

同心は嘆くような顔でそう言った。

舞台としては久蔵の心を萎縮させるに申し分がないこしらえだ。外側は白壁に瓦を乗せた長屋塀。国許から殿様につきしたがって江戸へ来ている藩士たちの住居が中屋敷を囲む塀の形で連なっているのだ。

一般の町人には、それだけでお城と同じ威圧感があって、違う世界へ紛れこんでしまったような気になるのだ。

通用門から中へ足を踏み入れれば、お家の威信をかけて、掃除や草木の手入れが隙もなく、お厩にいる馬たちでさえ、天下に名を知られた名馬に違いないと思わせるような、気品に溢《あふ》れた様子である。

そんな格式のあるお屋敷へ、町奉行所の同心が姿を見せているのは、久蔵にとってもまったく異例なことに思え、きつく縄をかけられたこと以上に、かしこまらざるを得なかった。

同心相原進太郎は、大きな声を出すでもなく、すんでしまったことの後始末のような言い方をしていた。

「自分から申し上げたほうがいい。こっちからなら、もう何も聞かなくてもいいのだ。ただ、今は捕縛前でな。お前が捕まったことはまだ内聞にしておかねばならぬのさ。ご当家お留守居役の大川原周右衛門様と楓庵は昵懇《じっこん》の間柄ゆえ、格別なお取り計らいでしばらくお前を隠して戴いておるのだ。儂も御用ですぐここを出なければならぬ。申し上げぬ気ならそれでもよい。ただ卯吉の願いもあって聞いてやろうというだけだ」

同心相原進太郎はそれだけ言うと久蔵の言葉を待つ構えになった。

「なにもかも申し上げます」

久蔵はたちまち耐えられなくなって喋りはじめた。お仙に乗せられて楓庵の内情を、間取りから有り金のことまで、ことこまかに教えてしまったことをだ。

そこは間もなく本勤になる相原進太郎。今も定廻りとして同心の花形的存在で、父親がすでに臨時廻りへ昇格して息子の後見役を勤めている。だからやることにそつがなく、余分な捕り物になど滅多に口をはさまない。

だが今回は有力者大川原周右衛門の口ききで、相原家の代がわりの引き出物として、楓庵の事件が大きく浮上してきている。息子の進太郎にしてみれば、父親伝八郎の隠居に際して、引き際を飾る大捕り物を完成したいと思うのだし、父親伝八郎は息子の本勤に際して、その地位を不動のものにしてやろうと思っているのだ。そして与力の中田潤之助は相原父子に恩を売って置きたいのだし、大川原周右衛門は自分の粋なはからいを、それとなく世間に知らしめたいのである。

だから相原進太郎は久蔵に上手に鎌をかけ、すべてを白状させて素早く全容を摑んでしまったのだ。

お仙は盗っ人仲間で前からよく知られたよくない女で、それが箕輪で鋳直し屋を営む為吉の情婦だったことは、すぐに判ってしまった。

となると、為吉が探索の中心になる。後家屋の綽名は鋳直し屋の別称どころか、盗っ人に押し込み先の情報を売る卸のことだったのだ。

その一事だけでも捕らえれば派手な扱いになること請合《うけあ》いだ。この上はうまく楓庵を襲わせなければならない。だから卯吉には下手な予防措置など講じさせたりはできず、ひたすら盗っ人がくるのを待たせねばならなかった。

一方で後家屋の為吉を洗って行くと、深川の炭屋の物置の二階を盗っ人たちの隠れ家に使わせていて、今度もそこに怪しげな男たちを匿《かくま》っている様子であることが判った。

今までにも為吉は、卸のたびにそこを仲間に使わせていて、そのとき世話をするのがお仙の役なのだ。

仙台堀の近くのその炭置き場もしっかり見張らせ、相原父子の手配りは順調に進んでいた。あとは楓庵に押し入らせて捕まえるだけである。

だがもう一つ、楓庵が狙われているという最初の密告をしてきた者が、相原父子の気を引いていた。

後家屋と対立する盗っ人か、それとも偶然その件を知って卯吉に警告しただけか、それがはっきりしなかった。

そこは町奉行所の役人で、調べて行くと、偽盗っ人の手口まで教えに来たのが、証源寺の息がかかった勘助という扇職人だということも知れた。

「勘助はなぜ楓庵が狙われていることを知ったのだろう」

奉行所の狭い控えの間で、相原伝八郎が息子の進太郎にそう言ったのは、もう七つを過ぎた頃だった。

「かかし長屋の扇職人ですか。その者は証源寺の和尚にひどく信頼されている様子です」

「それにしてもちとおかしいとは思わぬか。普通なら儂らに訴えて、あとは役人にまかせておくものではないか」

「妙でございますな」

進太郎はにやにやしている。

「何か知っておるな」

「はい。できれば勘助という職人には触らずにおいてやりとうございます」

伝八郎はその様子を見て態度を和らげる。

「わけがあるなら、強いて咎《とが》めはいたすまい。なにか考えがあるのであろう」

「勘助は足を洗って久しい、もと盗っ人でございますよ」

「なるほど、やはりそういうところか」

「心を入れかえ、真人間にさせたのが証源寺の和尚だそうでして、それだけにこの件には深入りさせたくないらしいのです」

さすがに老練な同心たちにとって、事前にそれくらいのことを調べ出すのはたやすかったようだ。

「勘助が盗賊の動きを察したのはさすがと言うよりほかはありませぬ。漏らしたのは手妻の半助」

「聞いたような名だな」

「この数年江戸を離れておりました」

「あ、そやつは古池の五兵衛の配下だな」

「そうです。古池の五兵衛は旅先の越後で死んでしまったそうです」

「それで江戸へ舞い戻ったか」

「はい。戻ってまだ間がないそうで」

「ばかめ。おとなしくしておればいいものを」

「後家屋の為吉は半助ほどの手だれの者が、誰の下にもつかずにいるのを幸いと、おのれの身内に引き入れようとしたのでしょう。割のいい仕事をあてがって、のっぴきならぬところまで引きこんでしまおうというわけです」

同心たちが本気でかかれば、けちな盗賊ごときは、その腹の底まで見透かしきってしまうのだ。

「密告は裏切り同然の扱いにされる。それがほかの盗賊どもに知られたら、勘助も堅気になったと素知らぬ顔をしていることは出来なくなろうな」

相原伝八郎はさすがに先のことまで気がまわった。

「証源寺の和尚はその勘助をかばおうとしているのですな」

進太郎も見るべきところはきちんとみている。

「かかし長屋は評判のいい長屋だ。証源寺が見どころのある貧乏人を選んで住まわせ、それより下には落ちるなと、厳しく諭しているからだ」

すでに最古参の一人に数えられる伝八郎は、先代経専のころのことをよく覚えていたようだ。

「さすれば勘助は目こぼし……」

「それがよかろう。再び盗みに走る気づかいもないことだしな」

父親の伝八郎がそう言うと、息子の進太郎が真顔になった。

「まだ詳しくは手が回りかねていますが、楓庵の卯吉の嫁になる娘は、そのかかし長屋に住んでいるとか申します」

「嫁になる娘がか……」

進太郎が頷き、伝八郎は考えこんだ。

「聞くところでは、卯吉はその娘の母親ともども、楓庵に引き取るつもりでいるようです」

「守ったな、勘助は」

「は……」

「勘助め、その娘の幸せを守ってやる気だったようだと申しておる」

「なるほど。そこまでは見ませんでした。かかし長屋は貧乏人ばかりが住む長屋。母と娘がともどもに、これ以上は望めぬほどの良縁を得て幸せになれるとしたら、勘助ならずともまわりの者が、その幸せを守ってやろうとするのは、当然すぎるほどのことでございましょう」

「ならばなおのこと、今後の世評を勘案しても、あの扇職には手をつけぬことだな」

「それはそれとして、後家屋の為吉はいかがいたしましょう」

「卸の仕口のことか」

「そうです。手前にはどうも、鋳直し屋へ出入りする者たちが怪しいと思えてなりませぬ」

「だったら早く手を打たんか。為吉を捕らえたあとでは、みな逃げ散ってしまうぞ」

進太郎は鋳直し屋へ出入りする古金屋たちの中に、狙い先のネタを集める連中がいるようだと睨んでいるのだ。

「新吉に言って探らせるとしましょう」

「そうだな。あらかた固めさせておいたほうがよかろう。相手は古金屋だ。少しきつくさせてもかまわぬ」

さすがは旦那と町人たちから崇《あが》められ、親しみながらも恐れられている定廻り同心と、その補佐役の臨時廻り。しかも父子ときているから、相談がまとまったあとの手配は早いと言ったらない。

古金屋はだいたいがこそ泥と同一視されがちな稼業だ。伝八郎が少しきつくさせてもかまわぬと言ったのは、そういう曖昧な稼業の連中に、この際姿勢を正させる為の取締りを行ったほうがよかろうと言う意見だ。

その稼業にありがちな不正をただす取締りは、手妻の半助たちが楓庵を襲うのと同時に開始されなければならない。早すぎれば楓庵襲撃が中止されてしまうし、遅すぎれば不正を働く連中が、口を拭って知らんふりをしてしまうだろう。

稲荷の新吉もそのへんはよく心得て、それとなく古金屋たちの所在を確実に押さえながら、岡っ引たちを一斉に動かす時期に至るのを待ち構えた。

彼らは手先、岡っ引などと呼ばれ、どこにも正規の所属はしていない連中だ。ご用聞きと言うのだって、幾分尊称ではあるけれど、町奉行所の誰それに所属しているというわけではない。みな身分の曖昧な風来坊たちなのである。

しかし実際にはそれぞれの地域で顔が広く、俗に顔役と言われたりするような実力を持っている。……ただしれっきとした店持ち、家持ちの旦那衆からは軽視されてる。噺家《はなしか》などがよく、世情のあらで飯を食い、などと自虐して見せるが、その言葉のもとは岡っ引、目明し連中を、他が卑しんで言った言葉なのだ。

いずれにせよ楓庵の一件は、一定の期間ごとに奉行所が行う市中綱紀粛正のための取締り強化を誘発して、その件に関しては北町奉行所も同調したようだった。

そういう準備が各方面で整いはじめた折も折、手妻の半助と横寺の雁吉が、楓庵襲撃に動き出した。

二人が予定している仕口は押し込みである。家人は主人の卯吉に番頭の久蔵、ほかに老いた菓子職人と見習い同然の若いのが一人。あとは掃除、飯炊きなどをする女が一人だけという五人所帯なのだ。

しかもその五人の寝間の配置も判っている。久蔵が抵抗しないことははっきりしているから、静かに手早く刃物で脅《おど》せば、血を見ることもなしに家人を制圧して、まとまった金を奪ったらさっさととんずらするだけだ。ただ脅しのためのだんびらだけは、大きいのを用意していた。

世間が寝静まったあとの侵入口もきめてあり、その戸締まりは久蔵が簡単に外せるよう細工してあるはずだった。二人は楓庵の近くに潜み、深夜ひそかに楓庵へ忍び寄った。

盗みのあとさき

手妻の半助と横寺の雁吉は、それをまるで軽い仕事としか考えていなかった。

もちろんふところにはそれぞれ九寸五分を忍ばせていたし、衣類足ごしらえまで、忍び支度はかた通りでぬかりはなかったが、頼りに思う後家屋の為吉の盗み指図が、とことん上役人に知られていたとは、疑ってもみないことだった。

一方楓庵では、必ず今夜あたりと見込みをつけて、卯吉をはじめ家人は残らず二階へあげられ、一間にかたまってのざこ寝を強いられていた。

それほど危険に思うなら、その夜だけでもよそへ預ければよさそうなものだが、もうすべては役人たちの思惑が先に立って、卯吉たちの立場などはまったく無視されてしまっている。卯吉たちを避難させたりして、万一盗っ人に用心され、襲撃がなかったら、それこそ八丁堀の名折れになってしまうところまで、捕り物支度が進んでしまっているのだ。

要するに卯吉たちは、捕り物のための餌同然にされているのだ。

ただそのかわり、卯吉や番頭の久蔵、菓子職人、飯炊き女などの寝間には、相原進太郎をはじめ若い同心見習いや屈強な手先、それに心きいた岡っ引などが鉢巻き襷《たすき》がけで、十手そのほか得意の得物《えもの》を手に息を殺して待ち構えている。

もちろん外にも楓庵を囲んで捕り方が潜んでいたから、盗っ人が来たら最後、どうでも無事に逃れるすべはないのだった。

深川の仙台堀ぞいにある炭屋の炭置場では、半助と雁吉を楓庵に向かわせると同時に、為吉が何食わぬ顔で箕輪へ戻って行った。二人の犯行時刻には遠く離れたところにいて、無縁なことを証拠だてておかねばならないからだ。

お仙は二人が首尾よく逃げ戻ったとき、炭置場へ隠れたあと、追手がないことを確認してから、おもむろに二人をもてなす手筈だったらしい。

だがさすがの為吉とお仙も、今度ばかりは運のつきで、素知らぬ顔でどう動いても、しっかり周囲を固められ、楓庵の外を仕切る相原伝八郎の指図がありしだい、いつでもお縄にされる運命だった。

半助と雁吉は楓庵の裏手から、苦もなく木戸をあけて忍びこんだ。久蔵が開けておいてくれたはずだった。

裏木戸をそっと開けて勝手の土間へ忍び込んだ二人。金のしまい場所は判っているから、できればそいつをさらってすぐ逃げ出すつもりでいる。ただ半助も雁吉も、手荒いことに慣れているから、万一見咎められたら、有無を言わさずその場で声も立てさせずに刺し殺すくらいの肚はきめている。

だが、うまく行くなら忍び込んだ跡も残さず、金だけがなくなったようにしたいのだ。不思議な盗っ人よと、評判になることこそ二人にとってこの上もない誇りで、手荒な仕事も厭《いと》いはせぬが、盗っ人としてそれくらいの見栄は持ち合わせているのだ。

店の裏側は人通りも絶え、選んだ日にちが月のない闇夜だから、こっそり開けた裏木戸はそのままにしておいた。逃げるとき閉めて出ればいいことだ。二人とも内心は、騒ぎにならず盗みをおえ、懐に大金をねじ込んで裏木戸を出てから、ニヤリとほくそ笑むのが夢だったのだ。

土間から勝手の板の間へ、草履を脱いで裏合わせに帯のうしろへはさみ込み、暗い中を忍び足で廊下へ入ろうとした途端、閉めてあった障子があいて、誰やらのっそりと出てきた様子。

ギクリと二人は廊下の入口の隅に膝を折って、暗がりに姿をくらませようとした。

誰かがはばかりへ起き出したのだと思ったのだ。

だがよく見れば様子がおかしい。障子をあけて廊下に突っ立ったのは、羽織着流しの武家姿だった。

それでもまだ二人は、あいにくの泊まり客か、主人の卯吉が改まった格好をしているのかと思い、闇にすかして様子を見極めようとしていた。

「控えよ。手妻の半助、横寺の雁吉」

廊下に立った男は同心相原進太郎だった。

「ちぇっ」

「畜生《ちくしょう》」

二人が小さく罵《ののし》るのが同時だった。

「手向かい無用。神妙にいたせ」

相原進太郎がそう言うのを合図にしたように、廊下に一人、梯子段の上を何人かで塞ぎ、おまけに開けておいた勝手口木戸へも、龕灯《がんどう》を持った鉢巻き姿の捕り方が現れて、二人の姿を照らすやら退路を塞ぐやら。

「刃物を捨てい」

相原進太郎がきつい声でいった。

「こりゃいけねえ。だめだ」

半助は雁吉を見てそう言い、懐中から匕首《あいくち》をつかみ出すと、カラリと前へ放り投げた。それを見て雁吉も匕首を投げ捨てる。いつかは来る日と覚悟はしながら、まさかそれが今夜とは思っていなかったふたりだ。

そのまま板の間にうずくまっていると、どんどん明りが増え、二人は見事な縄捌《なわさば》きで後ろ手に縛りあげられた。

「手妻の半助」

廊下から勝手の板の間へ出てきた相原進太郎が言う。

「へい」

観念した半助がなかば無意識に答えると、意外なことに相原進太郎は、

「うん。そうか、お前が半助か」

　と言った。

「すると横寺の雁吉」

「はい、手前で」

　雁吉のほうが性根は人がいいらしい。別に抵抗もなくそう答えている。しかし半助は俄然《がぜん》むかついてきた。この役人はろくに顔も知らずに、俺たちを待ち捕りしやがったのだと思ったからだ。

「やはり親父どのの調べに間違いはなかったな」

　相原進太郎はかたわらの若い見習い同心に向かって、満足そうに言う。

「手妻の半助、横寺の雁吉という名は、暗くなってからの知らせでした」

「そうだ。ぎりぎり間に合ったわけだな」

　相原進太郎は縛られた二人を得意満面で見下ろし、

「番屋へ留め置け。大番屋へは明日われらが送ることにする。厳重に見張りおくよう」

　捕まえたらもう二人は人扱いはしてもらえない。白状する物体のようなものだ。それでも犯人と被害者の顔をじかに合わせさせないよう、二人が引き立てられたあとで、卯吉たちが二階からぞろぞろとおろされた。

「窮屈な目に遭わせたが、盗賊は捕りおさえた。二名であったぞ」

　相原進太郎は改まった様子でそう言い、すぐ物分かりのよさそうな態度になって、

「おかげで無事にすんだ。中田潤之助様からよく計らうよう言われているのでな。あとのことはまかせておくがいい。ひょっとするとお上から褒美が戴けるかも知れんぞ」

相原進太郎は機嫌よくそう言って笑ったが、この捕り物がうまく行ったので、相原父子の評判もぐんと高くなるはずだった。

父親の相原伝八郎は、そのころ箕輪で鋳直し屋の為吉をお縄にしていた。為吉は知らぬ存ぜぬでかなり抵抗したそうだが、相原伝八郎はいっさい説明せず、力ずくで高手小手に縛り上げ、ほかの者とはいっさい口も聞かさず、番屋の吟味柱《ぎんみばしら》にくくりつけ、番太や手先たちすら遠巻きに見張りをさせるだけだったそうだ。

手回しがよかったので、この捕り物は同心たちの思い通り、大きな騒ぎにならずに進んだが、為吉の情婦お仙だけはひと騒動起こしてしまった。

というのも、捕り方のほうがお仙を為吉の情婦ときめつけて、犯行当時炭屋の炭置場から離れ、素知らぬ顔をしているものだとばかり思っていたが、事実はどっこい女郎あがりの海千山千。為吉一人で満足しているようなタマではなかったのだ。

為吉が箕輪へ戻っておとなしくしているのが判っているから、お仙はこのときとばかり別な男のところへ楽しみに出かけてしまったのだ。

深川永代寺《えいたいじ》の門前裏に当たる蛤《はまぐり》町に隠れ住む浪人者で名を浮島兵右衛門《ひょうえもん》。陰気臭くて癇症《かんしょう》で、喧嘩揉《も》めごとに関わって飲みしろを稼ぎ出す荒っぽい世渡りをしている。どこかはじめから命を捨ててかかっている風情があって、世間では剣呑《けんのん》な男で通っているが、お仙のようなあばずれには、その危ないところがたまらないのかも知れない。あとで判ったところだが、貢《みつ》いでいたのはお仙のほうらしかった。

為吉が深川に現れる気づかいがないというので、お仙はその炭置場から半助、雁吉の二人を送り出すと、器用に行方を晦《くら》まして、蛤町の浮島の住まいへ潜りこんでしまった。見張りにつけておいた岡っ引がそうしたお仙の行方を見失い、浮島の住まいにいると探り出したときはもう、暗くなっていた。半助と雁吉はまだ明るいうちに楓庵の近くへ向かい、夜が更けるのを待っていたのだ。

相原進太郎はお仙の行方を見失ったことでだいぶ気を揉んでいたが、蛤町の浮島の住まいにいると判ったら、

「浮島兵右衛門も無頼の徒だ。構わぬ、この際共に引っくくってしまえ」

と指図した。普段からなにか騒ぎのあるたびに、浮島の名が出るので目障りに思っていたところだ。浪人者だから町方が捕らえるのになんの支障もありはしない。この際大掃除をするつもりだったらしい。

だが浮島は腕が立ち、その上希代の命知らずと判っているから、平同心が二名動員され、麻裏の鎖帷子《かたびら》に同じく鎖入りの鉢巻、小手脛当《すねあて》に襷《たすき》がけという捕り物本支度で従者の物持ち、手先は言うに及ばず、日ごろお上御用手伝いを自称して町々に幅をきかせている連中が総動員され、大捕り物構えで浮島の家を取り囲んだ。

「ご用の筋でお仙なる女を引き取りに参った。素直に渡せばよし、庇《かば》いだてに及んでは同罪

として共に召し捕るがいかに」

と、大袈裟な捕り物支度の同心が戸口で呼びかけた。

浮島兵右衛門は宵の口からお仙の酌で、同心に声をかけられたときはもうだいぶ呑んでいたという。

「なにっ」

荒い渡世はしていても、盗賊まがいのことはしたことのない浮島兵右衛門だ。突然の理不尽な町方の態度に、いきなり激昂してしまった。

「お仙。これはどういうことなのだ」

「知りませんよ、あたしは」

お仙はふてぶてしくしらを切った。

「お前を渡せと言っているぞ」

「嘘ですよ。あたしごときを捕まえるのに、八丁堀の旦那衆が捕り物支度で乗りこんでくるはずはないじゃないかね。狙いはお前にきまっている。なんとかお逃げな」

そこはお仙。ことが楓庵の件と悟ったあとでも、浮島を盾にして自分はなんとか逃げ延びようという算段だ。好きな男でもいよいよとなれば見捨ててしまうところが凄い。

「糞《くそ》、この俺が目障りか」

浮島は立ち上がって戸口のほうを睨みつけた。手にはすでに大刀を摑んでいる。

「切り抜けたらそのまま木更津《きさらづ》へ走りな。いつか教えたあたしの叔父がいるから」

「お前はどうする」

「あたしはあたしでなんとかするさ。ここには来ていないと言っておくれ」

お仙は浮島が一人だったように、手早く自分の皿や盃を取りかたづける。

「お仙は来ていないぞ」

浮島は肚を据えて外へ怒鳴る。

「この浮島兵右衛門を捕らえる罪科はなんだというのだ」

「後刻吟味の場で教えよう。中を改めるぞ」

同心がそう答え、左右の者に目配せして、

「それっ」

と、戸を引き開けさせた。途端に抜刀して走り出す浮島兵右衛門。飛び出しざま戸口の脇に立っていた手先が一人胴を払われた。

ギエッ……切られた手先は体をよじり、羽目板に両手の爪を立てて苦悶する。同心はすでに後ろへ退いて、動員した捕り方たちを浮島に立ち向かわせる。

「俺を捕るならそれなりの罪状があろう。こう見えても盗み、追い落としはしたことのない浮島兵右衛門だ。筋の通らぬ浮世なら、筋を通して切りまくってやる」

この世に生まれた自分を呪い、死に場所を探していたような浮島兵右衛門だった。

突棒《つくぼう》、刺股《さすまた》、袖搦《そでがらみ》。捕り方は捕り物道具を出してきて、形ばかりは近年希《まれ》な大捕り物の体だ。

しかし訓練を受けた者がいるわけではなし、深川一帯から呼び集められたいわゆる口問、目明し、岡っ引のたぐいだ。大捕り物のそばにいて、後日世間で大きな顔をしようという、ついで働きの頼りない連中ばかりなのだ。

そこへもって来て駆り出された平同心というのが、まだはたち前の若い見習い同心と、役立たずで有名なよぼよぼの老同心。

「逃がすな。捕り押さえよ」

若いほうは声を限りに叫んでいるが、浮島兵右衛門は逃げる気もないらしく、逃げ惑う捕り方を追い回して、もう数人に手傷を負わせた様子だ。

「道脇の家々に触れてまわるのだ。戸を閉めて心張りをかわせろ。浪人をかくまわせるな。家へ逃げこんだら始末が悪いぞ」

それでも老同心のほうがいくらか役に立つ。年の功でみんなにそう注意すると、刀を振り回す相手よりそのほうがずっと楽だから、意外にその指図が行き届いて、どの道の両側も家々の戸がきっちり閉められて、人々は外の騒ぎを覗く気配もない。

捕り方の中にも気丈な奴が少しはいて、逃げ回るだけでは深川者の名折れとばかり、浮島兵右衛門の前面に立ちふさがり、突棒や刺股を突き出して荒れ狂う相手の足をとめてしまう。

そのころになってようやく捕り物らしい形がついてきた。

「そこだ。目潰《めつぶ》しを打て」

それもまさかのときの捕り物道具の一つ。紙に包《くる》んだ目潰し粉が浮島兵右衛門に右ひだりから投げつけられると、その幾つかが浮島兵右衛門の顔に当たり、粉が目に入った様子。

そこへ捕縄が飛び交って、帯は緩み前ははだけ、髪は大童《おおわらわ》になったぐずぐず姿の浮島兵右衛門は、十重二十重にいましめられて身動きも出来ない有様。

「捕ったぁ。捕ったぁ」

辻々に歓声が沸き起こる。

「祝着《しゅうちゃく》至極」

若い同心は上気して老同心に言った。

「お仙は……」

老同心はそのときになってやっとお仙のことを思い出したようだ。

「あ、いかん」

老若二人の同心が顔色を変えて浮島兵右衛門の家へ踏みこんだ時には、お仙の姿は見えなくなっていた。

「お仙を探せ」

「女を逃がすな」

二人の同心が慌てふためいて捕り方を叱咤《しった》する。

その声を聞きながら、お仙は屋根の上にぴたりと身を横たえ、暗いのを幸いに瓦と化して潜んでいた。騒ぎに紛れて遠くへ逃げようとすれば、逃げられないこともなかったかも知れないが、そこは長年男相手の閨《ねや》仕事。女郎あがりでは足に自信のあるわけがない。だから咄《とっ》嗟《さ》に隙を見て屋根へ這い上り、遠くへ逃げたと思ってくれるのを祈っていたのだ。

「女のいた様子はござんせん」

「ばかめ。たしかにおったのだ。よく調べよ」

同心がまたやきもきしはじめた。

「まだそう遠くへは行っておるまい。お前たち、八方へ分かれてあとを追え。そうだ、炭置場へ舞い戻っておるやも知れんぞ」

屋根の上ではお仙がそれを聞いてほっと一息ついていた。どうやら真上にいようとは思われていないらしい。

「ええい、これでは手柄を逃してしまうではないか。近くも探してみろ。縁の下までもだ」

若い同心はなんとしても縮尻《しくじり》にしたくないようだ。せっかく追手を遠くへ走らせておきながら、近くも探せと理屈に合わない命令だ。お仙は必死で屋根瓦にしがみついた。

「おい、探そう探そう。今夜は江戸中あちこちで、大捕り物だって言うじゃねえか。明日の朝までには見事雁首揃えてお縄にしとかなきゃ、おいらの顔が潰れるってもんだからな」

岡っ引らしい場数を踏んだ声がして、家中引っかき回したあと、天井裏から屋根へまであがってくる気配だ。

ええ、こうなれば仕方がない。なるようになりやがれと、お仙も度胸を据えて立ち上がる。こっちも髷《まげ》は崩れ衣紋は乱れ、しどけない姿で屋根の上にすっくと立った。

「見やがれ、木更津お仙はここにいらあ」

そんな二つ名があったとは、下にいるものはまだ誰も知りはしない。

「あっ、お仙だ」

「奇麗にお縄になってやるからお前ら下へ集まんな。柱にすがってよたよた下りるところなんぞを見せるのは真っ平なんだ。いいかい、派手にここから飛び降りるから、しっかり受け止めてあたしに怪我なんかさせるんじゃないよ」

お仙は啖呵《たんか》通りに屋根から両手を広げて飛び降りた。

「あ……」

下にいた捕り方がどよめいた。屋根の上のお仙は思いきりよく飛び降りて、真下にいた数人が思わず両手を広げてその体を受け止めようとしたが、少し離れたところにいる連中には、飛び降りたときのお仙の白い下半身が丸見えだったのである。

肉付きのいい太股、意外に引き締まったその足首まで。言うに及ばず股の付け根の黒々とした茂みまでが、捕り方たちをあざ笑うように丸出しとなり、はっとして目を凝らしたときにはもう、お仙の体は真下の男達に抱きとめられていた。

しばらくは呆気にとられてみな無言。同心たちさえ言葉を失ってしいんとしていた。

「ほほほほ……」

その中で嬌笑《きょうしょう》するのは捕われてなお勝ち誇ったようなお仙。

「ちっ。引かれ者の小唄よ」

ちょうど駆けつけてきて、お仙の白い肌も秘所もしっかりと見届けてしまった相原進太郎が、いまいましそうに言い、傍らの者たちを叱りつける。

「引っ立てい。女子と思って手加減は無用ぞ」

だがそのときはすでにお仙に対する無言の好意が男たちのあいだに広がってしまっていた。

「神妙にいたせ」

進太郎に聞こえるように、ことさら厳しい声で怒鳴る男が、その実捕縄を掛けるのに手心を加えている。お仙の覚悟のよさに共感を覚えているようだ。お仙は見た目にきりきりと、そのくせ本当はそれほど厳しくなく縛られて、薄笑いを泛べながら立ち上がる。

「さあどうなとするがいいや。どこへなと引いてお行き」

相原進太郎はじめ、同心たちはみんなそっちのほうには世慣れぬ者ばかり。一度見たお仙の白い下肢が目に焼きついて、ともすればしどけなく乱した裳裾《もすそ》に目が行ってしまう。

「どうも凄え女だなあ」

「あばずれには違いなかろうが、まだまだ色気は大したもんだぜ」

「あんなのが浮島兵右衛門の情婦だったのかよ。畜生うめえことやりやがって」

うしろのほうでは捕り方たちのぼそぼそ声。相原進太郎はそんなお仙をいつまでも取り囲んでいたら、収拾がつかなくなりそうだと思うから、大袈裟に十手を振って、かねて手配の大番屋へ引き立てて行く。

動員された捕り方のうち、お仙と浮島兵右衛門の護衛について行くのはごく少数でしかない。

捕り方として動員されたほとんどの者は、それぞれ自分の上に立つ人間から参加したことを確認されているから、ぞろぞろ大番屋までついて行ったってしょうがない。中には気前よく小遣いを配った者もいて、その夜仙台堀界隈の飲み屋は、捕り物のあとの興奮さめやらぬ連中で繁盛したようだ。

「見たかよ、あのお仙という女の凄え居直りようを」

寄るとすぐ話はそのことだ。

「俺なんざ背筋がぞくぞくっとしたね。おしとやかな女も悪くはねえが、悪い女もあそこまで行くと小気味がいいぜ、まったくのところ」

「へへ、ほんとにけつをまくりやがったな」

「ありゃあ出来るこっちゃねえな。口先ばかりの啖呵とはわけが違うぜ」

「両手をひろげて屋根から飛び降りれば、どんな姿になるかきまってるものな」

一度店をしめて火を落とした飲み屋が、町の顔役たちにせがまれて、時ならぬ夜更けの店びらきだ。呑み始めたのはお上のご用手伝いを自称する、目明し、口問の連中だけだから、店のおやじも聞き手にまわって酒のお相伴だ。

「あの浮島兵右衛門てのはこの店にもちょくちょく顔を出してたんだが、そんな大盗っ人だったのかね」

「ありゃあ盗っ人とは違う。そりゃ人の何人か傷を負わせたこともあるだろうが、俺っちの耳には人を殺したとか、脅して銭を召しあげたとかということは聞こえてねえ。……おめえのほうはどうだ」

「ああ、荒っぽいには違えねえが、盗みに走るほどまだ落ちちゃあいなかったようだぜ」

「じゃあなんでそう言わなかったんだい。お仙さえおとなしく引き渡してればすんだものを」

「それが男気っていうもんだろうぜ。お仙はあいつの情婦なんだからな。おめおめとお仙をお上の手に渡していたら、いまごろ俺たちもよくは言っていなかろうよ」

「そうだな、兄貴の言う通りだ」

「でもお仙がそそのかしたのかも……」

「いずれにしても浮島兵右衛門は、見栄でお上に逆らってとっ捕まったようなもんじゃねえか」

「遅れて相原の旦那も駆けつけて来なすった。代替わりだもんで張り切っていなすったな」

「あしたになったら江戸中この話でもちきりになるだろう」

「あたりめえよ。でえいちおめえが喋りまくるだろうぜ」

捕り物に出た連中の話はいつまでも続いていた。

勘助《かんすけ》無常

捕り物の噂は翌朝すぐに、江戸中を飛び交った。もちろん伝わる先々で尾ひれがつき、後家屋の為吉は盗賊の元締め、浮島兵右衛門は凶悪無類の殺人鬼。お仙は盗賊仲間で有名な大姐御《あねご》だ。

そうやって少しずつ話を大きくしていく者たちが、それぞれ芝居狂言の作者にでもなったような気持になり、しかもそれを誰にも咎められないのだから、大袈裟に言えば言うほど気分がよくなるというものだ。

だいたい盗賊の話など、堅気の衆には嘘八百で当たり前。まこと事実に迫っていたら、それこそ怪しい奴に違いないのだ。

「俺の聞いたところじゃあ手妻の半助って奴は、関八州を荒らし回った、古池の五兵衛って大泥棒の一の乾分だったそうだよ。その古池の五兵衛が盗みの旅の最中に、ある寺の金無垢《きんむく》の仏様を盗んだばちで、黒い血を吐いて死んじまった。もちろん仏様は無事もとの寺に戻ったが、親分に死なれたんじゃあ手妻の半助も江戸へ戻らなきゃしようがねえや。で、今度は後家屋の為吉の下で盗みを働こうとしたんだが、とうとう年貢の納めどきさ。仏様を盗もうとした奴は、どれも後生のよくねえことになるんだってよ」

全部が嘘でないにせよ、まるで講釈師の白浪ばなしだ。どこの何と言う寺に金無垢の仏像があったのかなど、誰も深く尋ねようとは思わないらしい。ただ面白ければそれでいいのだ。

手妻の半助の名などはもう世間の表面へ浮きあがってしまって、誰知らぬ者とてないほどなのだ。

困ったのはかかし長屋で地道に扇職を続ける勘助だ。

「ねえねえ、聞いたかい。お袖ちゃんが嫁に行く先の楓庵で、ゆんべ大捕り物があったんだってさ」

先頭に立ってジャラジャラと触れて歩くが金棒引き。普段からその金棒引きに見立てられて嫌がりもしない姫糊屋のおきん婆さんは、手があくと勘助のところへまで噂を撒《ま》きにやってくる。

「そうだってなあ。朝からえれえ騒ぎじゃねえか」

江戸中で真相を一番よく知っているのは勘助だろう。でもおきん婆さんあたりにも調子を合わせておかねばならない。

「よかったよお、お袖ちゃんが嫁に入る前で。それにしても、楓庵の卯吉って旦那は飛んだ災難だったねえ。大泥棒に狙われてさ。あれだけの菓子屋だもの、狙われるのは仕方ないにしてもさ」

「それはともかく、お袖ちゃんに難が及ばなくてよかったじゃないか」

「そのことそのこと。嫁に行ったら戸締まり用心を厳しくするように言わなきゃ」

おきんは楓庵の大捕り物と勘助のつながりに露ほども気づいてはいない。自分の知っている楓庵が捕り物の舞台になったことで興奮しているだけだ。

しかも楓庵にお咎めが来るようなことではなし、被害がなくて逆に大泥棒たちが芋蔓《いもづる》式につかまったのだから、めでたいことのようにさえ思っているようだ。長屋のほかの連中だって、そういう点ではみな同じはずだ。

だが勘助はまさかのときのことを考えて、肚をくくらなければならなかった。

その密告者が盗賊仲間に知られたら、ただではすまないだろう。勘助だってひところは、盗賊仲間に名を売って得意がっていたこともあるのだ。

もっとも木更津のお仙とかいう女など、会ったこともなければ名を聞いたこともない。知っているのは手妻の半助だけ。それも勘助と楓庵がつながっているなどとは思ってもいないだろう。

実際勘助と楓庵は、おしの、お袖母娘とかかし長屋でたまたま隣同士だったというだけのつながりだから、それほど疑いを向けられることはないかも知れない。

だが勘助にしてみれば、証源寺の忍専和尚に楓庵襲撃のおそれありと警告したのは事実だし、それが忍専から八丁堀の旦那衆にまで素早く報告がまわって、あの大捕り物になったのだ。もとは勘助にある。

盗っ人たちの中にもし、捕まった為吉やお仙、雁吉、それに浮島兵右衛門などと深い縁のある者がいたとしたら、いずれは勘助のことに憎しみが向けられることになるだろう。勘助はそのときのことを頭に入れて覚悟をきめなければならなかったのだ。

「勘助さん、入っていいかい」

おきんが去るとこんどは向かいに住んでいる莨屋の弥十がやってきた。

「おお、弥十さんか。入りなよ」

弥十はきょうはまだ商いに出ていないらしい。勘助のそばへ来て声をひそめる。

「じつは大変なことになっちまってね」

顔色も青ざめている。

「実は池之端の小升という飲み屋のことなんだけど」

「池之端の小升……」

勘助も一度だけ半助に無理やり連れて行かれたことがあるのだが、そのときはうまい具合に弥十と顔を合わせずにすんでいる。半助から小升と弥十のことは聞いているが、弥十のほうで小升と勘助のことを知っているはずはない。

「俺、あの店でとんでもない奴と知り合っちまっているんだ。どうしたらいいだろう……」

弥十は弥十でとばっちりをくうのを恐れているのだ。

「とんでもない奴とは……」

勘助は半助のことだろうと見当をつけながら尋ねた。

「楓庵でお縄になった手妻の半助って奴なんだよ」

「知り合いになったのかい」

「そうなんだよ。まさか盗っ人とは思わないし、よく会うもんだから、いつの間にか声をかけ合う仲になってさ」

「別に片棒かついだわけじゃなし、心配することはないだろう」

「でも心配なんだよな」

「どうして……」

「レコのことがあるから」

　弥十は右手の小指を立ててみせた。

「あそこの酌女なのさ。ちょいと渋皮のむけた、面白い女でね」

「おまえさんの情婦《いろ》か」

「うん。深い仲になっちまってて。名はおみつって言うんだ。半助の情婦はおたか。捕まったあとのお調べで、ありったけのことを聞かれるそうじゃないか」

「そりゃ調べられるだろうさ。でも客同士で行きずりのような浅い縁じゃないか。もし銭の貸し借りでもあったんなら、支度金のやり取りじゃなかったかなどと、調べに来ることはあるかも知れないけど。そういうことはなかったんだろう……」

「滅相もない。手銭でちんまりと飲んでいたんだ。ただまめに通いはしたけれどね」

「心配することはないよ。悪いことをしてたわけじゃなし」

「でも役人てのはお咎めごとが好きだからねえ。柄のないところへ柄をすげかねないから。

ましてて半助たちが盗みに入ったのは楓庵じゃないか。お袖ちゃんと同じ長屋に住んでるってだけで、怪しいと思われちゃう」

「でもおまえさんは楓庵なんて菓子屋へ行ったことがあるのかい」

「一度もない。まだ前を通りがかったことさえない」

「それでどうして楓庵の盗みを焚きつけられるんだね。お上にだって目の明るい人は大勢いなさるさ」

「そうだよね」

弥十は安心したように何度も頷いた。

「それよりそんな店へはあまり足を向けないことだよ。どんないい女か知らないが、女房にするつもりはないんだろ」

「遊んじゃ面白いけど、女房ってがらじゃないよ。だいいちあんなのと暮らしたら危なくってしょうがない」

弥十はそう言って首をすくめた。

勘助は弥十が帰ったあと溜息をつく。

「あいつは気が楽でいいや」

たしかに半助とは知り合っただろうが、お咎めを受けるほどのことではない。せいぜい役人におどかされるのが関の山だ。

だが勘助自身のこととなると、気楽に構えてはいられない。今度のことでお上はもう、勘助の存在を知ってしまったと思ったほうがいいだろう。足を洗った盗賊が、昔の仲間を裏切って楓庵襲撃を密告したことになるのだ。

もしかすると昔のことには目をつぶってくれるかも知れない。だが後家屋の為吉という卸元には、まだほかに仲間がいることだって考えられる。半助にだって雁吉にだって仲間がいるだろう。

密告したことが明かるみに出るとすれば、上役人の口からというのが一番考えられるところだ。役人たちは勘助のような立場の人間のことなど、露ほども考えはしないものなのだ。

「やっぱり証源寺へ行ってみるか……」

勘助は仕事に戻ろうとしたが気が乗らず、そう呟いて立ち上がった。

「おや、出かけるのかい。珍しいね」

おきんが戸口の向こうにいてそう声をかける。

「ちょいと和尚のところまでさ」

「世間ばなしかい。行っても茶も出ないはずだよ。出るのは説教ばかり。でも勘助さんは真面目に和尚の説教を聞くそうだから」

そう言っておきんは邪気のない笑い方をする。

「行っといで。人が尋ねてきたら寺へ行ったって言っとくから。……でも誰も来はしないか。あはは」

おきんの気安げなからかいを聞き流して、勘助は長屋を出て行く。よく晴れた日だった。

証源寺へ行くと、ちょうど忍専が本堂の前あたりを箒《ほうき》で掃きはじめるところだった。

「おお、勘助。大袈裟なことになってしまったな。お前もいろいろと気がかりなことがあるだろう。まあ入りなさい」

忍専は竹箒を持って庫裏へ向かう。勘助はそのあとについて庫裏へ入った。

「あがりなさい。儂もお前に迷惑がかからないよう気を使ったのだが、楓庵の卯吉にもそれなりの立場があったようで、ずっと上のほうから八丁堀へ話がまわって行ってしまったらしい」

勘助は黙って聞いていた。何か言えば苦情になってしまいそうだったのだ。

「卯吉という男もまだここへ来る暇がないようだ」

忍専はどうやら卯吉が事件のあと、すぐここへ挨拶に来るはずだと思っていたらしい。それがまだ来る気配がないのが不満でもあり、気がかりでもあるのだろう。だが勘助にとっては、忍専がそんなことを気にして、自分のことはあとまわしにしているようなのが気に入らない。自分は結局どうでもいい人間だったのか。お袖のしあわせを守ってやろうとして発した警告が、まさにぴったり当たってあの捕り物になったのではないか。

「ことはあっしの勘が当ったばかりにこうなったことです。はずれていればあっしが笑われておしまいでよかったんです」

「そうだな。お前の勘がはずれていたほうがよかったようなもんだ。世の中、思い通りにはゆかないものだな」

忍専は違う思いでそう言った。

「楓庵の卯吉がことを大きくしてしまった。いや、卯吉には卯吉の立場があったのだろうが、勘助のことにまでは頭がまわらなかったようだ。儂はお前のことを表に出さぬよう念を押したのだがなあ」

二人ともこの先のことはまるで見当がついていない。

「だがもし調べがお前に及ぶようなときは、儂が卯吉に言ってその調べを止めさせてやる。それは約束するぞ」

忍専はようやく勘助の気持を満たすようなことを言った。

「上役人を軽く見るわけじゃありませんが、町奉行所の与力、同心の旦那がただって、口の軽いときはあるでしょう。あっしのことが外に漏れないはずはないように思います」

「それを心配しているのだな。それも儂が出来るだけ止めてみよう。卯吉が相談したどこかのお留守居役というのは、だいぶ力がありそうだからな。そこへ願って勘助のことはいっさい触れぬようにしてもらおう」

忍専は責任上そう約束するが、世間の表裏を知りぬいた勘助には、そういう約束がいかに頼りないものか、よく判っている。

「万一、のことですが、盗っ人仲間の掟が働いてあっしが面倒に巻きこまれたときは、和尚さまはどうか構わないでやっておくんなさいまし。和尚さままで危ない目に遭いかねません」

「お前はどうするつもりだ」

「誰も手の届かないところへ身を隠します」

それはどこだ……と忍専は訊くけれど、勘助はただ覚悟をきめるだけで、そんな場所などありはしない。

「まあ儂がいいようにしよう。お前は家でいつも通り仕事に精を出しておればよい」

忍専は結論の出ぬままそう言った。

「おまかせいたします」

勘助は素直にそう答えて頭をさげる。忍専は黙って頷き、勘助が帰るのを見送った。

勘助とて忍専の善意を疑うものではない。しかしこれ以上忍専に期待しても無駄なことだと思うのだ。

どだい安全を保証しろと望むほうが無理なのだ。忍専だってそれほど力のある、特別な坊さんではないのだ。ただ貧乏人の側に立って、少しでも世の中の為になろうとしているにすぎない。

その人柄とこころざしにはすがっても、俗な世間の力と張り合うようなことはとても望めない。

「こうなると所詮俺は俺か」

勘助は呟いている。

「おや寺へ行ったのかい」

大工辰吉の女房おりくが、長屋の入口で声をかけた。

「おう、おりくさん。そうだよ、和尚さまの顔を拝みにね」

「大袈裟だよ、拝みになんて」

おりくは軽く笑って見せる。

「そう言えば近ごろ源太の声を聞かないな。どうしたね」

「おや、知らなかったのかい」

おりくは立ち止まった勘助のほうへ近づいてくる。

「魚河岸の近くの料理屋で下働きに使ってもらっているんだよ」

「ほう、そりゃよかったじゃないか」

「それが誰の手も借りずに、自分からその料理屋へ頼みに行ってね」

「そりゃえれえや。しっかりしたもんだなあ、源太も近ごろ」

「そうなんだよ。ほっといても心配することはないんだねえ、子供なんて」

「それで何かい。源太は料理人になるつもりかね」

「その気らしいね。なんでもいいからまともに暮らして行けるようになってくれれば」

おりくはそう言って期待するような目で勘助をみつめた。

「こんど会ったら、しっかりやれと言っておこう。大したもんだぞとも」

おりくは自分が褒められたように頷いた。耳のあたりが紅潮しているようだった。

「いい子を持っておりくさんも鼻が高かろう」

おりくは勘助の世辞にもこくりと頷いていた。

「子供もいずれ一人前になる、か」

勘助はそう言いながら、扇のしるしを書いた腰障子をあけて中へ入る。

細工台には扇の骨が山になっていて、そのそばには折りのすんだ紙が積んである。勘助は扇職としてまっとうに暮らしていることに満足している。人一倍軽い身のこなしももう誰も気がつきはしない。のそのそ歩く爺さんとしか思われていないようだ。

だが今日に限ってはすぐ仕事に戻る気がせず、寝間にしている狭い畳敷きの部屋へ入って、ごろりと横になってしまう。

「お袖はいるかい」

隣の外で男の声がした。

「はいはい、どちらさまで」

答えているのはおしのの声だ。

「黒船町の権三郎だ」

訪ねて来たほうは妙に納まった言い方をしている。

「おや、親分さんですか」

おしのは足が悪い。長屋の者ならそれを知っているから勝手に戸をあけてやるのだが、権三郎はおしのが立ってあけるのを待っているらしい。

「なにかご用で……」

「お袖はどうした」

「生け花の師匠のところへ行ってますよ」

「いい気なもんだな。嫁に行く楓庵じゃあ大騒ぎだってえのに」

「すみません。でもあたしらが今行ったって、邪魔になるばかりじゃございませんか。お調べだの何やかやで、大変なんでござんしょう……」

おしのは黒船町の権三郎にいい感じは持っていないようだ。お上のご威光をかさにきて、いつも弱いものに威張り散らしているからだ。

「おめえたちのところから後家屋の為吉のところへ、なにか言ってやったんじゃあるめえな。もしそうだとおめえら母娘も縛らなきゃならなくなるんだ」

おしのは沈黙している。いわれのない脅しをかけられて、権三郎を睨みつけているのかも知れない。

「ええ……どうなんでえ」

「いずれ八丁堀の旦那がお調べにくるだろうと言われてます。その前にあたしたちをお縄にしたいとおっしゃるなら仕方ありません。なんでお縛りになるのか知りませんが、縛って頂こうじゃありませんか」

おしのはやけくそ気味の高い声になってそう言った。すると今まで静かにしていた長屋の女たちが一斉に騒ぎたてる。

「大変だよ、おしのさんが権三郎親分に縛られちゃう」

尻をまくって威張る相手に逆らおうというようなとき、いちばんしたたかなのはやはりおきん婆さんだ。

「お目こぼしをしてもらうには、銭がいるんだよ。みんなありったけ出しな。黒船町の親分はものの判った親分なんだから」

権三郎をそっちのけで、長屋の連中のあいだを駆けまわろうとする按配だ。

「やいやいうるせえぞ、てめえら。こっちはお調べの最中なんだ。邪魔あするとおめえらも引っくくるぞ」

「あたしらも同罪なんだってさ。みんな助けてもらおうよ。土下座をおし、土下座を」

勘助は立ち上がってそっと窓から外を覗いた。おきん、おりくにお鈴など、居合わせた長屋の女たちがおしのの家の戸口を背にした権三郎を取り囲むように土下座をしている。

「この長屋にはいま銭がないんです。でも証源寺の和尚さまに借りてまいりますので、それをお上に差し上げて、とりあえずおしのさんをお縄にすることは待って頂きたいのです。お願いいたします」

「いつこの俺が目こぼし料をよこせと言った」

「でもおしのさんを縛るそうで」

「縛るかどうかきめたわけじゃねえや」

「でもそうおっしゃったじゃありませんか。証源寺の和尚さまに頼んで、八丁堀の旦那に止めてもらおうじゃないかね。黒船町の権三郎親分がおしのさんたちをお縄にするのは、可哀相だからやめにしておくんなさいましと」

おきんのわざとらしい丁寧言葉が、普段の口調に戻りはじめ、権三郎をいたぶっているのがだんだんはっきりする。

「あ、吾助さん。ちょうどいいときに戻ってきた。和尚を呼びに行ってくれないかね。黒船町の権三郎親分が、おしのさんたちを縛ると言って脅かしてしょうがないんよ。こうなったら、出るところへ出してもらわなきゃ、岡っ引の思う通りにさせられちゃう」

おきんがまくしたてるあとから、おしのの泣きそうな声が続く。

「いいんだよ、あたしは。なんにもしたわけじゃないけど、あたしが牢屋《ろうや》へぶちこまれれば娘のお袖が楽になるんだもの。親分どうか縛ってやっておくんなさい。さあ、早く。目こぼし料など払いはしませんよ」

「誰が目こぼし料を払えと言ったんだ。蹴飛ばすぞ、この婆あども」

「黒船町の親分が、かかし長屋へ乱暴しに来たあ」

「助けておくれえ……」

権三郎はこそこそと逃げ出して行く。

長屋の連中は権三郎を追い払っても、よろこんだりはしゃいだりはしなかった。

権三郎がいなくなると、みんなしゅんとして黙りこんでしまう。

「悪いことをしたわけじゃねえや」

その中で吾助の声がする。

「あいつは御用風を吹かせにきただけだ。てめえが楓庵の捕り物にかかわれなかったから、いまになってこの長屋にかかわりを持ちたがっているだけだい」

勘助は出て行きそびれて、家の中でそれを聞いている。

「でもあとでひどいよ、きっと」

そう沈んだ声で言ったのはお鈴のようだ。

「あいつは売り出したがってしょうがないんだから。昔から」

おりくがいまいましそうに言う。

「ごめんね、みんな。迷惑をかけちまって」

おしのが詫《わ》びる。

「いいんだよ。あんたが謝ることはないんだ。みんなお袖ちゃんの嫁入りを祝っているんだもの。味方なんだよ、あたしたちは」

「でもあの目明しにからまれたら……」

「心配しないで。そのときは和尚さまがついているじゃないかね」

「そうだ」

大声を出したのはおきん婆さんだ。

「あたし寺へ行ってくる。権三郎が長屋の者にからんで来たんで、みんなで気を揃えて追い払ったって。あとで権三郎が仕返しをしないように頼んでこよう」

おきんは言い出すとすぐ証源寺へ向かう様子だ。

「待っとくれ。あたしも行くよ」

おりくが言うとお鈴もそれに続いた。

「あたしも行く」

「じゃあ俺も」

長屋はすぐ静かになった。みんな忍専にいまのことを訴えに行ったのだ。

「俺があんなことを言い出さなきゃなあ……」

勘助は顔をしかめて考えこむ。そのうちあの権三郎が勘助のことを知るかもしれないのだ。足を洗って久しいとはいえ、昔盗賊だった男が近くにいると知れば、権三郎などは決して放ってはおくまい。何かあるごとにやってきて……。

「嫌だ嫌だ」

勘助は身震いした。あんな下っ端に大きな顔をされて、その機嫌を取りながら暮らすなんて、考えただけでも身の毛がよだつ。

だが勘助には弱みがある。縁の下に埋めてある小判だ。たまに出して暮らしの足しにしているから、はじめのころよりいくらか減ったが、それでもまだ三十両以上はある。

足を洗うことを誓ってこの長屋に身を隠したとき、忍専和尚がそれを暮らしの足しにして行くことを許してくれたのだ。足を洗うとき持ち合わせていた小判だ。

盗んだ小判でも、まともな暮らしへはいるために使うなら構わないと、忍専はそれを差し出した勘助を諭したものだった。

遊びに使えばすぐになくなるかもしれないが、貧乏暮らしをしのぐのに使うなら、いずれその小判が生きてくるはずだ。その小判がなければまたぞろ盗みに走ることになるかも知れない。それ以上盗みをせずにすます為に使うなら、盗んだ小判も生きることができるだろう。清く暮らしてできるだけそれを使わずにすますなら、そのうち小判を人のために役立てるような日がくるに違いない……。

いま考えると、それは忍専が盗んだ小判の始末に困って、方便のようにして諭した言葉かも知れなかった。

そのときは勘助もすっかり改心したころだったから、盗みためた小判など持っていてはいけないと思いこんでいた。それが改心したあとの暮らしに役立てろと言われて、忍専の考えの広さに驚き、心服するもとになったのだった。

勘助は結局その小判のせいで、今日まで奇麗に盗みから遠ざかっていられたようなものだ。いくらまじめにやったって、扇職人の身で食うに事欠かずすますということなど、どだい無理な話だったのだ。

最初のころは毎月のように縁の下から出した銭で暮らしを支えねばならなかったが、そのうち勘助がきちんと暮らしている様子をみて、世間も信用してくれるようになり、一人前の職人として扱われるようになったのだ。

それで近ごろは縁の下を掘り返すこともなくなっている。忍専が諭してくれたことを正直にうけとめて、言われたとおりにしてきたのが、正しい結果を生んでいる。

しかしそれを目明しなどに言ったって、判ってくれるはずはない。一度盗みを働いた者は、生涯盗っ人で置かねばすまないのが世間というものなのだ。

「和尚さまを巻き添えにするわけには行かないな」

勘助は改めて覚悟をきめたようだった。

「でももう二度とあの道へは戻りません」

勘助は証源寺でおきん婆さんたちと会っているはずの忍専にそう誓った。

長屋のざわめき

日暮れ近く、源太がかかし長屋へ走ってきた。手には大事そうに竹籠のようなものを抱えている。

「かあちゃん、かあちゃん」

冷飯草履をぴたぴたと鳴らしながら長屋へ走りこんできた源太は、筒袖のきものの尻をたかだかとからげ、汚れた前掛けの前を帯の左側にたくしこんで、もういっぱし働き者といった様子だ。

「どうしたんだい……」

源太を迎えた母親のおりくは、疑わしそうな顔でそう言う。

「これ」

源太は威勢よく竹籠をさしだす。

「なんだい、これは」

「板場の用事でこっちへ使いにきたんだ。ついでに土産物を届けに寄ったんだよ」

おりくは竹籠を覗いて、

「なんだい、魚のアラじゃないか」

　と、源太をみつめる。

「大きな寄り合いに出す料理をうちが受けてさ。いろんな魚をどっさり使ったんだ。生きもいいし、煮て食べたらうまいぜ」

　源太は前掛けの端で手を拭きながら言う。

「どうしたんだい、これを」

「だから土産に持って来たんだよ」

「店の人は知ってるのかい、このことを」

　おりくに咎めるようにそう言われ、途端に源太は頬《ほお》を膨らます。

「大丈夫だよ、心配しなくても」

「でもアラだってただじゃないんだよ。見ればこれには鯛のアラもまじっているようじゃないか。黙って板場から持ち出してきたんじゃないだろうね」

「人を疑うのもいいかげんにしろよ。これは板前の源太さんが持って行ってやれって言うから持って来たんじゃないか。板前の源太さんは俺と同じ名前だから、それで俺に目をかけてくれてるんだ。なんでえ、人が喜んで持って来たのに、盗んで来たみてえなことを言いやがって」

　源太は泣き声になってそう言うと、急に大声で怒鳴った。

「疑うんならそんなもん大川へうっちゃっちまえ。誰がもう持って来てやるもんか」

源太はくるりと踵《くびす》を返すと、泣きながら走って帰ろうとする。

「お待ちよ源太。そうだったのかい。板前さんが持って行くよう言ってくだすったのかね。いい人だ、同じ源太と言う名でねえ。よかったじゃないか、源太」

源太は母親の声を無視して走り去ろうとする。が、ちょうど商いから戻った飴屋の六造を見ると、急にニコニコ顔になって、そのそばへすりよるように近づいて行く。

「おう、源太じゃねえか。どうだ、料理屋は。真面目にやってるか」

先に声をかけたのは六造のほうだった。真面目にやってるか……と尻上がりで兄貴らしい言い方をする。

「うん。相変わらず粋な旅姿だね」

「相変わらずさ。安い飴を売ってのその日暮らしで」

六造はそう言って立ち止まり、おりくと目を合わせる。

「六さん、源太がいま魚のアラをたんと持って来てくれたんだよ」

おりくは戸口のところで竹籠をかかげて見せた。

「お、そりゃ豪気《ごうぎ》だ」

「鯛のアラも入っているんだ。あとでアラ煮をするから持ってくよ」

「ありがてえ。源太のお蔭だな」

六造はおりくと気を合わせるように源太を持ち上げようとしている。

「豪気だなんて……たかがアラだい」

源太は照れくさそうだ。

「店の板場を仕切ってる板前さんが、うちへ持って行けって持たせてくれたんだそうだよ。それが源太と同じ名前なんだって」

「板前も源太か」

「うん、俺と同じ名前」

源太が六造に向かってこくりと頷いた。

「それじゃその板前だって、おめえに目をかけずにはおくめえ。なにかと可愛がってくれるんじゃねえのかい」

「うん、そんなみてえだ」

「じゃあまじめに働くこった。今にいい目が出るぜ」

六造はそう言っておりくに目配せを送っている。奉公先で長続きがせず、さんざんおりくを困らせていた源太なのだ。

「ちょいと話があるんだ。六さんのうちへ行って聞いてもれえてえんだけど」

源太はおりくのほうをちらっと見ながらそう言う。

「ああいいとも。おいでおいで」

六造は機嫌よく源太を自分の住まいへ連れて行くと天秤棒のあとさきにつけた、軽い飴の荷をおろした。

「はやり飴屋の工夫をするつもりで、料理屋の下働きをさせてもらったんだけど、俺、料理人になるほうがいいみたいなんだ。どう思う、六さんは」

源太は六造に憧《あこが》れて、自分も飴屋になりたがっていたのだが、料理屋で働きはじめてから、料理人になるほうがいいと思いはじめたようだ。

六造はそれを聞いてわがことのように喜んだ。

「そりゃ料理人のほうがいいにきまってらあな。よかったじゃねえか、そこに気がついて」

「性根《しょうね》のすわらない奴だなんて思わないでおくれよね」

どうやら源太はそれが気になっていたようだ。

「そんなこと思うもんか。この前の奉公先が嫌になって飛び出したのは、おめえに合わねえ仕事だったからさ。でも今度は違う。おめえは自分の性《しょう》に合った仕事をみつけたんだ。しっかりやるんだぞ」

「うん、やる」

源太はきっぱりと頷いて見せた。

「そのうちちゃんとした料理を作れるようになって、六さんに食べに来てもらいたいな」

「行く行く、きっと行くさ。でもそのときはおりくさんも行かなきゃ」

「かあちゃんは説教が多くて。今だってアラのことで俺を疑うんだぜ」

六造は草鞋を脱いで足を洗いはじめながら笑った。

「店から勝手に持ち出したんじゃないかって、心配したんだろう。親なんてみんなそんなもんさ。子供のことになると、人が違ったように浅はかなことを言い出すもんさ。でもおめえを案じてのことなんだ。そこんところを判ってやらなきゃな」

「うん」

源太は生返事をする。

「どこの親も、自分の子供が間違いを犯すんじゃないかと、はらはらし通しなんだよ。だからつい疑っちまうのさ。一人前の男になるっていうことはな、そんな親の心配を上から暖かい目で見てやれるようになることだ。有り難い疑いなんだぞ。俺みてえに誰も疑ったり心配したりしてくれるもんがいなくなったら、そりゃ寂しいもんだ」

「六さん、寂しいのかい……」

「うん、寂しいな。おやじもおふくろも死んじまって、一人っきりだもの」

「嫁さんもらいなよ」

「飴屋はよせと言ったのはそこだ。たかが飴屋じゃ女房を養ってゆくこともままならねえからな」

「そんなことあるかい。六さんはいまはやりの飴売りだもの」

「そんなことより、早く料理屋へ戻らなくていいのかい。ああいう店はこれからが忙しいんだろう」

六造がそう言うと、源太はあわてて外へ出た。

「また来るよ。今度ゆっくりしようね。……かあちゃん、六さんにアラ煮を頼んだよ」

源太は両方へ大声で言い残し、駆け出して行く。

「なんだろうねえ、今度ゆっくりしようだなんて、いっちょまえの口なんかきいちゃって」

おりくはそう言いながら六造の住まいの戸口まで行く。

「どうもすいませんねえ、六さん」

手早く着替えた六造は、湯へ行く支度をして出てきた。

「あいつ、すっかり料理人になる気になりやがった。よかったじゃないか、おりくさんも」

「ほんとに。いっときはぶらぶら遊んでて、どうなることかと思ったけど。飴売りになりたいなんて言って、ずいぶん迷惑をかけたんじゃなかったのかねえ。生意気なことを言っちゃってさ」

「別に迷惑なんかかけられやしなかったさ。それよりほんとによかったじゃないか。俺もなんとなくほっとしたよ。ちょいと湯へ行ってくらあ」

六造はそう言って手拭を肩にかけると歩き出す。

「帰るまでにアラを煮ておくからね」

おりくはその背中へ言った。

「アラ煮ときちゃ牛蒡《ごぼう》だよね」

畳屋の幸介の女房おなかが牛蒡の束を手に出てくる。

「やだねえ、聞いてたのかい」

「筒抜けさあ」

おきん婆さんも大根を一本持って現れる。

「使っとくれよ。おとつい うちの人が仕事先からもらって来たんだけど、牛蒡なんて急にはこんなに使いきれないもの」

おなかが言う。

「アラ煮に牛蒡と大根はつきもの。……それにしても上出来じゃないか、源太は。料理人になりたいだなんて。おりくさんもこれで肩の荷がひとつおりただろう」

「ありがとう」

おりくはおきん婆さんからも大根をもらって礼を言う。

「ちっとだけどあとで持ってくね」

「あたしはもう年寄りだからそう食べやしないよ。ほんの一口でいいのさ。でもおなかさんとこは三人だもの。あんたのとこの年寄りは大食いだからねえ」

「何を言いやがる」

吾助がおなかのうしろから顔をのぞかせた。

「おや、そこにいたのかい。大食い爺いは」

「うるせえ。夜中に屁をこくな。婆あのくせにでけえ音をたてやがって。聞こえたぞ、ゆんべ」

「へっ、大きなお世話だよ。自分ちで何をしようと人さまに文句を言われる筋合いはないね。屁をしようとげっぷをしようと勝手だい」

おきんはちっとも負けてはいない。

「およしよ、みっともない」

おなかが吾助をたしなめる。

「判ってるよ。おきん婆あと言い合えば、俺が負けるにきまってるんだから」

「じゃあなんで悪態をつくんだい、このおきんさまに向かって」

「ただ夜中にでけえ屁の音を聞いたってだけだよ」

吾助は首をすくめてそう言い、くすくすと笑っている。

「そんなことよりさあ」

おきんは吾助に向かって声をひそめる。

「具合はどうなんだい……」

目を向かいの千次郎の家のほうへ向けてみせる。

「もうじき起きて歩きまわれるようになるだろう」

吾助も家で寝ている千次郎に聞こえないよう、声をひそめて答えている。

「そう大したことじゃなさそうだとは思ったけど、古金をあの為吉という奴のところで買ってもらっていたんだろう……」

「うんそれさ、厄介なのはな。後家屋というのはもともと鋳直し屋の符牒みたいなもんだ。千さんが町で集めた古金を、鋳直し屋へ持って行って売るのは当たり前のことだ。でも相手が悪かったたな。為吉というのは盗っ人に盗み先の下調べから有り金まで、ことこまかに教えてやる、卸という裏稼業だそうじゃないか」

「盗っ人たちに盗み先を教えて盗みの歩合《ぶあい》をとる悪い奴さ。まさか千さんはそんな裏稼業とつながりがあったんじゃないだろうね」

吾助はきっぱりと首を横に振ってみせる。

「ない」

だがその実千次郎の暮らしの深いところまではよく知らないのだ。

「……と、思う」

だからすぐあいまいな言い方をつけたしてしまうのだ。

「千さんは悪いことなんかできる奴じゃねえよ」

「そうだよねえ。人の邪魔にならないように、金持ちのそばをよけて歩いているような男だもの」

「でも役人なんかが後家屋の為吉とつながりのあった者をほっといてくれるだろうか」

「楓庵のことなんか、まだ何も知らねえで寝てるけど」

おきんは千次郎の住まいの戸口を心配そうに見た。

吾助やおきんが家のなかへ引っ込んでしばらくすると、天秤棒の前後に四角く平たい木の箱をつけた、この近所では見慣れない行商人が、かかし長屋へ入ってきた。売り声もなく、なにか用ありげだ。

「あのう……ちょっとおたずねしますが」

その男は左官の熊吉の家をのぞいて言う。

お鈴が気安げに顔を出し、男がかついでいる荷をみて怪訝《けげん》な顔になる。

「はいはい」

「煮豆……」

「へい、煮豆屋でござい」

言ってしまってから男は首をすくめ、照れ笑いをする。

「へへへ、癖になっておりますんでつい。いえ、商売に来たんじゃございませんで」

「あら、それじゃなによ……」

「ですからちょっとおたずねをしたいんで」

「この長屋に用事なの……」

「こちらに畳屋の幸介さんとおっしゃるお人はいらっしゃいませんでしょうか」

お鈴は首をのばして吾助の家のほうを見た。

「まだ帰らないようだけど」

「幸介さんのお住まいは……」

「あそこ」

お鈴は指をさしてみせる。

「じゃあ、連れ合いのおなかさんは……」

「いるいる。……おなかさあん」

お鈴は大声でおなかを呼んだ。

「なあに」

すぐ家の中で返事が聞こえ、おなかが戸口から顔をのぞかせた。煮豆屋はそのほうへ顔を向けている。

「あっ、喜三郎《きさぶろう》」

おなかが言い、

「おなかちゃん」

と、煮豆屋も天秤棒をかついだままそのほうへ駆け寄った。

「久しぶりだねえ」

二人は懐かしそうに互いの顔を見つめ合っている。

「達者でなによりだ」

「喜三郎だって一人前の商人《あきんど》になって」

「商人なんて、そんな大層なもんじゃない。たかが煮豆売りだよ」

おなかとその喜三郎とかいう男は、本当に久しぶりに顔を合わせたらしく、無事を喜びあっているようだ。

「どういう人だね」

吾助が家の中で訊いている。

「ちっちゃいときから仲良しでね。喜三郎っていうんだよ」

「雑司ヶ谷《ぞうしがや》村の百姓の家に生まれまして」

喜三郎は吾助に向かって腰をかがめてみせる。

「同《おな》い年なんだよ。うまれたのもひと月違い。でも十三のときにいなくなっちゃって」

「いなくなったなんて……奉公に出されたんだ。それまでうちの手伝いをしていたんだけど。三男だろ。そういつまで家にへばりついているわけには行かないよ」

「そうか、じゃあおなかの実家のそばの……」

「そう。小作人同士だから親たちも仲良しでね」

おなかは喜三郎を見て次第に痛ましそうな顔になる。

「つてがあって豆屋へ奉公に出て、今じゃ一応一人だちの煮豆屋をやらしてもらっているんだ」

喜三郎がおなかにまだなにか言いたそうな様子なので、吾助が気をきかせた。

「荷をおろしなすったらどうかね。つもる話もあろうから」

すると喜三郎は手を横に振って、

「つもる話なんかはまたのことにさせて頂きます。きょうは知らせがあっておなかちゃんを訪ねてきたんです」

と言う。

「知らせ……あたしにかね」

「そう。叔母さんのおくらさんが亡くなりなすったんでね」

「いつ……」

おなかが顔色を変えた。

「おとついだそうだ。あの叔母さんはおなかちゃんを可愛がっていたから、知らせてやらなきゃと思って。家からはなんにも言ってこないんだろうね」

喜三郎はたしかめるように言う。

「そう、おくら叔母さんが死んだの」

おなかは寂しそうな顔で喜三郎を見た。

「たまたま留吉《とめきち》に出会ったら、おなかちゃんに会う折りがあったら、教えてやってくれと言われたんでね。黒船町だか三好町だかの畳屋へ嫁入りしたって聞いてたもんだから」

おなかは昔のことをあれこれと思い出しているようだ。

「気のいい陽気な叔母さんだったのに」

喜三郎は思い出にひたりかけるおなかを現実に引き戻すように、

「俺、戻らなきゃ」

と言って、かついだ天秤棒をひとゆすりする。

「いまどこに……」

「竹《たけ》町さ。甚兵衛長屋というとこだ。あのへんは煮豆をよく買ってくれるんだ」

「留吉は……」

「まだ雑司ヶ谷にいるよ。昔のようにまだ痩せこけて」

「かわいそうに」

く。

「じゃあ俺、きょうのところはこれで」

喜三郎は吾助に向かってペコリと頭をさげて見せ、荷を揺らせておなかの前から去って行く。

「達者でね。また来てよ」

長屋の間の狭い隙間だから、天秤棒をかついで体の向きを変えるわけにも行かず、振り返りたそうな様子で真っすぐ長屋を出て行く。

それでもひとこと、

「さよなら、また会おう」

とおなかへ言った。

「さよなら」

おなかは戸口の前で喜三郎を見送り、姿が見えなくなると、ガクリと肩を落とした。

「お前の叔母さんか、死んだのは」

吾助が遠慮がちに訊く。

「そう。近所の家へ嫁入りしてね」

「同じ百姓か」

「小作よ。寺やお武家のお屋敷が多いところだから」

吾助にはそれだけで様子が飲みこめるらしい。

「貧乏人はつれえな。働いても働いても楽はできねえもの」

「喜三郎は三男だから、野良仕事を目一杯手伝ったあげくに、家から出なきゃならなかったの。それで今は煮豆屋だって」

「おなかだってそういい目は見なかったよな」

吾助は同情する顔だ。

「叔母さんは近くの家へ嫁に行ったから……」

それでもあたしよりはましだと言いたげだが、おなかだって舅を前にしてそれ以上は言いはしない。

「叔母さんて、幾つだったんだ」

「あら、厄《やく》だったんだ」

おなかは叔母さんの年を数えてみて、はじめて気がついたようにそう言った。

「見た、いまの」

お鈴がおりくのそばへ行って声をひそめて言う。

「おなかちゃんとこの客だろ。いま帰って行った」

「そう」

「あれが喜三郎なんだねえ」

おりくはしんみりした顔で低く言う。

「恋仲だったって」

「おとなしそうな男だったね」

「娘のころは誰だって一人くらいそういう相手がいるもんさ」

「おりくさんもいた……」

「当たり前さね。でもそれは夢みたいなはなし。子供だったんだよね」

「でもその分奇麗なことだったよね」

「そう。奇麗な夢だったねえ。そういう相手と添いとげられれば言うことはないけどさ」

「年頃になったら相手はどこかへ奉公に出されていなくなってた。貧乏じゃそうなるのが当たり前だろうけど、悲しいもんだねえ、お互いに」

「まさか煮豆屋になっていまごろここへ訪ねてくるなんて、思わないもの」

お互いにさんざ身の上ばなしをしあって、嫁入り前のことなんか知り尽くしているかみさん同士なのだ。

「百姓の倅というのも辛いもんなんだねえ。いいように家の手伝いをさせられて、あげくのはてはおん出されるしかないんだもの。それならもっと小さいころに親元をはなれて奉公に出ていたほうが、よっぽどましさね」

「あのころのはいろ恋とは別物だよ。夢さ、夢」

「そうだったねえ」

ふたりとも、だからいまの亭主が悪いとは思っていない。すべては縁で、身分相応の暮らしに落ち着いていると思っているのだ。

でもいまのように突然おぼこ時代の相手が目の前に現れたりすると、忘れていた昔の気持を思い出し、懐かしくなってしまうのだ。

「叔母さんて、以前おなかちゃんがよく話していた、あの年の若い叔母さんだろ。駆け落ちのしそこないとかって言う」

「ずいぶん可愛がったそうだね、おなかちゃんを」

「がっかりしてるんだろうね、おなかちゃんは」

「葬式くらい行かせてやったっていいのに」

「あの煮豆屋と一緒にかい」

「そこまですることはないよ。幸介さんだって真面目な男じゃないか」

おりくとお鈴のひそひそばなしはとりとめもない。

「もうじきおりくさんがアラ煮を持ってくるからね」

おきんが千次郎の枕許で言っている。

「すまないね。みんなよくしてくれるんだ」

千次郎は仰むけに寝たまま目をしばたたいている。

「どうでもいいけど、千さんは今度の捕り物騒ぎなんか、まだ知らないんだろ」

「捕り物……どこのだね」

おきんは前屈《かが》みになって千次郎に低い声で言う。

「楓庵さ」

「楓庵って……そうか、お袖ちゃんが嫁入りをする菓子屋だね」

「そうなんだよ」

「あそこへ盗っ人でも入ったのかね」

「入ったどころじゃないんだよ。ごつい二人づれの盗っ人でさ。捕まったんだよ」

「それはよかった。嫁入りを控えて盗っ人に入られたりしたら大変だもの。何もとられずにすんだんだろうね」

「お役人が待ち構えていて、何かとる間もなく捕まったよ。でもそのあとがいけないやね」

「どうして……」

「その盗っ人たちに盗み先のことを詳しく教えていた奴がいたのさ。盗みの卸し元というんだそうだね、そういうのは」

「へえ、盗みの卸し元か。世の中にはいくらでも悪い奴がいるんだね」

おきんは千次郎の耳元に口を寄せて囁《ささや》く。

「後家屋の為吉だよ、そいつは」

「後家屋の……じゃああの箕輪の鋳直し屋の親方か」

「そうなんだってさ。ご用になっちまったんだよ」

「裏でそんな悪いことをしていたのか、あの親方は」

「なんにも知らなかったんだよね、千さんは」

「ああ、ちっとも知らなかった。そうかね、お縄になったのかね」

「そうだよね。千さんがそんなこと知るわけないよね」

「うん」

千次郎は上体を起こし、おきんがそれを手伝った。

「でも困ったな」

「どうして……」

「もうじき商売に戻らなきゃならないのに」

「古金屋のかい……」

「うん。買い集めた古金はずっと為吉親方のところで引き取ってもらっていたんだ」

「それさ。みんなそれで心配しているんだよ。後家屋の為吉の手下かなんかじゃなかったかと、疑われはしないかとね」

おきんは千次郎の枕許で、前屈みになっていたのを、尻をペタンとおろして坐りなおし、ゆるんだ襟元から脂気《あぶらけ》の抜けた胸肌を覗かせて溜息をついた。

しばらくはそのままの姿勢で考えこんでいる。上体を起こした千次郎が、逆に心配そうにおきんの顔を覗み込む。

「どうかしたのかい……」

「どうもしやしないさ」

おきんはおこったように答え、

「とにかく一日も早く、もとのように元気になることさ。と言っても千さんは、元気なときでも威勢のよくない人だけどね」

と、冗談でなくそう言って立ち上がった。

「また見にくるからね」

「ありがとう。もう元どおりになったよ」

おきんはちびた下駄をつっかけて外へ出て行く。

「そう。元どおりにおなり」

おきんはうしろ手で腰障子をしめ、おりくの家のほうへ向かう。

「千さんの様子を見てたのかい」

おきんが行くとおりくのほうからそう言った。

「そのことだけどさあ」

おきんはおりくの家のあがり框に、はすっかいに腰をおろすと声をひそめた。

「なんのことさ。千さんのことかい……」

「そう。いま寝てるのを見ているうちに考えこんじゃったよ」

「どういう風に。あ、お末、そこに置いてある小さいほうの鉢を取っとくれ。鉢。小鉢だよ。アラ煮を入れるうつわ。わからない子だねえ。ばか、役たたず」

おりくはさして怒った風でもなく、幼いお末を叱りつけている。

「千さんもそろそろお屋敷へ戻ったほうがいいんじゃないのかね。こんどはどうやら軽くすんだらしいけど、中気で寝こんだりしたらことだよ。そりゃあたしたちだって、及ばずながら面倒はみるけど、そう長くは続かないだろ。お互いにその日暮らしなんだから」

「そりゃそうだよ。千さんには面倒を見るお屋敷があるんだからね。戻れたら戻ったほうがいいにきまってるよ」

鍋からアラ煮をうつわへ盛りつけているおりくは、その手を休めておきんをみつめた。

「世話をするのが嫌で言うんじゃないんだよ」

「わかってるさ、そんなこと。そのほうが千さんのためだもの」

おりくはそう言い、大きく頷いてみせた。

雨の大川端《おおかわばた》

明けがたからシトシト降りだして、もう今日はやみそうもない。

「こうなると居職は強えなあ」

左官の熊吉が戸口から空を見上げて、ぼやくともなくそう言った。

「行くだけ行ってみたらどうなんだね」

そのうしろでお鈴が鬱陶《うっとう》しそうに言う。

「余計なこった。きのうのうちに親方が、降ったら来るには及ばねえって言ってたよ」

「やだねえ、雨降りは」

「朝湯へでも行ってこようかな」

熊吉は前の辰吉の家のほうを見てそう言う。

「そうおし」

お鈴は亭主にいられるのが鬱陶しいらしい。

「兄い、兄い。湯へ行かねえか」

そこは長屋の便利さで、ちょいと大きめの声を出せば、向かいくらいへはよく聞こえる。

「そうするか。おりく、行ってくるぞ」

姿も見えないのに辰吉のそう言う声が聞こえる。

「このくれえの降りじゃ傘なんかいるもんか」

熊吉はそう言い置いてひょいひょいと向かいへ跳ねて行く。

「おう、行くか」

熊吉が向かいの戸口へ着くのと、辰吉が現れるのが同時。二人はそのまま長屋の裏手へ小走りに走る。

あとにはポタリポタリと短い庇《ひさし》から落ちる雫《しずく》の音。

「ええ、こんちあいにくの雨降りでございます。お安い古傘、直し傘。傘のご用はございませんか。お安い古傘、直し傘。こんちあいにくの雨降りでございます」

こわれた古傘を集めて直し、また売るという、抜け目のない商売の古傘売りがやってきた。簑笠《みのかさ》つけて茣蓙《ござ》にくるんだ古傘の束を背負い、素足に草鞋がけでぬかるみをビシャビシャと歩いて来る。

「ああ、古傘屋がきちまったよ。この雨は当分やまないね」

おりくは娘のお末相手にぼやいている。

「傘屋は雨が降ると来るね」

お末がおりくに言う。

「人の足もとにつけこんでるのさ。もうすぐあめ六も出て行くよ。雨の日は合羽《かっぱ》売りに早変わりさ」

おりくが言うそばから、いま通った古傘売りと同じように、蓑笠つけた雨降り支度で、飴売りの六造が油紙で作った合羽の荷をかついで外へ出てきた。このほうは古物ではなくて新品の合羽だ。

「せっかくの降りだからせいぜいお稼ぎ」

おりくは商いに出て行く六造に声をかけた。

「雨の日も稼ぎに出なきゃならねえなんて、因果なことさ」

シトシト降る中で六造は足を止め、おりくにそう言った。

「雨で休める辰吉さんたちが羨《うらや》ましいよ」

「なに言ってんだねえ。雨が続けばすぐおまんまの食いあげさ」

「飴屋の雨稼ぎか」

六造は自嘲するように言い、

「じゃあ行ってくらあ」

と、これも裸足に草鞋がけで、ぬかるみをグチャグチャいわせながら外の道へ出て行く。

そのやりとりを聞いていたらしいお鈴が、六造の立ち去るのを見送るように戸口へ出て、向かいのおりくの家へヒョイ、ヒョイと跳ねてくる。

「まめだねえ、あめ六は」

「ああじゃなきゃいけないよ。まだ若いのに見どころがあるじゃないか」

「独り身で稼ぎも悪くないらしいのに、浮いた噂ひとつあるじゃなし。堅いもんだねえ」

お鈴は中へあがり込み、

「おや、繕いものをする気かい」

と、出してある針箱を見てそう言う。

「しなきゃならないんだけど」

「およし、こんな日に針を持つのは。目の寿命をちぢめるって言うよ」

「こううす暗くちゃねえ。どうしようか迷ってたところさ」

「およしおよし。あすのお天道《てんとう》がないじゃなし。目を悪くするだけ損だよ」

「そうだね、やめとこう」

おりくは出した針箱をしまいはじめた。

「千さんはだいぶいいようだね」

「元気になって空が晴れたら、また古金買いに出る気だよ、あの人」

「ほかにどうするって言うのさ。稼ぎに出なきゃ暮らしが立たないだろ」

「でもあれはお武家の出だよ。それも大した家の」

「かもしらないけど、もう昔のことじゃないか」

おりくはお鈴のそばに坐りなおして声をひそめる。

「また具合が悪くなったらどうするのさ。困るのは千さんだけじゃないんだよ。長屋中で世話をすればいいと言ったって、長患《ながわずら》いじゃみんなも困るだろうに」

「それはそうだけど」

「おきんさんはさすがにしっかりしてるよ。もうそこんところを見て、先のことを考えはじめてるのさ」

おりくがおきんのことを言ったとき、当のおきんは足駄《あしだ》をはいて外へ出ようとしていた。駒形屋と太い字で書いた番傘をひろげて歩き出す。降りようが少し強まり、その番傘がバタバタとうるさい音をたてる。

「おきんさん、どこへ……」

おりくが気づいて声をかけたが、雨の音で気がつかないらしい。

「どこへ行くんだろう」

お鈴がおりくに言う。

「雨なんか気にする人じゃないからね。おおかた手内職のことだろうよ」

鈴もおきんが長屋からよそへ出かけると言ったら、ほかに理由のあるわけがない。おりくもおきん婆さんが働き者なのを知っているから、それ以上深く考えもせず、またいつものとりとめもないお喋りに戻った。

しかし強まる雨の中を、おきんは証源寺へ向かっていた。ひとこと和尚に言いたいことがあるのだ。裾をはしょって細い臑《すね》を見せ、古びた足駄をなるべく濡らさないように、用心深い足取りで進んで行く。さいわいこの降りだから人通りも少なく、荷車なんか影も見せない。

「和尚さん、いるかね」

証源寺の庫裏の前でうしろ向きになり、番傘を畳みながら、いつもの甲高い声で言う。

「お入り。おきん婆さんだな」

おきんは庫裏の板戸を引きあけ、

「はいそうです。ごめんなさいよ」

と、調子をつけるように言うと、畳んだ番傘を戸のそばに立てかけた。

「おひまなんでしょうね」

「ああ、この降りだしな。そこに雑巾が置いてある。おあがり」

「はいはい、遠慮なく使わせてもらいますよ。ほんの目と鼻の先なのに、足がもうビチョビチョ。嫌になるねえ、雨降りは」

おきんはそう言いながら雑巾で足を拭き、板の間へあがり込む。

「ちょうどいま茶をいれたところだ。飲むだろう……」

「おや、間のいいこと。いいときにお邪魔をしたもんだ」

忍専和尚は急須に湯をそそぎながら、

「茶菓子はないぞ」

と釘をさす。

「おや、こちらでお茶受けを頂いたことがありましたっけ」

おきんはそう言ってけたけたと笑った。

「それにしてもひどい降りようだ」

忍専はおきんに茶を出してから、外へ目をやって言う。おきんは茶碗をおし頂くようにしてからひとくち飲み、ふうっと溜息をついて真顔に戻る。

「こんな日でも、死ぬ人は死ぬんでしょうね」

忍専は驚いたようにおきんを見た。

「この世を去る者は天候を選ばぬだろう。晴れでも降りでも、嵐の日でも、死ぬ者は死ぬ」

おきんはまた茶を飲み、その茶碗を下に置きながら言う。

「あたしはどうやら子供のころ、赤飯に茶をかけて食べたことがあるらしいんです。自分じゃ覚えていませんがね。それで娘のころはずいぶん親に言われたもんですよ。お前の嫁入りの日は雨降りにきまったようなもんだって」

「そうか、そんなことがあったのか」

忍専はおきんのような婆さんにも、そういう幼いころの思い出があったことを、うれしがってかおかしがってか、相好《そうごう》を崩して笑った。

「それでどうだった」

「なにがです……」

おきんはきょとんとしている。

「お前の婚礼の日の天気だ」

「ああ、そんなもんしなかったから判りゃしません。嬶《かかあ》になれという男と、その男のうちへ行けという親がいて、あたしは風呂敷包みひとつ抱えて、その男のうちへ行ったもんです。

忘れもしません。次の日の朝はじめての米屋へ行って米を借りてきましたっけ。最初の亭主は建具職人でしたよ。次が魚屋。どいつもこいつもみんな早死にしちまって」

「しかしいまは皆がおきんを頼りにしているぞ」

忍専はおだてるような言い方をした。

「手内職の世話をするから……とんでもない。それをやらなきゃこっちが干上がっちまうもの。まあおかげさまで手まめな連中が揃ってるから、なんとかやって行けるようなもんだけど。千さんなんかどうする気なんですか、和尚さんは」

それがおきんの癖で、よそを向いた話をしている隙に、するりと本題をはさんでくる。さすがの忍専も意表を衝かれて、すぐには返事が出ないらしい。

「千さん。千次郎のことかね」

「そうですよ。いつまでかかし長屋で寝かしておくんですか。帰るところがあるんなら、そろそろ帰してやったほうがいいんじゃないんですかね」

「その話で来たのか」

忍専はまじまじとおきんをみつめた。

「そうですよ。どんな天気でも死ぬ人は死ぬって、いま和尚さん言ったじゃないですか」

おきんは真顔だ。

「言った。だがそれと千次郎とどうつながるのだ」

「千さんだって死ぬときは死にますよ。ましていま千さんは中気になりかけてる。こないだ寝ついたのは卒中のなりそこないですからね。気がつかなかったんですか」

「儂《わし》も気づいていた。しかし軽くすんだようだ」

「もう起きて商いに出る気でいますよ。でもあれはこわいもんですよ。いつまた倒れるかも知れない。倒れたら今度は二度と起きることができないかも知れないじゃありませんか。そうでしょう……」

「そうだな」

忍専はじっと考えこんだ。

「そりゃ、長屋の者は放っておくなんて不人情なことはしやしません。かわりばんこに世話をしますよ。でもね、悲しいことにあたしらは、世間の下から何番目というような、その日暮らしの貧乏人ですよ。もし千さんの病気が長びいたりしたら、三度三度千さんのとこへ行って面倒を見てあげていたものが、日に二度になり一度になり、しまいには放っておく日だって出来ちゃうんです。悲しいじゃありませんか。いい連中が貧乏ゆえの不人情をするようになるなんて。そしてしまいには千さんを憎むようにだってなりかねないんですよ。……和尚さん、判っているんでしょうね。貧乏が鬼を作り出すこともあるんです。お願いだからいまのうちに千さんのことを考えてあげてくださいな」

いつのまにか忍専は腕組みをしていた。

「そこまで考えていたのか、おきんは」

「不人情な人間にはなりたくないですからね。長屋のほかの者にだってそうさせたくはないし。あたしまたでしゃばりをしましたか……」

「いや、これはでしゃばりなどであるものか。恐れ入ったよ。お前の言う通りさ。千次郎には、その気になれば戻る先があるのだからな。……と言って、そう容易《たやす》くは先方も引き取るまいが」

「五千石でしょ、千さんの実家は」

とたんに忍専がきっとした顔つきになる。

「なぜそれを知っている」

「長屋の者はみんなもううすうすは承知してますさ。こういうことは長い間には水が漏れだすように、少しっつ流れ出すものなんでしてね。だからって、それを目当てに千さんと仲よくしてたわけじゃありませんからね」

忍専は憮然《ぶぜん》とした顔でおきんをみつめていた。

「なんとか千さんを家へ帰してあげてくださいな。お願いしますよ」

がさつな言葉使いながら、おきんは忍専に真面目な顔で頭をさげてみせた。

「そうだなあ。千次郎はこのさきこれといった望みのない身だ。ましてああいうやまいでは、人の世話になって生きるというのも、そら恐ろしく思っていることだろうな」

忍専がそう言うと、おきんはわが意を得たりと言うように声を高くした。

「そこなんですよ、和尚さん。あたしだって正直のところ、この先いつまで達者でいられるかと思うと、こわくなるんです。ある日ころりと死んじまえればいいけれど、よぼよぼになって、寝たきりで、長屋の連中の厄介になることを考えると、こわくておちおちしていらんなくなっちまう。区切りのいいところで仏さまが始末してくれないもんですかねえ。寝たきりで続く寿命なんて、あたしは真っ平ですよ」

「千次郎にはそういう目にあわせたくないと言うのだな」

「千さんだけじゃない、あたしだってご免です。和尚さんは仏に仕えるお坊さんでしょう。人の老い先について、仏さまはどうおっしゃっているんですか」

「むずかしいことを聞かれるものだな」

　忍専は苦笑する。

「寿命のあるかぎり、生きなきゃいけないんですか」

「仕方なかろうな」

「人の世話になりっぱなしでもですか」

「人の世話になるのがいやらしいが、世話をする他人はそれで大きな功徳《くどく》を施したことになるのだぞ。世話をした者にはよい報いが来る。世話をされた者はその役に立っているのだ。無駄な命などあるわけがない」

「そりゃ説法ではそうかもしれませんがね。同じ世話をされるなら、身内にされたほうが身内の功徳になっていいじゃありませんか。千さんは身内に面倒を見てもらうのが筋ですよ。あたしらみたいに、面倒を見てくれる身内が一人もない者とは違うんだから」

「そうだな」

おきんは声を低くする。

「春日井志摩守さまといえば大したご威勢じゃありませんか。実の弟さんなんでしょう、千さんの」

「そこまで知っていたのか。世間には言うなよ」

「言いやしませんとも。でも千さんのせいで、長屋に不人情なことが起こったらと思うと、あたしは気が気じゃなくてね」

おきんはそう言って肩を落とした。

雨は降り続いている。

あめ六こと飴売りの六造のほかは、かかし長屋の住人が残らず雨に降りこめられて、長屋でくすぶっていた。

おきんも証源寺から戻ると、ひまを持て余したような顔の辰吉や熊吉たちと、世間話に花を咲かせている。

おりく、お鈴は亭主たちの相手をおきんがしてくれるのは大歓迎だ。でないと話がすぐ暮らしの愚痴に傾いて、夫婦の仲がとんがってしまうからだ。

だから長屋の入口の辰吉、熊吉の家はにぎやかだが、千次郎の家の向かいの幸介の家は妙にしんみりしている。

「そういうことなら、一度雑司ヶ谷へ墓参りに行ったらどうだ」

幸介もこの降りでは家にいて、なぐさめるようにそう言った。

「でも一日かかってしまうじゃないか」

おなかは拗《す》ねたようでもなく答える。叔母のおくらが死んだことを亭主の幸介に打ち明けたところなのだ。

「俺やおとっつあんのことなら心配はいらねえよ。たかが半日、朝のうちに出かけて、日のあるうちに帰ってこられるだろう」

「そりゃそうだけど」

おなかが遠慮がちにそう言うと、吾助がからかうように横から口をはさむ。

「幸介もばかに優しいじゃねえか。おなか、行く約束を取りつけるならいまだぞ。なんなら二人で行ってきたらどうなんだ。嫁に来てから夫婦でそういうことをしたことはなかろうが」

「やめてくれよ、とっつあん。嬶と道行きなんて」

幸介が本気で悲鳴をあげるように言う。

「ばか、たかが雑司ヶ谷じゃねえか。道行きの、めおと旅のと言うほどのもんか」

おなかも吾助の勧めを本気で断わっている。

「この人と一緒だなんて困りますよ」

「ほう、恥ずかしいか。いいじゃねえか、夫婦なんだから」

「おなか一人でやってくれないか。この雨があがれば、降りこめられた分仕事を急がなきゃならねえし」

「そうさせてもらいます。いいんだね、お前さん」

「ああ、いいとも。会ったことはねえが、お前が世話になった叔母さんの墓参りだもの」

すると吾助はほっとしたような顔でおなかに言う。

「よかったな、おなか。久しぶりに雑司ヶ谷を見て来いよ」

雨が降り続くが、幸介とおなかのあいだには、まだ当分黴《かび》など生えはすまい。

魚屋市助《いちすけ》

「土手で遊んじゃいけないよ」

朝、おりくがお末に厳しくそう言っている。ゆうべのうちに雨があがり、朝空には雲ひとつない。

「ほら、前がはだけないようにしなきゃ駄目じゃないか。お前は女の子なんだからね」

おりくは亭主を送り出すまで、娘のお末を家にとじこめておいて、いま着替えをさせたところだ。

「こういう日は源太がいてくれると助かるんだけどねえ」

お末を相手にそんなことを言っている。空は晴れたが、川の水嵩《かさ》が増しているのだ。流れも速いし、雨あがりの土手は滑って危ない。表の通りは少し高くしてあるから水はけも早いが、そのかわり長屋のあたりはぬかるんで、子供が走ればどろんこになるのは知れている。

だからおりくはお末にもうよれよれになった、つんつるてんの着物を出して着替えさせたのだ。ふだん着せているのだって粗末なものだが、どろんこになるのが判っているなら、いちばんぼろな着物と替えておいたほうが利口だろう。

お末はまだ着るものを気にしない年だから、そんなぼろを着せても嫌がりはしない。

「でも、こうしてみるとお前は本当にかかし長屋の子だねえ」

着替えさせたおりくは、そう言ってひとりで笑う。つんつるてんのぼろ衣装で、お末はまるでかかしのようだ。

「いいかい、足が汚れているときは、そこで足を奇麗に洗ってからうちへ上がるんだよ。どろんこの足で上がったら承知しないんだから。判ったね」

「うん」

「はいとお言い」

「はい」

「そう。女の子は言葉だって奇麗にしなきゃ。土手へは行かずに門前原《もんぜんはら》で遊んで来な」

「うん」

お末はそう答えて外へ飛び出して行く。はいと言わなかったのでおりくは舌打ちしてそれを見送った。

「おはよう」

お鈴が顔を出す。向かいとこっちでもう何度か顔は見せ合っているが、朝の挨拶はまだだったのだ。

「洗い物いっしょにしといてやるよ」

お鈴は勝手知った人の家へ入りこんで、朝飯の茶碗や皿を、自分のうちのと一緒に持ち出して行く。

「すまないね。針仕事があるんだよ」

空は晴れわたっている。無料《ただ》の明りが使えるのだ。

皿や茶碗を洗って戻ったお鈴に、

「大変だよ。ゆうべ遅く市助《いちすけ》が帰って来たんだよ」

と針仕事の用意をしながら、おりくが左へ顎をしゃくって見せる。

お鈴は目を丸くしておりくのそばへいざり寄った。

「本当かい」

「ああ、夜中にそっと戸をあけて入ったよ。あれは市助に間違いないね」

お鈴は指を折って数えてみる。

「ひと月ぶりじゃないか」

「まだ寝てるらしいね。静かなもんさ」

「困った奴だねえ。和尚さんも持て余してるそうだよ。すっかり暮らしを崩しちまってさ」

お鈴は声をひそめ、隣の気配をうかがって、左の壁へ耳を傾けるようにした。

「真面目に魚を売ってればいいのにね。どんな面白いことに出くわしたのか知らないけど、ひと月も家をあけるなんて、尋常なことじゃないよ」

「でも店賃《たなちん》はきちんと払っているそうだよ。おきんさんがそう言ってた」

「おきんさんはいるだろ……」

「いたよ。いま会ったもの」

「知らせておいてくれないかね。市助が帰って来ているって」

「判った、知らせとく」

お鈴は足音を忍ばせるようにおりくの家を出て、おきんのところへ行った。おりくの家の左隣に住む市助は、魚政《うおまさ》という魚屋で働いていた男だが、いつの間にかお松というちょいと見られる女を引き入れて、おりくたちに女房にしたと引き合わせたりしていたが、そのお松がちゃんとした女房でなかったのは、もうみんなが知っている。

半月も家に居着くのはいいほうで、何かというと派手な着物でちゃらちゃらと出て歩き、どこへ行くのか知らないが、三日も帰ってこないことだって珍しくなかった。

その留守のあいだ市助は大荒れで、毎晩のように大酒をくらい、酔ったあげく長屋の者に当たり散らして、翌朝酔いがさめると体裁《ていさい》悪そうに出て行ってしまう。

そんなときは魚政にも姿を見せず、何度か詫びを入れて戻ったりもしたようだったが、結局はうまく行かずに姿を消してもうひと月になるのだった。

「市助が戻って来たって……」

お鈴に知らされたおきんが、お鈴同様忍び足でおりくのところへやってくる。

「お松は一緒じゃないんだろうね」

おりくも声をひそめて答える。

「ひとりらしいね。あたしちょうど目がさめてさ、よく聞いていたんだよ」

「たかが女ひとりのことで、ああも身を持ち崩すなんて、だらしがないったらありゃあしない」

おきんが顔をしかめて言う。

「やだ、おきんさん。たかが女だなんて。あたしたちだって女だよ」

お鈴がおかしそうに言うと、おきんは首をすくめて忍び笑いをする。

「そうだったね。忘れてたよ、自分も女だってことをさ」

「そりゃおきんさんはもう忘れちゃったっていいけどさ。あたしたちは、ねえ」

おりくは、ねえ、と言って艶っぽい目でお鈴を見た。他人事《ひとごと》は気楽でいい。それだけ市助についてはみんなもう見放しているようだ。

そのとき市助の家の中で物音がした。

「あ、起きたみたいだね」

おりくがそれに気づいて言う。

「また銭を貸せかなんか言われるかもしれない。でも貸しちゃだめだよ」

おきんは早口でそう言い、あわてて自分の家へ戻ってしまう。市助はどうしようもなくなると家へ戻ってくるようなのだ。そのたびおりくやおきんに無心をして困らせている。

「桑原《くわばら》、桑原」

お鈴はまだ一度も無心をされたことがないだけに、今度は自分の番かとおそれをなして家へ引っ込んでしまう。

ひと月も家をあけていれば、汲みおいた水などとうに臭くなっている。顔を洗おうにも水汲みからはじめねばならず、市助がすぐ外へ出てくるのは判り切っている。だからおりくも知らん顔で針仕事をはじめた。

ところがガタビシとやけに大きな物音をたてるだけで、市助はなかなか外へ出てこない。どこかへぶつかって転んでいるような音だ。

「何をしてるんだろうねえ」

おりくは針を持った手を休めてそう呟いた。

ガタガタッとようやく戸があいて、市助が出てきた様子だった。

「おっ、市さんどうしたんだ」

商いに出るのが遅い莨屋の弥十の、驚いたような声が聞こえた。

「市さん、しっかりしろ。おい、誰か……市さんが大変だ」

市助の姿は見るも無残なものだった。袖の片方がちぎれ、ざんばら髪で額に血がこびりついている。おまけに袖がちぎれた左腕から、血が流れて着物のあちこちがどす黒く汚れている。顔は真っ青だ。

弥十の声ですぐ出て来たのはおきん婆さんだ。

「あ、こりゃ大変だ」

それに続いて扇屋の勘助も戸をあける。

「こいつはいけねえ、医者を呼ばなきゃ」

それにつられてみんな家から出てくる。

「いつ斬られたんだ。ひと晩中血を流し続けていたんじゃあるまいな」

こういうことになるとやはり勘助がいちばん慣れているようだ。

「ひと晩中だよ、きっと。ゆうべ夜中に帰ってきた音を聞いたもの」

おりくがそう言う。

「とにかく手当をしなきゃ。このままだと死んじまうぞ」

「お医者は……新井良軒《あらいりようけん》さんでいいかね」

お鈴がみんなに訊く。

「良軒さんでいい。早く頼むよ。とにかく家の中へ入れよう」

勘助が先に立って市助を抱き起こす。弥十がそれを手伝って、市助を家の中へ運びこんだ。

「良軒さんに診せるにも、その血を洗ってやらなくては」

おきんは素早く家へ引き返す。湯でも持ってくるつもりなのだろう。

「ひでえありさまだな」

勘助は締め切った市助の家の中で呆れたように言い、連子窓《れんじまど》などをあけて風を入れている。長いあいだ留守だったし、家の中は荒れ放題。煎餅布団は敷きっぱなしだし、ふちの欠けた湯呑や茶碗などが、貧乏徳利《びんぼうどくり》と一緒に転がっていたりする。市助は敷きっぱなしだった湿った布団に寝かせられ、意識を失いかけているらしい。

おきんが小盥《こだらい》に湯を入れて運んでくる。

「着物を脱がしちまうよ。これじゃどうしようもないからね」

そばで見ている勘助たちへとも、寝ている市助へともつかずに言い、おきんは帯を解いてやって血で汚れた着物を脱がせ、手拭で血のこびりついた市助の体を拭いてやる。

「そうだ、だれか和尚に知らせてやって来ちゃくれないかね」

市助の体を拭きながらおきんがそう言った。

「あたしが知らせて来る」

こういうことになるとおろおろして手も出せないお鈴が、自分に出来る役が見つかったとばかり、そう言ってすぐ証源寺へ走って行く。

「良軒先生のところへは、いまうちのお袖が向かったからね」

向かいからおしのが大声でみんなにそう知らせる。お袖はちょうどいつものように三河屋へ行くところだったのだ。新井良軒は三河屋のそばに住んでいる。

おきんに体を拭かれて市助が意識を取り戻したらしい。ウーンと唸って体をよじろうとする。

「ほら、じっとしてなきゃ傷にさわるじゃないか」

おきんがきつい声で言う。

「市さん、なにがあったんだ」

勘助が市助の口許に耳を寄せて訊く。

「女敵《めがたき》うちだ」

市助は低い静かな声で言う。まだ意識は朦朧《もうろう》としているようだ。

「女敵うち……」

濡れた手拭を持ったおきんと、市助の声に耳を傾けていた勘助が顔を見合わせる。

「やったのか……」

勘助が気色ばんで訊く。

「俺、やったよ。やられちゃった。でもこれでいいんだ。これでいい、これで」

市助は静かにそう言うと、一度開いた目をまた閉じてしまう。

「そうか、お松をとられた仕返しをしたんだな。それでこんなにやられたのか」

市助は目を閉じたまま頷く。

「それで気がすんだんだな」

勘助に言われて市助はまた頷いてみせる。

「よかったな。おめえはえれえ。こんな傷、てえしたことはねえや。早くよくなってやりなおせ。前のまっとうな魚屋に戻るんだぞ」

胸のあたりを拭いてやっているおきんの目の前で、市助は閉じた目からポロリと涙をしたたらせた。

「泣いてる、この人」

おきんは厳粛な表情になって、勘助はじめまわりにいる長屋の連中の顔を見渡した。

「迷いがふっ切れたんだ」

「これだけの怪我をして、迷いをふっ切って来たんだよ。加勢してやらなきゃ」

長屋の連中はそう囁く。そこへお鈴が忍専を連れて帰ってきた。

「市助が斬《き》られて戻っただと……」

「いまうちのお袖が良軒さんを呼びに行きました」

足を引きずりながら、おしのまでが無理をして家から出てきている。

忍専はその声を背中で聞きながら、市助の家へあがりこみ、左腕や額の傷口を調べた。

「誰にやられた……」

忍専は寝かされている市助に訊いた。

「女敵うちをしたんだそうですよ」

そばでおきんが口をはさみ、忍専はそれを無視してもう一度尋ねる。

「誰に、どこでだ」

「今戸《いまど》で」

市助はそう言って目を閉じる。

「これは刀傷だぞ。斬られて黙っているのはお前の勝手だが、届けをしないと人に迷惑をかけることになるのだぞ」

「そうだよ市さん」

戸口のところで声がして、みんなそのほうを振り返る。番太郎の万吉だった。こういうことをお上に届け出るのは万吉の役なのだ。喧嘩の傷くらいならとにかく、刃物で斬られたりしたら、届け出ておかないとあとで面倒なことになる。

「相変わらずいい耳をしてやがるなあ」

万吉と並んで戸口から中を覗きこんでいた吾助爺さんが低い声でそう言った。

「相手は侍だな」

忍専が腕組みをして言う。

「お前は武器になるものを何も持ってはいなかった。そうだろう……」

「なぜ判るんです……」

おきんが訊く。

「咄嗟に身を庇おうとしてあげた左腕を斬られたのだ。浅くはないぞ、この傷は」

忍専は腕組みを解き、左腕を額のあたりまであげて見せた。

「丸腰の相手に白刃《しらは》を揮《ふる》うなんて、どんな奴なんだろう」

莨屋の弥十が怒る。

「身から出た錆なんだ。お上に届けるんなら、夜中に今戸のあたりで、酔った浪人者に難癖をつけられて斬られたとでもしておいてくれ。……和尚さんお願いです。そういうことに」

「相手の名をあかしたくないのだな」

「はい。もう気がすみました。あの女のことは奇麗さっぱり忘れます。やり直しますから、どうぞ穏便に」

「しかしその左腕はきかなくなるかも知れんのだぞ」

医師ではないが忍専が、市助の傷を深いと見て、左腕がきかなくなるかも知れないと言うと、みんな事の重大さを思い知ったようだった。

「医者はまだかい」

勘助が戸口のほうへ顔を向けて言う。

「あのごうつくばり医者。貧乏人のところへはなかなか来てはくれないんだよ」

足の悪いおしのが、悔しそうな声を出す。なにか不自由になった足のことで、嫌な思いをしたことがあるのだろう。

「たんまり礼をはずむ相手じゃなきゃ、療治《りょうじ》に手を抜いてしょうがないんだってさ」

おきんがおしののほうを見ながらそう言った。

「とは言えこういう刀傷の手当ができる医師と言えば、このあたりでは新井良軒ぐらいなものだしなあ……。迎えに行ったのはお袖か」

忍専が唸るように言うとおしのが答える。

「そうですよ。ちょうど三河屋へ行くところだったので」

「あの子が行ったくらいでは、すぐに来ぬのかも知れんな。儂が行くか。それにしても傷口を焼酎《しょうちゅう》で洗っておいてやらねば。膿《う》むとことだからな」

「あんたらのとこに焼酎ある……」

おきんがおりくやお鈴に訊いた。二人とも顔を見合わせて答えない。

「よし来た。俺が三河屋で買ってこよう」

弥十が立ち上がり、

「すまないね」

と、女たちが送り出す。

「それじゃ晒《さらし》もいるよ」

おきんが弥十の背後から大声で言った。

「まかしときな」

弥十は頼もしく答えて小走りに去る。だが長屋の入口あたりでその弥十の大声が聞こえた。

「権三郎親分のお越しだぜ」

みんなは顔を見合わせた。番太の万吉の姿はもう消えている。

「ここの長屋のもんが斬られたって……」

外に立っていたおしのに、近づいてくる岡っ引の権三郎が訊いている。

「ちくしょうめ」

勘助が嫌な顔で呟いた。

「新井良軒がもう教えやがったんだね。嫌な了見だ」

おきんは笑うでもなくそう言って忍専を見た。

「ここか、その斬られた奴の住まいは」

権三郎が戸口から中を覗きこんだ。

「やっぱり来てなすったんで」

権三郎は市助の枕許《まくらもと》に坐っている忍専を見ると、そう言って会釈をした。唐桟《とうざん》にもののよさそうなこげ茶の帯をしめ、紺足袋におろしたてらしい雪駄ばき。ふところから、わざとらしく十手を覗かせている。房なしで華奢《きゃしゃ》ごしらえ。同心などの前では隠してしまうが、ふだんは結構脅しになる十手だ。

「怪我人は市助だ」

忍専は寝ている市助を見おろして知れきったことを言う。どうやら忍専も権三郎には好感を持っていないらしい。

「ちょいとあがらせてもらいますよ」

権三郎は忍専にそう断わってから、煎餅布団のそばへ来てあぐらをかいた。

「そうだったのかい。あの勇ましい男は市助だったのか」

権三郎は市助に向かって感心したように言う。

「何か知っているのか……」

忍専が怪訝な顔で訊く。

「今戸のほうじゃてえした評判でござんすよ。女敵うちだっ、と叫んで二本差《りゃんこ》しに勝負を仕掛けた奴がいたってね」

「市助、お前そんなことをしたのか」

寝ている市助は、驚いて訊く忍専に、目を閉じたまま顎を引いてみせた。

「じゃあ、相手はもう知れているのだな」

忍専は権三郎のほうへ顔を向けて言う。

「松倉玄之丞《まつくらげんのじよう》という名うての悪でしてね」

おきんがのけぞらんばかりに驚いた。

「えっ、あの松倉。そりゃ斬られるのが当たり前みたいなもんじゃないか。よく殺されなかったもんだ」

「その侍を知っているのか」

「知りやしませんよ。おし借り、強請《ゆすり》に博打まで。女衒《ぜげん》まがいのことだってやってのけるって噂ですよ。その上剣術が滅法強いんだそうで、噂だけでもこわそうな奴じゃありませんか」

おきんはそう言って首をすくめる。

「女敵うちとは大層な意気込みだが、お松というのはいっときおめえんとこへ転がりこんでた、あの女だろう」

権三郎はにやにやしながら言う。

「刃物もなしでその松倉に立ち向かって行ったのか」

忍専は呆れたような顔で、尋ねるともなく言う。

「いや、市助も脇差を持っていた。な、そうだろう」

権三郎の言い方は、とたんに取り調べ口調にかわってきつくなった。

「持って行きました」

市助は目を開いてはっきりと答える。もう寝てもいられない様子だ。

「松倉玄之丞の刀にはねあげられたんだってな」

「斬り死にする覚悟だったものだから。勝負になるなんて、はじめから思っちゃいません。でもあいつの刀にさわった途端、手が痺《しび》れて、脇差がどこへ飛んで行ったのか……」

権三郎は薄笑いして言う。

「大なまくらだったそうじゃないか。かたちばかりの刀とも言えないような代物でな」

権三郎はそこで忍専のほうへ向き直る。

「鋳直し屋の作った似非《えせ》刀でしてね。そんなものでも竹光よりはましなんで、本身《ほんみ》を手放しちまった貧乏浪人とかが買うそうなんですよ。結構商いになるそうでしてね」

「そんななまくらを持って立ち向かったのか」

忍専は嘆くように言う。

「安かったもんで。よく斬れるのなんか、買う銭もありませんや」

市助はもうしんそこ諦めがついたようで、自分の愚かさを笑うような言い方だ。

「どこで誰から買ったんだい」

権三郎は岡っ引き根性丸出しで尋ねる。

「千さんに頼んで安く分けてもらったんだけど」

市助の目が忍専のほうへ動いて、それを言ったら迷惑だったのだろうかと尋ねているようだ。

「千さん……古金屋のか」

「そう」

「鋳直し屋の作ったなまくら刀でも、見る者が見れば作ったのが誰かすぐ判るそうなんだ。市助はなんにも知るまいが、あれを作った鋳直し屋がよくねえ。後家屋の為吉さ。賊徒の張本みてえな奴だ」

忍専がみるみる渋い表情になった。

「別に千次郎がお咎めを受ける筋はあるまいに」

「市助のしたことは、斬られるのを覚悟で女を助けようとしたってんで、派手な騒ぎになっちまってる。お上だって放っては置かねえかも知れねえ。お松という女は、てめえのほうから松倉に惚《ほ》れてくっついたそうだが、あのままだといずれ松倉に売り飛ばされちまうだろう。自分の女を売り飛ばすのが松倉の得意技なんだってよ。でも後家屋の為吉んところから買った脇差を使ったのはまずかったぜ。古金屋の千次郎だってお調べを受けることになるだろうよ。なにしろ後家屋の為吉のまわりは、洗いざらい調べられてるからな」

忍専は勘助の顔を心配そうに見た。

「まあ怪我人にきついことを言うのは気の毒なんだがよ。これもお上の手伝いをする身の辛ささ。ところで和尚さん、医者はまだ来ねえんで……」

権三郎は案外優しいところがあると見え、気の毒そうな目で市助から忍専に視線を移す。

「お袖が三河屋へ出かけるとき寄って、呼んでくれたはずなんだが。儂が行かねば駄目かも知れん。行こうかと思っていたところだ」

「そりゃ和尚さんじゃなきゃ、あの医者は動きやしねえだろうな。近ごろはまた、一段と気位《ぐれえ》が高くなりやがってね」

おきんは疑うように権三郎に言う。

「おや、良軒先生に聞いて来たんじゃなかったのかね」

「ちょいと違ったな。良軒の家の前を通りがかったら、春太郎という弟子が俺にそっと耳打ちをしてくれたのさ。かかし長屋に怪我人が出たらしいって」

「春太郎って、近ごろ薬研《やげん》をまかされたっていう、あの男かね」

「そうだよ。それでもしや今戸の騒ぎにつながりがあるんじゃねえかと思ってよ。和尚さん。なんなら一緒に行きましょうか。良軒は目立ちたがりだから、女敵うちの当人だって知れば、よその医者の手にはかけさせたくねえでしょうからね」

「そうだな。権三郎親分が一緒なら、そう冷たくもしてはいられまい」

忍専は立ち上がる。

「和尚さんやこのおきん婆あに親分なんぞと言われると、どうもからかわれてるような気がしてならねえ」

権三郎もそう言って市助の家を出ようとする。

「早く悪い良軒を呼んで来て下さいよ、親分」

おきんがそう言って送り出す。

「新井良軒だよ。そんなかげ口をきいてると、手を抜かれても知らねえぞ」

権三郎が振り返ってたしなめる。そこへ焼酎や晒を買いに走った弥十が戻ってくる。

「すぐ戻る。おきん婆さん、まかせたぞ」

忍専は権三郎と歩きだす。

「まかせといてくださいよ。傷口を焼酎で洗うくらい、慣れたもんさね。……でも、こんな大きな傷ははじめてだね」

おきんはあらためて市助の傷口を覗きこんでいる。

「どだいあの市助なんかの手に合う女じゃなかったんでさあ」

忍専と並んで歩きながら権三郎が言う。

「いくら言い聞かせても、止まらなかったのだ」

忍専は弁解がましくそう答えた。

忍専と岡っ引の権三郎が出て行くとすぐ、おきんが市助の傷口を焼酎で洗いはじめた。

「痛むかい……。そんなに痛まないだろ」

おきんは市助が痛がるのを気にしながら、丁寧に傷口を焼酎で拭いて行く。

「気をしっかり持ってな。この傷はそんなに深くねえんだから。ちっとばかし長くやられただけだ。ほんとだよ」

そばで勘助も市助を励ましている。

「落ち着いて考えてみれば、どうも松倉の奴は俺の命まで取る気はなかったようなんだ」

市助も権三郎や忍専と話したあとだけに、だいぶしっかりした声になっていた。

「でもお前は斬られたじゃないか」

弥十が言う。

「先に刀を抜いて振り上げたのは俺のほうだ」

市助は自分の非を認めているのだ。やられるのを覚悟の上で、評判の剣術使いに挑んだからだろう。

「あいつは俺の刀を跳ねあげて、どこかへすっ飛ばしたことで満足したんだろうよ」

「刀ったって鋳直し屋のなまくらじゃないか。はじめっからかなうわけがない。浪人とは言え侍のすることじゃねえや」

弥十はまるで心得のない町人を斬った松倉玄之丞が、憎くて仕方がないらしい。

「あっ……」

市助は焼酎が傷にしみたらしく顔をしかめた。

「ごめんよ。でもここんとこをよく洗っておかないとね」

おきんは大して驚いた様子もなく、手際よく傷口を洗って行く。

「刀をどこかへ飛ばされたんで、俺は素手で松倉に向かって行こうとしたんだ。暗くて刀がどこにあるか判らねえもん」

「そりゃ勇ましい。見たかったよ、市さん」

おきんはもう気楽な野次馬の言い方に戻っている。

「刀を鞘《さや》におさめようとしていたとき、俺のほうから斬られにぶつかって行ったようなもんだ。だからあいつは俺の腕を斬っちまってから、舌打ちをしてやがった。長いだけで深くはないわけさ、傷が」

「で、なにか松倉に言ってやったのか」

勘助が訊く。

「うん。あんな女、くれてやらあって」

「で、あいつどう返事した……」

「せせら笑いやがって、いい女がいたら、また連れて来いだって」

「さあすんだよ。晒を巻いて置こうかね。……勘助さんたち、ちょっと市さんを起こしてやっておくれでないか」

おきんにそう言われて、勘助と弥十が仰むけに寝ている市助の上体をかかえ起こす。おきんが坐りなおして市助の左腕に晒を巻きはじめた。

「おきんさん、世話をかけるね」

市助が礼を言うと、おきんは笑ってからかった。

「おきんさん、なんて市さんに言われたのははじめてだよ。いつもはばばあ扱いなのにさ」

「勘弁してくれよ。まっとうな魚屋でやりなおすつもりなんだから」

「お松なんて女のことは、早く忘れるんだよ。いいね」

「うん。もう忘れたよ、奇麗さっぱり」

市助は顎を引いて晒が巻かれて行く自分の左腕を見ながらそう答える。

「だったらいいんだ」

勘助と市助をかかえ起こした弥十が、市助の背中のほうで言った。

「あやしげな女だったぜ。夜中に勘助さんの家をそっと覗いてたりしてな。あの女に用心しはじめたのは、それを見てからさ」

するとと市助が驚いたように訊く。

「それ、いつのことだい。なんにもなかっただろうな、勘助さん。あとで判ったことだが、お松はよくねえ奴だった。女だてらに博打場じゃ顔だし、酒は好きだし、弥十さんの前だけど、莨にも目がないと来た。おまけにふところが淋しくなると、すぐ癖の悪いことをはじめやがる」

「盗みか……」

「手癖が悪かったのさ。それぱっかりじゃねえ。体を売って稼ぐことを屁とも思っちゃいねえらしかった。面白ければなんでも構わねえって奴よ。でも松倉のところへ転がりこんで行ったときにゃ驚《おどれ》えたぜ。売りとばされて女郎にされるのが目に見えてるもんな」

市助は一度そこで溜息をして、そのあと沈んだ声で続けた。

「悪い女だけど、一度は惚れて可愛いと思ったこともある女だ。みすみす地獄へ堕ちるのを、黙って見ているのは男がすたるってもんだ。そうだろう……だから松倉に返せと言いに行ったんだ。何度もこけにされちまったよ。俺も意地になっちまって。それで覚悟の女敵うちさ。あれはお松のためと言うよりも、俺が男でいるためだった。だから気がすんだ。さっぱりしたよ」

市助はさばさばした顔でそう言うが、勘助は気になるようだった。

「さ、ゆるく巻いといたから、動かすとすぐほどけちゃうよ」

おきんはそう言って市助をそっと寝かせ、薄い布団をかけてやった。

「汚れた上にいたんでるよ、この布団。綿がはみ出てるじゃないか。布団を干したり掃除をしたり、もっとまめにしなけりゃ。長屋で一番薄汚いよ」

おきんが言うと弥十がかわりに言いわけをする。

「独り身だものな。そのうちいい女房を見つけて小ざっぱり暮らすようになるって」

「その莨屋を見習うんだね。弥十さんはそりゃまめなんだから。あと腐れがするような女なんか相手にしないそうじゃないか」

「誰が言ったよ、そんなこと」

弥十が口を尖らしても、おきんは相手にしない。

「お腹《なか》が減っているんだろう……喧嘩をする前ってのは、ろくに飯も喉《のど》を通らないそうだから。ゆうべからろくに食っていないんじゃないのかい」

「ああ、そう言えばそうだっけ」

「たんと血を流したからね。顔が青いよ。血の増えるもんでも食べさせようじゃないか。待っといで」

おきんは去る。戸口にいたおしのや吾助も引き取って行った。

「俺もそろそろ稼ぎに出なきゃ。市さん、早くよくなるんだよ」

「どうもありがとう」

市助は出て行く弥十に寝たまま礼を言った。

「なあ……お松が俺んちを覗いてたそうだが、何を見ていたんだろう。なにか言ってたかい……」

勘助が声を落として市助に訊いた。

「いや、なんにも。でもあいつ、なにか盗むものを捜してたんじゃねえのかな。俺もしまいのころは銭に詰まって、あいつにだいぶ不自由な思いをさせたからな。それより、なにも盗《と》られたものなんかねえだろうな」

「なにも盗られるようなものは持っちゃいねえさ」

勘助はそう答えて市助を安心させたが、本当は狙われても仕方のないものを隠しているのだ。

それは縁の下に埋めた三十両ばかりの小判だった。盗っ人の足を洗うとき持っていた小判だ。忍専はその小判の始末をどうすべきか問われて、扇職人では当分食えそうもないから、その小判を小出しにして、まっとうにやって行けるまで食いつなげと答えたのだ。

だが近ごろはそれをたまに人助けに使っている。

「勘助さんに借りた銭は一番に返すつもりだよ」

勘助は市助に貸すので縁の下の小判を出すところを、お松に見られたのではないかと心配しているのだった。

貧乏徳利《びんぼうどくり》

吾助が土手へ出てまたしゃがんでいる。きょうは釣竿も持ってはいない。日はもう高く、川の流れも穏やかで、遠くにはいつものように子供たちが走りまわる姿があった。

めっきり肉が薄くなった吾助の背中は、しゃがんで丸くなると、どことなく哀れな感じだ。その背後から土手へあがってきたのは勘助だ。こっちのほうは身にしみこんだ鋭さを隠そうとしてきたから、円満な人柄に見えるが、両手を上に伸ばして背を反《そ》らせたりすると、仕事に疲れてひと息入れに出た風情もあるが、まだまだ俊敏さが覗いてしまう。

「よう、吾助さん」

吾助が土手で暇潰しをするのはいつものことだから、勘助は何気なくそう声をかけたが、しゃがんだ吾助の両手が川に向かって合わされているのを見ると、眉を寄せて尋ねた。

「なんだなあ、縁起でもねえ。袂《たもと》に石ころでも入れてるみてえだぞ」

そう言われて吾助は慌てて合掌を解いた。

「筒袖だい。石ころなんぞおっこっちまわあ」

「そう言やあそうだ。何さまに祈っていたんだい」

「別に祈るあてなんぞあるもんか。ただ心配でさ」

勘助は吾助のそばにしゃがんで、帯から莨入れを抜いた。

「なにがそんなに心配だね」

「おなかを出かけさせたんだよ、けさ」

「おなかちゃんを……。別に心配するほどのことはあるめえ。たかが雑司ヶ谷だろ、行く先は」

「ああ。叔母さんの墓参りだ」

「あの辺りから茗荷《みょうが》売りが荷をかついで来るじゃねえか。心配するなって」

「森田町《もりた》から書替え橋を渡って三味線堀《さみせんぼり》へ抜けろと言ったんだが、幸介が広徳寺前から車坂《くるまざか》のほうへ行ったほうが判り易いなんて教えやがる。車坂のほうを通らせたくねえから俺が道筋を選んだのに」

「大丈夫だって。どうせ下谷の広小路から湯島天神《ゆしまてんじん》裏門通りへ行くんだろ」

勘助はそう言い、煙管に莨を詰めて火をつけた。

「さいわい今日は上天気だ。俺もたまには出かけて見てえよ」

勘助は煙りを吐き出しながら言う。

「花見も祭りも、こちとらには縁がねえもんな」

吾助はつまらなそうに言って勘助を見た。

「弥十から安く分けてもらっているんだ。喫うかい」

勘助は吾助に煙管をさしだした。

「いいや、俺はもう喫わねえんだ。贅沢をする柄じゃねえからよ」

「そうだな。莨を喫うようになれば煙管を買うことになろうし、莨入れだ莨盆だ吐月峰《はいふき》だと、無駄な銭の出先にこと欠かなくなっちまう。癖になるからな、莨は」

「実は幸介も喫わねえのさ。あいつはしみったれだから」

「そうじゃねえさ。気を入れて稼ぎ貯めようとしているんだよ。孝行息子だぜ、幸介さんは」

「俺が散々道楽をして商売を駄目にしたのを見てるからな。親父のようにはなりたくねえと思っているのさ」

「吾助さんとこはうまく行ってるよ。おなかちゃんだって、あれでなかなかよく出来た嫁だぞ」

「うん」

吾助もそれは認めているようだ。

「伝通院《でんづういん》の裏手から大塚仲町《おおつかなかまち》へ抜けて、富士見《ふじみ》坂を下って音羽《おとわ》の護国寺《ごこくじ》前を通ればすぐなんだ」

吾助は一人で出かけたおなかのことを言っているのだ。

「たまには一人でのんびりと、生まれたあたりを歩き回るのもいいこった。よく行かせてやったよ。おなかちゃんも気が晴れるこったろう」

「それはいいけど、うちの長屋もこのところなんだかんだと面倒続きだったな。まだなにひとつ決着はついちゃいねえ。いまに何か起こらなきゃいいが」

勘助は煙管に莨を詰め替えながら、顔をしかめて言う。

「なんだ、吾助さんもそう思っているのか」

「世の中なんて、そういちいち起きたことの決着がすぐつくもんじゃねえけどよ。でえいち寝ている者が二人もいる」

「市助はそう深い傷じゃなかったから、もうすぐ起きられるようになるさ。だが千さんはなあ」

「それよ。おきん婆あもなかなかいいとこあるぜ。和尚に千さんを実家に返せと言いに行ったそうだぜ」

「五千石だってな。帰ればいいが、難しかろうな」

勘助はうわの空で言った。自分のことが気になって仕方がないのだ。

川の上を鷗が数羽、低く川上へ飛んで行く。

「鳥は呑気でいいなあ」

勘助はしみじみと言う。

「それに引きかえ俺たち貧乏人は、毎日嫌なことが起きやしねえかと、心配ばかりしてる」

吾助はうつむいて草の葉を少しむしりとる。

「何か起これぱすぐさま暮らしはガタガタだ。めいめい何かを案じながら年を取って行くんだなあ」

「すこし派手なことをすりゃあ、十年の上もその報いを受けなきゃならねえ。報いを受けているあいだにこのざまだ」

吾助は皺《しわ》だらけの頰のあたりを右手で撫《な》でてみせ、

「勘助さんなんかは静かに暮らすたちだからいいけどよ」

と、羨むような目を勘助に向けた。

「冗談じゃねえ。俺だって心配はあらあな」

勘助は心外そうに言う。

「世間の賑わいを背に、人目に立たねえように暮らすのも辛気《しんき》臭《くせ》えもんだぜ」

「へえ……勘助さんでも人目に立つといけねえことがあるのかい」

勘助は喋り過ぎたのに気がついて、あいまいに話をそらす。

「別にそれほど大仰《おおぎょう》なことなんかじゃねえけどよ。人目に立ったらろくなことにはならねえさ。それより性分なのかな、目立つことが苦手なのは」

「目立たねえほうがいい。ことにおめえさんのようにしっかり貯めこんでいなさる人はな」

「爺さんも嫌なことを言うじゃねえか。いつ俺がしっかり貯めこんだんだい」

「そんなことあ知らねえよ。ただみんなそう思ってる。勘助さんはしっかり小金《こがね》を貯めているってな。嘘でも本当でもいいや。ただおめえさんはそう見られているってことさ」

「あるようでないのが銭だよ。そんな噂は迷惑だ」

「でも市助が、知り合いが長旅に出るんで、とかなんとか口実を作って、脇差を買うってときに、銭を貸してやったろう。みんな口には出さねえでも、ちゃんと判っているんだよ」

「どうして判るんだろう」

「そりゃ判るさ。脇差を都合しねえと男がすたると言ってる奴がいて、鋳直し屋にじかにつながってる古金屋がいてさ。それで難なく脇差が鋳直し屋から届いたとなりゃあ、誰かが銭を貸してやったにきまってる。そんな銭のゆとりがありそうで、人の急場を救ってやるような性分の男と言やあ、勘助さんだけだもの」

勘助は煙管を叩《はた》いて灰を草の上に落とし、

「おなかちゃんはもう雑司ヶ谷へ着いただろうか」

と言い、煙管をから吹きしてしまう。

「そろそろ、かな」

吾助は我に返ったような顔で言う。

「無事に行けるか帰れるか、人がこんなに心配してるのに、幸介の奴ときたらまるでのほほんとしてやがる。亭主の癖しやがって。まったく若えもんてえのはしょうがねえ」

「余分な心配をしねえのが、若えもんの得なところさ。吾助さんもあまり爺さんぶった心配はしねえほうがいいよ」

「そうだな。おきん婆あを少し見習わなきゃ。あの婆あ、和尚んとこへ葬式代を少しっつ預けているって言うじゃねえか」

「へえ、そりゃ感心だ。身寄り頼りのねえ身だそうだからな」

「それが、墓や葬式はどうでもいいって言ってるそうだよ」

「じゃあ葬式代っていうのは……」

「あたしが死んだら、してくれるなと言ったたって、どうせ長屋の者が葬式の形くらいは整えてくれるんだろうから、そのときみんなに出す酒や食い物《もん》の代金だけでも用意しときたい、だってさ。和尚が感心してるそうだぜ」

「そりゃ偉え。……そうだなあ。俺も人に迷惑をかけねえようにしなくちゃ」

「勘助さんは人に迷惑なんかかけるような男じゃねえじゃねえか。なに言ってんだい」

吾助は本気で笑う。勘助の人柄を信じ切っている様子だ。盗っ人の足を洗ってかかし長屋で過ごすうち、勘助はそれほど善良な暮らしに徹していたと言うことだ。

「どうだい、吾助さん。たまには俺んところで一杯《いっぺえ》やらねえか」

勘助にそう言い出されて、吾助は驚いたようだ。

「酒……」

「一杯やらねえかって言ったら酒にきまってるだろ」

「この俺と……」

「そうだよ。幸介さんが仕事から戻ったら、うちへ来いよ」

「そりゃありがてえけど、いいのかい、俺なんかと」

「こうして腹を割った話をしたのははじめてのような気がする。長えつき合いだのによ」

勘助の意図は、おなかが戻ったとき、幸介と二人だけにしてやろうということのようだ。

晴れた空の下を、駕籠が一挺御蔵前を浅草向きにやってきて、八幡宮のあたりで左へ入った。

駕籠は証源寺の前でとまり、三十がらみの骨太な男をおろす。楓庵の主人卯吉だ。駕籠につき従う供はなく、紫がかった無地の風呂敷包みと赤い柳樽をさげている。

境内の欅が葉を茂らせている下を通って、卯吉は庫裏の戸口で足を止める。

「ごめんくださいまし。和尚さまはおいででしょうか。楓庵の卯吉でございます。……ごめんくださいまし」

すると中で忍専が答える。

「おお、楓庵の卯吉さんか」

すぐ戸を引き開けて忍専が姿を見せた。

「その節は大変お世話にあいなりました。すぐにでも伺わねばなりませぬところ、あれからなにやかやとございまして、すっかりお伺いするのが遅くなってしまいました。ご無礼の段、深くお詫び申しあげまする」

卯吉は改まった口上で、丁寧に頭をさげる。

「まあお入りなさい。いろいろと大変なことだろうと思ってはいたが、なにせこちらにはあの件で守ってやらねばならぬ人間がいるもので、いつ来てくれるかと心待ちしていたのだよ」

そう言う忍専について庫裏の中へ入った卯吉は、また深々と頭をさげる。

「ご心配は手前も重々承知しておりましたのですが、ああいうことが起きてみまするとﾞ、形が納まるまで万事に思わぬ時がかかり、中途でお伺いするわけにも参りません。ですがようやく納まりがつきましたので、本日こうして参上出来ましたようなわけでございます」

「まあおあがりなさい」

忍専はそう言って自分もいつもの場所に坐る。

「ではあがらせて頂きます」

卯吉は真っ白な足袋を見せて庫裏へあがり、忍専の前へ坐ってお辞儀をする。

「このたびは和尚さまのお力で、盗賊の難を逃れたばかりか、町奉行所のお歴々のお手柄にもなり、面目をほどこすことができました。一番のお力ぞえを頂いたお方のお名前も、お聞かせ願うことはご遠慮させて頂きますが、これは和尚さまとそのお方へのお礼のしるしでございます。どうかお納めくださいますように」

卯吉はそう言って風呂敷包みを解き、白木の箱とその上に乗せた四角い紙包みを出す。一分銀百枚を包んだ切餅だ。

「二十五両……」

忍専は多いとか少ないとかではなく、心《しん》そこ意外そうな面持ちでそう呟いた。

「あのことは、盗賊の狙いを察した者も愚僧も、銭金目当てでしたことではありませんぞ」

忍専は念を押すように言った。

「それは手前も重々承知しております」

卯吉は慌てて右手を横に振って見せた。

「実はこのことは、お袖の考えでございます」

忍専はまた意外そうな顔になる。

「ほう、お袖の考えとな」

「はい。お蔭さまを持ちまして、婚礼もまぢかになりました。お引き立てを頂いておりますお留守居役さまも、ほかのお歴々の皆さまにも、お袖を嫁に迎えることにつきましては喜んで頂いております。これを申しあげては、年甲斐もない惚気《のろけ》かと笑われそうでございますが、どなたさまにお引き合わせ申しあげても、行儀作法はもとより、生け花茶の湯、琴三弦。歌道に舞いなど女ひと通りのことは、難癖のつけようがないほどによく心得ているとおっしゃります。いまどきご大身のお姫さまでも、あれほどよく仕込まれた者は少なかろうと、お褒めに与かるほどでございます」

「ほう、それほどにか。身近にいながらそれほどとは思わなかったな」

「三河屋の隠居が面白がってあれこれと仕込んだそうでして。またお袖も稽古ごとが好きだったようで、乾いた砂に水がしみこむように、何事によらず素直に受入れたと申します」

「三河屋の通い女中だと思っていたが、それではあそこの隠居がそれぞれの芸事に師匠をつけてやってか」

「はい。かなり厳しく仕込んだそうでございます」

「卯吉さんはそれで目をつけたわけか。いや、目をつけるとは言葉が悪い。目が高かったと言うべきかな」

　卯吉は軽く頭をさげる。

「男が身を誤るのも女ではございますが、家を興《おこ》すのも女房次第と思っております。芸事はとにかく、お袖には商人《あきんど》に欠かせない算用の才がございまして」

「ほう、算盤が達者か」

「はい。生まれつき頭の中に算盤が一面入っているような按配でして」

「暗算が得意とは知らなかったな」

「どれが無用の出費で、どれは有益なおつき合いかまで、手前などよりよほど敏《さと》く見抜きます。間もなく母親ともども長屋の衆とお別れすることになりますが、どなたにと言うことでなく、和尚さまにお預かり願って、皆さまのお役に立てて頂けるよう、それで切餅をお持ちしたようなわけでございます」

「使いやすいようにか。なるほど長屋の娘らしい」

　忍専は感心したようだ。

「その下にございますのは、手前どもが日頃菓子折を納めさせております者に頼んで作らせました箱で、薬箱としてお使い頂けるようお持ちいたしました」

「ほう、薬箱……。それは拝見せねば」

　忍専は態度を改め、一礼してまず一分銀百枚の切餅をわきへ置くと、白木の箱を引き寄せて蓋を取った。

プンと匂う薬の香。

「おお、これは朝鮮人参《にんじん》」

「長屋に病人がでましたとき、是非お役立てくださいまし」

「高貴な薬だ。これさえあれば百人力。こういう物では遠慮も辞退も出来ようものか。いや、ありがたく頂戴する」

「それもお袖の勧めに手前が従いましたことでございます。その下をご覧ください」

卯吉に言われて忍専は、朝鮮人参の下の、なにやらこれも高貴薬らしい小さな包みを取り上げた。

「なんと葵《あおい》のご紋入りではないか」

「長屋にはもうだいぶなお年寄りがおいでだそうで」

「うん、いるぞ。おきん婆さんに吾助爺さんなどだ」

「権現さまがご愛用なされた妙薬とか伺っております」

忍専はその茶色がかった紙包みの表裏をたしかめてから、慎重に言葉を選んで言う。

「愚僧もはじめて拝見するが、これはもしや八の字という、神君家康公のご持薬ではないのかな」

「はい。数の八に、文字の字とも滋養の滋とも書くそうでございますが、たしかにその八の字でございます。さるお方のご秘蔵になられたものを、この度のことで手前に褒美としてくだされましてございます。その手柄はもともとこの証源寺とかかし長屋にございます。どうかよろしいようにお使いくださいませ」

「これが八の字となあ……。無比山薬円に膃肭臍《おっとせい》とやらを加えた妙薬と聞いておるが」

卯吉は驚いたようだ。

「さすがは和尚さま、よくご存じで。手前もそれを頂戴したとき聞かされましたが、膃肭臍という魚を用いた長命補腎の丸薬とか。東照権現の秘薬とはまことでございましょうか」

「たしかにそう伝えられている。これをおきん婆さんや吾助爺さんに使うのはいかにも勿体《もったい》ない。だいいち貧乏長屋の住人が、このような秘薬を用いたとなれば、どこからどんなお咎めが飛んでくるやら。朝鮮人参だけで充分だ。これは持ち帰って卯吉さんの役に立つような使い方をしたほうがいいぞ」

「このお寺でお持ち頂いたほうが、のちのち何かのお力になると存じますが」

忍専はその秘薬の包みを睨んでしばらく考えていた。

「それほどまでに言われるならこの秘薬、頂戴いたしましょう。天下にかくれもない大名、豪商など、富と権力に恵まれた者ほど、こうした品を欲しがるものです。愚僧はこれを富に換えようとは思いませぬぞ。だが貧者のために、権力を動かす必要に迫られるときが来るやも知れぬ。そういう折の鼻薬としては、これほど効き目のあるものはないはずだからな」

「東照神君の鼻薬でございますか」

卯吉と忍専は暫時みつめあい、それから忍び笑いをはじめる。二人の笑いはだんだん大きくなって行った。

「鼻薬、鼻薬。偉い奴には逆らわず、東照神君の鼻薬を効かせるのが一番でございますよ」

卯吉はうちとけた態度で楽しそうに言った。

忍専は秘薬を箱に収めて蓋をしめ、切餅を取っておし頂いてから、ふところへしまう。

「お袖のような娘が長屋にいてくれたお蔭で、卯吉さんのような人と腹を割ったつき合いができるようになった。実は楓庵を盗賊が狙っていると察したのは、長屋にいる勘助という男なのだ。お袖から聞いてはおらぬか」

「勘助さんと言いますと、律儀な扇職人の……」

「ああ、その勘助だ。こうなったから打ち明けるが、勘助はもと盗賊だ」

「えっ……一度百姓姿で手前どもへ来てくれましたが」

「足を洗ってまともな暮らしに立ち戻り、ひっそりと扇職人で身を過ごしていたのさ」

「さては、和尚さまが力になってさしあげましたな」

「真人間になりたいと願ったのは勘助のほうだ。儂はその手助けをしたに過ぎん。それがふとしたことで楓庵が狙われていると悟ったとき、すぐお袖のことを思い泛べたそうだ。お袖の幸せを守ってやらねばならぬとな」

卯吉は溜息をつく。

「そうでございましたか。人の縁とは、からみあったものなのでございますなあ」

「だが、楓庵の一件を見破って、罠《わな》をしかけたのがもと盗賊の勘助と判ったら、盗賊どもが黙ってはいまい」

「盗賊には盗賊の掟があると聞いております」

「だからああいう大騒動にはさせたくなかったのだ。儂は勘助を守らねばならない」

「手前もあれほどの騒ぎにはしたくなかったのでございますが、八丁堀の旦那衆の中に、お代替わりのお家がございまして、その顔を立てることになってしまったのです。勘助さんを守るのに、ひと役買わせて頂けませんか」

忍専はきつい目になって卯吉をみつめる。

「八丁堀のどの家に何があろうと、愚僧にも長屋の者にも、なんの関わりもないことだ」

そこで言葉を止めた忍専は、柔和な顔になって続ける。

「だが勘助の身を守るには、その代替わりの余恵を活用せぬ手はないな。しかし勘助に町奉行所の用をさせるなどと言うことはなしだぞ」

卯吉は頭をさげて答えた。

「心得ております。もと……」

盗賊と言いかけて言葉を切る。

「……そのような道に詳しいお方なれば、八丁堀の旦那がたにもあれこれお考えがございましょうが、それでは勘助さんの本意ではございますまい。人に押しつけられてする仕事は身の入らぬもの。ましてお上の指図とあれば、断わることもできませぬ。ご安堵くださいませ。決してそのようなことにはさせませぬ」

「そのようなことを卯吉さんがさせるとは思っておらぬよ。だが愚僧としてはこのたびの褒美に、いま少し勘助に気楽な暮らしが出来るようにしてやりたいと思ってな」

「ひっそりとお暮らしとか……」

「ひっそりどころか、ビクビクもので暮らしていたのさ。昔の仲間に知れたら、また引き戻しにかかられるからな。どうやらそれほど腕のいい男だったようなのだ。だから捕まった手妻の半助という奴に見つかって、さっそく引き戻されそうになったのだよ。それがかえって楓庵には都合のいいことになったのだが」

「なるほどそうでございましたか。それで盗賊の狙いに気がついたというわけで」

「そうなのだ。それにまた、そばにお袖と言う娘がいなかったら、勘助も見て見ぬふりをしただろうな」

「恐れいります」

卯吉はお袖が褒められたらしいので、素直に礼を言ったようだ。

「つきましてはこの酒を、長屋の皆さんで召し上がって頂こうと」

卯吉は朱塗の柳樽を手で示した。

「お前さんが持って来たからには、どうせ贅沢な酒だろう」

「この樽に入れますからは、そう下酒《げしゅ》ではございませんが」

「下酒でよかったのにな。なにしろみな酒飲み揃いだからな」

「それではのちほど三河屋から運ばせましょう」

忍専もなかなか抜け目がなさそうだ。

「勘助さんのことは、まかり間違ってもほかの者に知られないようはからいます。どうかご安心くださいますように」

卯吉はそのあと何度もそう言って証源寺から帰って行った。

「やれやれ、これでひと安心か」

忍専は卯吉を見送ったあとそう呟いて本堂へ入った。気がかりなことが起こるたび、それが今のように片付くたび、本堂で読経《どきょう》するのが忍専の習慣になっているのだ。

帰って行く卯吉とどのへんですれ違ったか知らないが、雑司ヶ谷からおなかが長屋へ戻ったのは、その少しあとだった。

「おお、帰ったか。いい日和でよかったな」

吾助は表の道まで出てきていて、嬉しそうにおなかを迎えた。

「やだお父っつあん。迎えに出てたの……」

おなかは足を止めて目を丸くする。

「ばか言え。俺だって表の道まで出る用事くれえあるさ」

吾助は慌ててそう言う。

「なんだ、そうだったの。なんの用事……」

「そんなこたあどうだっていいじゃねえか。さあ、うちへ入ろう。草臥《くたびれ》やしなかったかい」

吾助は心配で道まで見に来ていたのを知られまいと、おなかの手を引くように長屋へ連れこんだ。

「草臥やしないよ。だって先《せん》はよく通った道筋だもの」

「途中で嫌な野郎どもに声をかけられたりしなかったか」

「あら、足を洗う支度をしといてくれたんだね。優しいお父っつあん」

「水をいじったついでだい。わざわざ支度しといたわけじゃねえや」

「声をかけられたよ、嫌らしいことを言いやがってね。男ってどうしてみんなああばかなんだろう」

「どこで……」

「うちを出てすぐさ。車坂のへん。褌《ふんどし》いっちょの人足たちだよ」

おなかは足を洗いながら、けろりとした顔で言う。

「ちくしょう、だからあの道は避けろと言ったのに」

「相手は裸人足でも、声をかけられるだけまだ捨てたもんじゃないだろ」

吾助はおなかにそう言われ、舌打ちをする。どうやらおなかのほうはなんとも思っていないようだ。

「まったく女ってなあこれだもんな」

息子の嫁とでも、吾助はまだ一人相撲を取っている。

「お帰り、おなかちゃん」

足を洗って上へあがったおなかに、戸口から顔を覗かせておきん婆さんが言う。

「ごめんね、土産がなくて」

「なくてさいわい。あったら大変だよ」

おきんはそばにいる吾助の顔を見ながら笑った。

「皺《しわ》くちゃ婆あに土産なんか持って帰る奴がどこにいるんだ」

吾助が悪たれる。

「人のことを言うんじゃないよ、皺くちゃ爺い」

おきんはあっさり切り返し、

「もっと遅くなるかと思ったよ。日が長くなっててよかったね。どうだった、叔母さんの墓は」

おなかはさも重大事そうに声をひそめて言う。

「それが供えてあったんだよ、花が。あれはきっと留吉が供えたんだね」

「留吉って、叔母さんの身内だろ」

長屋の女はふだん身の上話をしあっていて、互いの身内や幼なじみのことなんか、顔見知りのようなつもりになっているのだ。

「そう。留吉だけど三男坊で、まだ下に二人も弟がいるの。貧乏人の子沢山って、よく言ったもんさね」

「なに言ってるんだい。自分だっておなかのくせに、下に何人もいるんだろ」

命名のことを言っているのだ。もうこれで子供はおしまいにしたいと願うから留吉、お留。

上に一人いて真ん中の子にしたいと思ってつける名がおなかなのだ。

でもその通りに行ったためしはあまりない。おなかは兄が一人いて、弟や妹が何人もいるそうだ。

「おや、三河屋の子じゃないか。通い徳利を三本も持って。……どこへ持って来たんだい」

おきんが大声で訊くと、三河屋の小僧が甲高い声で答える。

「おしのさんとこです。長屋の皆さんで召し上がってくださいって」

「どこのどなただね、そういう気のきいたことをする人は」

「お袖さんの嫁入り先の楓庵さん」

おきんが吾助と顔を見合わせる。

「こりゃ大変だ。酒盛りがはじまるよ」

「一杯《いっぺえ》やれるな」

吾助は舌なめずりして、通い徳利が運び込まれるおしのの家をみつめている。

「おなかちゃんは見通しのいい人だね。土産なんか買ってきたって、霞んじゃうとこだったじゃないか」

かかし長屋は賑やかになりそうだ。

松倉玄之丞《まつくらげんのじょう》

「あ、和尚さま」

おしのの家の前へ集まって、三河屋から届いた酒のことではしゃいでいる女たちが、忍専の姿を見て静かになった。

「三河屋から酒が届きましたよ」

「お袖ちゃんの楓庵がくれたんだって」

おりくとお鈴が笑顔で知らせる。

「もう届いたか。楓庵の主人がさっき帰ったところだ」

「なんだ、証源寺へ来てたの。ついでに長屋へ顔を出せばいいのに」

お鈴が不服そうに言う。

「そうは行かないよ。婚礼前じゃないか。照れ臭いんだよ」

おりくは男の気持を自分なりに推《お》しはかったように言う。いずれにしてももう、長屋の連中はお袖ちゃんの楓庵などと言っている。玉の輿が確定したので嬉しがっているのだ。

忍専はおしのの家を素通りして、千次郎のところへ行く。

「千次郎。具合はどうだ」

「へえ、もう稼ぎに出られます」

「聞かれるといつもその返事ばかりだな」

忍専は苦笑しながらあがり込み、額に手を当ててみたりしている。

「早くよくなれよ。あとで医師と相談して薬を持ってきてやる」

楓庵からもらった朝鮮人参のことらしいが、千次郎には判らない。

「薬なんかもう要《い》りませんよ」

「そう言わずに寝ていろ」

忍専はそう言い置いて外へ出ると、今度は市助のところへ寄る。

「大丈夫です、和尚さん」

市助は忍専が来るのをもう察していて、布団の上に起き上がっている。

「酒だって飲めますぜ」

忍専はあがらずに戸口のところで言う。

「市助はもうよさそうだな。寝てるのが二人もいては、長屋が陰気臭くてかなわん」

「傷のあとが痒《かゆ》くてしょうがねえくれえですから、もう酒飲んだって大丈夫」

「あはは、酒のことばかり言っているな。だがもうばかなことはしないようにな」

「はい」

市助は真面目な顔になって頷いた。忍専は向かいのおしのの住まいへ移る。

「卯吉さんが尋ねて来たぞ」

「いろいろとお世話になります」

おしのは神妙に言うが、どう世話になった礼かはっきりしない。

「薬と酒を持って来てくれた。薬は寺で預かるが、酒はみんなで仲よく飲むようにな」

「はい」

おしのではなく、あがり框に腰かけていたおきん婆さんが答えた。

忍専は懐から一分銀をつまみ出しておきんに渡す。

「酒の肴はおきんにまかせておけばよかろう」

「えっ、二分も……いいんですか、和尚さま」

「現金なさま付けの仕方をするな。礼を言うなら楓庵のほうを向いてしろ」

「あ、やっぱり。楓庵からお布施があったんですね」

「まあそう言うことだ」

おきんは一分銀を手のひらにのせて、みんなに見せに出て行く。

「ほらほら、戴いたよ。お袖ちゃんさまさまだ」

「いいとこへ嫁に行くじゃねえか。玉の輿たあこのこった」

吾助がはしゃぐと、そのうしろでおなかが言う。

「悪うござんしたね、玉の輿じゃなくって」

集まった連中が一斉に笑いころげた。吾助まで一緒になって笑っている。

「ほら、まごまごしてらんないよ。男たちが帰ってくるからね。かみさんたちはこっちへ寄った寄った」

おきんの音頭《おんど》で女たちは酒の肴をどうするか、相談をはじめるようだ。

「楓庵の卯吉が味方になるそうだ。案ずるなよ」

忍専は戸口から賑やかな様子を見ていた勘助に、早口でそう囁き、寺へ戻ろうとする。

「あ、和尚さんもあとで一杯やりに来てくださいな」

おりくが気づいてそう声をかける。

「ああ、あとで来る」

忍専は笑顔でそう答え、長屋を出て行ったが、出てすぐ手習いの師匠柴田研三郎のところへ顔を出した。

「おいでですか」

「おう和尚。碁の誘いか」

「碁もよろしいが、今夕《こんせき》は酒のお誘いで」

「いい酒が到来したと見えるな」

「その通りでしてな。長屋の者には下酒《げしゅ》でも量がたくさんあったほうがよいので」

「しかし寺では聞こえが悪かろう」

「それでのうても生臭《なまぐさ》坊主と言われておりますでな」

忍専はそう言って笑った。

「ここへ来て飲んだらどうだ」

柴田研三郎はどこを示すともなく顎をしゃくって言った。

「それがよかろうと思いまして、都合をお尋ねに」

「と言って、支度をする者もおらぬが」

「なに、そのことならおまかせください。実はさきほど到来した酒は、長屋のお袖の亭主になる、新乗物町の卯吉と申す者が持参いたした祝儀の酒です」

「楓庵とかいう菓子屋の主人か。捕り物騒ぎで噂になっておるな」

「お耳に届いておりましたか。その楓庵でございますよ。それが柳樽を寺へ持参しましてな」

「長屋へは……」

「柳樽に入るような上酒では、とても長屋に配るには足りません。だから少々甘えが過ぎるかとは思いましたが、三河屋から長屋向きの酒を別に運ばせたのですよ」

柴田は軽く笑って、

「世俗の塵中《じんちゅう》にありては武略もまた俗に傾く、か」

と、漢籍を引用する。

「はい。それが届いたので、長屋はいま浮き立っております。間もなくこの前を、誰かが肴を買いに走るはずです。それをここにも運ばせましょう。手のあいた女房に、燗などつけてもらいながら飲むことにしてはいかがかな」

「僧とはいえ、兵法《ひょうほう》はしたたかなものだ」

柴田はまた笑う。

「それならば前の番太郎も呼んでやれ。あれでなかなかのかかし長屋贔屓なのだぞ」

「おお、そうでございましたな。愚僧は一度寺に戻りますので、万吉に声をかけてやっておいては頂けませぬか」

どうやら番太の万吉はどこかへ出て、小屋にいない様子だ。

「呼んでおこう」

「それと柴田どのにちょっと見て頂きたいものもございますのでな」

「ほう、珍品らしいな」

「さあ、それはどうでしょうか」

忍専がそう言い置いて寺へ戻ろうとしたとき、案の定おりくがお末の手を引いて長屋から出てきた。

「おお、酒の肴を見繕いに行くところだな」

歩き始めた忍専が、おりくと並んで表の道へ出て行く。

「儂も柴田どののところで酒盛りをさせてもらうぞ」

おりくは目を丸くして忍専を見た。

「そりゃ珍しいこと。和尚さまと柴田さんが酒盛りをねえ」

「それで頼みがある」

「判ってます。飲みながらつまむものでしょう……。まかせといてくださいな。煮染《にし》めに〆《しめ》鯖《さば》、沢庵《たくあん》に胡麻《ごま》あえなんか、いま相談がまとまったとこだもんで。おきんさんが腕によりをかけるそうですよ」

「そりゃあさぞかし旨かろう。柴田どののところは三人になる」

「おや、もう一人は……」

「いま留守のようだ。あとで判る。頼んだぞ」

表通りで忍専とおりくは右と左に分かれた。

忍専は庫裏へ帰ってなにかごそごそやっていたが、すぐ戸締まりをして柳樽をさげ、三好町へ戻って来た。

「おお、早かったな」

柴田研三郎は手習いに子供たちが使う、粗末な文机《ふづくえ》を片付けて待っていた。

「家の中に安墨の臭いがしみついておろう」

「墨の香《か》はいいものです」

下駄を脱いで上がりながら忍専が答える。

「万吉は……」

「まだ戻らんようだな」

二人は向き合って坐る。

「それならば今のうちに見て頂こう」

柳樽をそばに置いて忍専は懐へ手を入れる。

「見て頂きたいのはこれでございます」

忍専が柴田の前へ差し出したのは、卯吉にもらった秘薬八の字だ。

「これは……」

柴田は手にとってそれを眺め、裏を返したりしている。

「葵の紋がある。薬だな」

柴田は臭いを嗅《か》いでそう言い、忍専の顔をいぶかしげにみつめてから、おもむろに笑みを泛べた。

「だいぶ前のことになるが、これと似た物を見せられたことがある」

「さようでしたか」

「これは家康公の八の字であろうが」

「さすがは。まさにその通りです」

「幻の秘薬が、あちこちで時々姿を現す。なにも偽物とは言わぬが、神君の秘薬と申しても、薬には変わりがない。家康公が所持していたものなら貴重に思ってもよかろうが、調剤を許された者が、このように包んで柳営《りゅうえい》へ納めた薬にすぎん。葵の紋所がなかったら、それほど高貴な薬でもなかろう」

日は西に傾いて行く。川の鷗もどこかへ帰りはじめていた。

沖じゃわしがこと鷗と呼ぶが、隅田《すみだ》川では都鳥……。そんな歌声が近づいてくる。

忍専と柴田は葵の紋の権威の実態について、なにやら高尚な議論を楽しんでいるようだったが、歌声を耳にした柴田が、

「おう、万吉が戻ったようだ」

と立ち上がり、戸口へおりて万吉を呼ぶ。

「万吉。来て手伝え」

万吉はどうやら湯上がりらしいさっぱりした顔で、

「へい。何をお手伝いいたしましょう」

と、近寄ってくる。

柴田は元の座に戻り、

「これから和尚と酒を飲む。お前も一緒に飲め」

と、命令するように言った。

「ご酒を……こりゃまたどうしたことで」

万吉は柴田の家を覗いて忍専がいるのを見ると、

「こりゃ和尚さま。あ、柳樽だ。それを飲むのをあっしに手伝えとおっしゃるんで」

と、驚いた様子だ。

「食い物はいま長屋の女連中が支度している。だがただは飲まさんぞ。酒の燗をしろ。そうしたら飲ませてやる」

忍専はにやにやしながら言い、

「いつも長屋に味方してくれる礼だよ。たまには酒くらい飲ませておかぬと、寝返りをうたれるかもしれぬのでな」

と、柴田を見て笑った。万吉はそのからかいにはかまわずに、

「長屋の味方なんぞと、冷汗が出ちまいまさあ。……ごめんなすって」

と、あがり込む。普段から、退屈した柴田の話し相手になっているのだ。

「味方ならそこにおいでですぜ。いつだったか、魚屋の市助が破落戸《ごろつき》五、六人に追われて長屋へ逃げこんだとき、柴田さんが一人残らずそこらに置いてあった真木《まき》撮棒《ざっぽ》でぶん殴って追い払っておしまいになられたんで。いやあのときの柴田さんの勇ましかったこと。胸がすうっとしましたよ。あれからあっしは番小屋に、棒っ切れを用意してるんですよ。また長屋にああいうことが起きたら、柴田さんに追っぱらって頂こうとね。かかし長屋の守り本尊は柴田さんですぜ。この近所にもわけの判らない乱暴者はいますけど、柴田さんがついてるんで、誰もかかし長屋の者にはちょっかいを出さねえんですよ」

「そうらしいな」

忍専は柴田に軽く頭をさげる。

「これからも守り本尊でいてくだされ」

柴田は照れ臭そうな顔になった。

「和尚が長屋の者を守ってやるのに奔走するので、儂もついその気になるだけよ」

「ご酒の用意をいたしましょう。これをよろしいんですね」

「ああ、銚子に移してくれ」

万吉は立ち上がって勝手を覗く。

「徳利は徳利はと。徳利とっくり燗どっくり」

「銚子は二本あるはずだ。竈《かまど》のそばの棚の上だ」

「これじゃ上品すぎますさあ。お二人で飲むんだって、もうちょっとでかいのでなけりゃ」

そこへおりくとおきんがやって来る。

「さあさあ、まず煮染めから運んで来ましたよ」

「それに沢庵と。おや万吉さん。なぜそんなところにいるんだい……」

おりくが不思議そうに言う。

「酒盛りのお手伝い。お燗番」

おきんが途端に不機嫌そうになる。

「なんですねえ、柴田の旦那。そんなむさい奴にお燗番なんかさせて。だいいち湯が沸いているんですか」

万吉は頭に手をやる。

「いけねえ、湯を沸かさなくちゃ」

「その前に火からおこしてかからなきゃ駄目だろ。まったく、男は役に立たないんだから。いいよ、お燗はこっちで引き受けるから」

「でもそれじゃ俺の仕事がなくなっちまうよ」

万吉は情けなさそうな声になる。

「手伝わなきゃ飲ませてもらえないと思ってるんだろ。安心おし。万さんは長屋の味方なんだから、ちゃんと飲ませてくれるよ。和尚さんだってそのへんのことは飲みこんでいなさるさ。ねえ和尚さん」

「おきん婆さんにあっては敵わんな。万吉、それでは燗はおきんたちにまかせて、どんとここに坐っていなさい」

「ありがてえ。あげ膳すえ膳だな」

万吉はうれしそうに忍専の横へ坐る。

「でも遠慮ってもんくらい知っているんだろ」

おきんは柳樽を持ち上げて言う。

「あ、それ持って行くのかい」

「これがなきゃ、どうやって酒の燗をつけるのさ」

「柴田さん。酒を誤魔化されますよ。長屋の安い酒と混ぜられて」

柴田も忍専も鷹揚に笑っていた。

柴田研三郎の家から柳樽を持って帰ったおきんとおりくは、おしののところへ入って自慢そうにその朱塗りの樽を掲げてみせる。

「見な見な、これを」

「おや、祝儀樽だね」

居合わせたおなかが言う。

「柳樽って言うんだよ」

「婚礼のときに見たもの」

「誰の……」

「叔母さんの」

「今日墓参りに行った叔母さんのかい」

「そう」

「ばかだね。自分の嫁入りのときはどうだったのさ」

「そんな樽、なかったねえ」

「だらしない。吾助さんに苦情を言っておやり。貧乏だろうがなんだろうが、することはちゃんとするもんだって」

「でもうちの幸介はあんまり酒が好きなほうじゃないから」

「おや、いいとこあるね。亭主をかばってるじゃないか」

おりくがそのあいだに、器用な手付きで柳樽の栓をあけ、二合の燗徳利にその酒を注いだ。

「おや、柳樽。上酒じゃねえか」

吾助が顔を覗かせて言う。

「和尚と柴田の旦那が飲むんだよ。こっちで燗をしてやるのさ」

「上酒、飲みてえ」

「だめ。こっちは三河屋が持ってきた酒があるだろ」

「でも上酒、飲みてえなあ」

「こっちなら一口だけでおしまいだよ。それでもよかったら飲ましてやってもいいけど」

「一口だけ……。じゃあ悪い酒でいいや」

「そうだろ。飲んだら酔わなきゃ収まりがつかないんだからね」

「で、その酒、柴田さんたちだけかい……」

「おしのさんも飲むんだよねえ」

おしのが頷く。

「おりくさんもお鈴さんもおなかちゃんも、女はみんなこれを頂くんですよ」

吾助は舌打ちする。

「ちぇっ。急に気取らなくたっていいじゃねえか」

「あたしたちは、これを飲んだってほんの一口だけだもの。減ったって判りゃしないよ」

「あ、盗み酒する気でいやがるな」

女たちは嬉しそうに笑った。

「さあ、急いで柴田さんのところへお神酒を運んだ運んだ」

おきんが景気をつけるように威勢よく言う。

「ほいきた」

おりくが弾むような返事をする。

「辰さんと熊さんが帰《け》えって来たぜ」

吾助が嬉しそうに女房たちへ教えた。

「よう、酒盛りだ、酒盛りだ。ちょうどいいとこへ帰えってくるじゃねえか」

吾助は二人のほうへ近寄って行く。

「お燗がついたよ。運ぶからね」

おりくは熱い燗徳利を二本、盆を使わず前掛けにくるむようにして、柴田研三郎の家へ運んで行く。それだと酒をこぼさずにすむ。

「おまちどお」

万吉は戸口のところに立って待ち構えており、

「すまねえな。いま辰さんと熊さんが通ったぜ」

と、熱い徳利をおりくの前掛けからつまみあげる。

「はじめはゆっくり飲んどくれ。宿六たちが帰ったから、向こうのも燗をしたりしなけりゃならないんでね」

おりくはそう言い残して忙しそうに戻って行く。徳利をつまんだ万吉は、上へあがってそれを柴田と忍専の間へ置き、

「へい、お待たせいたしやした」

と、自分が燗をしたような言い方をする。

「さ、おひとつ」

忍専と柴田は万吉の酌を機嫌よく受けた。

「酌をしてやろう」

忍専が徳利を持った。

「へへ、こりゃどうも恐れ入ります」

万吉は両膝そろえて酌を受ける。

「かしこまることはない」

「今宵《こよい》は無礼講だ」

忍専と柴田は顔を見合わせて言い、同時に盃を干す。ひと呼吸遅れて万吉も飲む。

「うう、たまんねえな。こんないい酒は飲んだことがござんせん」

「あとは手酌だ。徳利が三本あればいいのにな」

忍専はそう言いながら万吉に酌をしてやる。柴田は手酌だ。

「来るならこういう時に来やがればいいのに。和尚さんと柴田さんが顔を揃えていれば、いくら真っ暗浪人だって手が出せめえ」

万吉が得意そうに言った。

「万吉。聞き捨てならぬことを言う。真っ暗浪人とは松倉玄之丞のことだな」

「そうです。松倉玄之丞」

最初の一杯と違い、万吉は酒が喉を通り抜けて行くのをたしかめるように、目を宙に据えてゆっくりと答える。

「ここへ何かしに来ると言うのか」

　忍専はそう尋ねたあと、煮染めを竹箸でつまんで口に入れる。

「お注《つ》ぎします」

　万吉は徳利を持って忍専と柴田に注ぎながら答えた。

「なに、埒《らち》もねえこって。湯屋《ゆうや》で人が話してるのを聞いたんでさあ。真っ暗浪人が、かかし長屋の勘助を狙ってるってね」

「誰が言っていたのだ」

「権三郎んとこのへなちょこでさあ」

「へなちょこ……」

　黙って聞いていた柴田がおかしそうな顔で訊く。

「へなへなしてて、いつもちょこまかしてるからへなちょこで」

「軽い奴だな」

「軽い軽い。あっしみてえにごく軽い野郎で」

　万吉は卑下するでもなく、当然のことのように言う。

「金太《きんた》って奴ですがね。そいつがいつも早耳自慢をしやがるんで。生意気な野郎だ」

　最後は万吉のひとりごとのようだった。

「おや、弥十さんも帰ってきた」

　万吉は前を通る足音に気づいて、片手を破れ畳について外を覗いた。忍専と柴田は手酌で飲む。

「あとは幸介さんとあめ六か。早く来ないと酒がなくなっちまう」

「なんで松倉が勘助を狙うのだ」

　忍専は気がかりらしく、万吉に少し鋭く訊く。

「それが愚にもつかねえこってしてね。勘助さんが小金《こがね》を貯めてるからですとさ。松倉の奴、だいぶ懐が寂しいらしくてね。……それはたしかなようですけど、勘助さんを狙うなんぞは、的が違い過ぎますさあ」

「そうだな。でもなぜそう思ったのだ」

「金太が得意そうに喋ってましたよ。女に聞いたんだって」

「女……」

「ほら、憶えておいでてしょうが。市助んとこへ転がりこんでた女。お松ってんですよ」

「お松に聞いたと言うのか」

「へい。また聞きなんでたしかなことは判りませんが、松倉の奴銭に困ってどこかで押し借り強請《ゆすり》をしなきゃならねえみてえですぜ」

　そのとき幸介とあめ六が前を通って長屋へ戻った。

「襲って来る気づかいがあるのか……」

　柴田は忍専が勘助をかばってやっていることを、とうに気づいていて、さりげない顔で尋ねる。

「松倉玄之丞というのは、破れかぶれで相手かまわず敵にしている、思ったより剣呑な男のようです」

忍専は日ごろの噂を総合して、そんな評価をしているらしい。

「いずこの家中だった者かな」

万吉は和尚と柴田の会話は意味が半分くらいしか判らないようだが、そのかわり自分にも判ることはすぐ横から口をはさむ。

「越後長岡の侍だったそうですが、ばかに剣術の腕《やっとう》が立つのを鼻にかけるので、ご家中の嫌われ者だったそうで。それで何か不都合があったのを幸いに、放り出されちまったという話ですぜ」

「なに、越後長岡藩か。牧野家だな」

忍専は盃を手に考えこむ。

「七万四千石。譜代の中でもとりわけもの堅い家風で知られた家中だ。そのような粗暴な者は、とかく爪弾《つまはじ》きされような」

柴田はうっそりと言う。なにか昔のよくない出来事を思い出しているようだ。

「あ、盃がからでございます。これ万吉、注いでさしあげぬか」

忍専は柴田の暗い表情に気づいて、陽気に万吉をせかす。

「これは気がつきませんで。てめえが飲むほうにばっかり気が行きまして、あいすみません。なに、あっしはそう酒が強いほうじゃあありませんでね。お二人の飲み分をそう減らす気遣いはございんせんから」

柴田は酌を受けながら苦笑いしている。

「ばぁか。お前が飲む量など案じてはおらぬわ」

「柴田どのと愚僧が本気で飲む段になったら、三河屋にある酒を買い切るくらい、たかが知れたことだ」

忍専はそう言って陽気に笑って見せたが、柴田は急に鋭い目になって盃を置く。

「そうでしょうとも。貧乏長屋に見せかけて、かかし長屋にゃあお宝がざっくざくだもの。でなきゃあこんな上酒を番太ごときが、どうして飲ましてもらえるか、てんで」

万吉が調子を合わせてはしゃいで見せたとき、柴田は忍専に手をあげて制止しておいて、そっと立ち上がると、音もなく裏へ行って戸を引き開け、あっと言う間もなく、そこに潜んでいた男の襟首を摑んで、中へ引き入れた。

「あっ、友造。てめえなんでそんなとこに……」

柴田研三郎に襟首を摑まれて姿を現したのは、どう見ても正業についているとは思えない、派手で崩れた感じの身なりをした三十男。襟首を摑まれながら、ふてぶてしい面構えを保っている。

「なにゆえこの家の様子を窺《うかが》う」

柴田は片膝ついてその男を引き倒し、仰むけにさせて問い糺《ただ》す。

「言わなきゃいけねえわけでもあるんですかい」

男は口など割るものかと言った風に問い返す。

「そいつは友造と言う、真っ暗浪人の仲間でさあ。……俺はここに運悪く居合わせただけだからね。知らねえよ」

万吉は持ち前の事なかれを露骨にしてそう言う。

「松倉玄之丞の仲間か。ならば是非とも聞かずばならぬ。わけを言え。言わねば痛い目にあうぞ」

「てやんでえ。海老《えび》責め逆さ吊りの痛め吟味でも、口なんざ割ったことのねえ友造さまだ。痛えくれえは慣れこのどっこい、てなもんだ」

「口だけは達者なものらしい。では参るぞ」

柴田が仰むけになった友造の右肩に手をやると、コキッと乾いた音がした。

「なにしやがんでえ。痛くも痒くもあるもんか」

柴田が手を放したので、仰むけの友造が起きあがろうとした。が、突っ張りかけた右腕を体の下に敷いてしまい、顔を畳にペタンと押しつける。

「あれ……」

左手一本でもぞもぞと起きあがり、

「どうなってやがる……あ……」

と右肩をみつめた。

「やりやがったな、畜生め」

「外した。そのまま帰ってもよいぞ。だが外れたままだと次第に腐る。言う気がないなら帰ってもよい」

強気を崩さなかった友造の見栄が、見る見る消えて脅えがのぞく。

「た、たしかに松倉玄之丞に頼まれた。肩を治しておくんなせえ。腐るのは嫌だ。かかし長屋の勘助が、縁の下に小判をしこたま隠しているそうだから、たしかめて来いって。ねえ、腐るのはご免ですよ。はめてくだせえ。……そしたらなんと、かかし長屋は貧乏人の巣どころか、祭りでもねえのに酒盛りじゃねえですか。帰りがけにこの裏を通りがかったら、ここでもお宝がざっくざくだなんて嬉しがってやがる。ねえ、喋ったんだから肩をはめてくだせえ」

柴田は友造の肩をはめてやる。

「松倉に言え。この長屋に手を出すな。出せば身どもが相手だ。覚悟してかかれとな」

もやい舟

夜空に月があがっている。どうやら雲はないようだ。土手の汀《みぎわ》に大川の水が小刻みに揺れており、上げ潮と引き潮の境目の刻限らしく、流れ寄った草のかたまりが、それ以上寄りつくでもなく流れ去るでもなく、わずかに揺れて上下して、夜明けを待っている風情だ。

背筋のしゃきっとした立ち姿の侍が、無腰《むごし》で棒を杖《つえ》がわりのように持ち、眠れぬ夜のそぞろ歩きといった感じでかかし長屋の路地を抜け、雪隠《せっちん》、水場の間《あい》を通って大川端へ現れる。

柴田研三郎だ。

天窓《あたま》は銀杏《いちょう》で刷毛《はけ》先を細くまとめ、長さも短くじみなかたちだ。着古した紬《つむぎ》に近ごろは町人でもはくようになった、俗にいう隠居袴《ばかま》をつけている。裁着《たっつけ》の脛巾《はばき》の部分をゆるくし、足首のところにつけた細紐でしばるという気楽なものだ。

鼻下に細い髭《ひげ》をたくわえているのは、手習いの師匠という立場のせいかも知れないが、一見学者めいて、気難しそうだが決して強そうには見えない。

賑やかにやっていたかかし長屋の面々も、みなもう眠りについている。

川に面して数軒の家。うまいもの屋の巣窟《そうくつ》と、通人にもてはやされるようになった駒形あたりの繁盛が、大川沿いにそのへんまで、店屋《みせや》のある場所をひろげてきているのだ。

柴田は短い舫《もや》い桟橋を持った、網徳という投網《とあみ》屋の前に置いてある縁台に腰をおろし、手にした杖がわりの棒の先に両手を乗せ、川の音を聞くような静かな姿勢になっている。

もう人の寝静まった真夜中。月の光で川面は白いが、景色はおおむね白と黒。その片隅でもの思いにふけるような姿は、見ようによっては寂しげだ。

なにがどうしてそこに住み着くようになったか知らないが、柴田にだって若い夢を抱いたころはあったはずだ。

それがいまでは貧乏人の子たちに読み書きを教える手習いの師匠。身につけた教養を判る相手は証源寺の忍専和尚くらいなものだ。岸に寄るでも流れるでもなく、揺れて漂う浮き草を、柴田はどう思って眺めているのだろうか。

だいぶ長いあいだそうやって川面を眺めていた柴田だが、その頭が少し川上のほうへ動いた。ピタピタと貧乏たらしい足音がする。冷飯草履を履いている奴に違いない。一人、二人、三人……、全部で五人だ。みなりからして、どう見てもまともな連中ではない。先に立って冷飯草履の音を立てているのは、柴田に肩の関節を外された友造のようだった。

「この先はお蔵。かかし長屋はこのへんだ」

先に立った冷飯草履の友造が、立ち止まって仲間に小声で教える。

「勘助が床下に銭を貯めているってなあ、本当なんだろうな」

目のぼかに落ちくぼんだ男が、ドスのきいた声で言った。

「玄之丞さんの言うことだ。まちげえねえったら」

　友造は心外そうだ。

「お松が見たんだとさ」

　別の男がそう言う。

「勘助を脅しあげるより、あの牝狐《めぎつね》を女郎にさせちまったほうが手っとり早いのにな」

　松倉玄之丞が自分の女を次々に売り飛ばすのは、もう有名になっている。

「それはまだ早えんじゃねえのかい」

　背の低い小太りの男が、そう言っていやらしい笑いかたをする。

「まったくあの女は好きそうでやがる。さすがの松倉玄之丞も、閨《ねや》の手管で骨抜きにされちまっているんじゃねえかな」

「ばかあ言ってねえで、勘助のところへ押しかけようじゃねえか。小判をごっそり隠してやがるって言うぜ」

「押し入って勘助を脅しあげるのは俺の役だ。めいめい戸口に立って長屋の者が騒ぎたてるのを抑えろよ」

「心配《しんぺえ》すんな。それは玄之丞さんから言われた通りにする。てめえのほうこそ用心しろ。勘助って奴は、一筋縄じゃ行かねえらしいって言うじゃねえか」

「なんでえ、それは。あいつはただの扇職人じゃねえのか」

「なんだ、聞いてねえのか。黒船町の権三郎のとこの奴の話だと、昔は名を知られた大盗っ人だったそうだぜ」

「ほんとか、おい。そういうこたあ最初《はな》っから言っといてくれなきゃ駄目じゃねえか」

「なんだ、まだ知らなかったのか。ほれ、こないだの人形町通りの楓庵の捕り物さ。ありゃあおめえ、勘助が密告したそうじゃねえか」

「へえ、そういうことだったのか」

「だったら叩っ斬ってもかまわねえじゃねえか」

「勘助にも弱みがあるんだ。やっちまえやっちまえ」

そこは無頼の烏合《うごう》の衆。知恵はそれほど働かないが、慣れた非道の暴力沙汰に、やけっぱちのくそ度胸で、そのまま一気に長屋へ押しかける気配だった。

影の中にいて見にくかった柴田研三郎が、そのときすっと立ち上がった。

「そこから先へ行くでない」

柴田研三郎が静かな声で言った。

「誰だ、てめえは」

柴田を知らない奴は強気で言うが、友造は我知らず右肩へ左手を当ててあとずさる。

「友造。かかし長屋に儂がついていることを、仲間に教えなかったのか」

「誰だ、この爺いは」

「し、柴田研三郎」

全員揃って柴田のほうへ身構える。

「こいつが柴田研三郎か。聞くと見るとじゃ大違えだな。さぞかし頑丈な奴だろうと思ってたが、痩せこけたただの爺いじゃねえか」

「すっこんでろ、爺さん。怪我をするぜ」

「怪我くれえですめばいいがな」

めいめい柴田に向かって凄んで見せる。

「大川沿いにやって来るとは、儂の見当通りで手間のかからぬ愛《う》い奴らじゃが、勘助がもと大盗っ人だなどと、根も葉もないことを仕込まれて、わずかばかりの小銭目当てに押しかけるとは気の毒なことじゃ。それにしても松倉玄之丞とは、お前らのごとき愚かな連中を使って、おのれは獲物を取りあげるだけの卑怯者《ひきようもの》とみえるな」

「ばかあ言いやがれ。松倉玄之丞の腕前を知ったら、爺いなんぞは腰が抜けて立ってもいられめえ」

先頭に立っていた友造は、少しずつ仲間のうしろへ身を隠す。

「松倉というのは実の名ではあるまい」

「知るか、そんなこと」

「松倉玄之丞が越後長岡藩牧野家の家中であったと知り、松倉が偽名であると知れた。その昔、常陸《ひたち》の国は真壁《まかべ》の城の十七代城主に、塚原卜伝《つかはらぼくでん》について一流を編み出した剣の達人がいて、霞《かすみ》流をとなえ、真壁暗夜軒《あんやけん》と号したのじゃ。暗夜軒は北条《ほうじよう》氏と戦って討ち死にしたが、その子孫が諸方へ散って、越後あたりに流派を広めておる。松倉は暗夜軒のもじりであろうが、元来霞流は邪剣とされている。いかに剛腕であろうと邪剣は邪剣。まして暗夜をもじって松倉と名乗るような男では、実名を名乗れぬほどの恥を背負った男であろう。帰ったら松倉に、江戸から退散したほうが身のためだと伝えておけ」

「やかあしいやい。黙って聞いてりゃ能書きばかりこきやがって。能書きなら寺子屋で餓鬼どもにしとけ」

きらりと抜いた九寸五分。月夜に光るは川の水。ひと声鳥の夜啼きがして、破落戸《ごろつき》どもが一様に、腰をおとして喧嘩の構えだ。

だがいくら喧嘩慣れしていても、習練を積んだ正統な武芸者にかなうわけがない。柴田の手にかかればもろいものだ。

まっこう微塵《みじん》、幹竹《からたけ》割り。突きに袈裟がけ胴払い、は、講釈師のきまり文句だが、柴田のはそんな派手なものではなく、ほんの少し動いて、手にした棒がなめらかに弧を描いたと思ったら、四人が呆気なく地に伏してしまっていた。

ただ音はたしかに四度聞こえた。ピシッ、カツン、ピシッ、カツン……相手の体の狙ったところへ、芯をくって当たるから、小気味がいいったらありゃあしない。ただ一人逃げ出して行くのは、柴田のこわさを肩の関節で知らされている友造だ。

走り出すとすぐ、草履を蹴り脱ぎはだしになって、物も言わずに土手を遠ざかり、すぐ町屋の中へ逃げこんで行く。

「柴田先生。柴田先生でしょ」

長屋のほうから、月明かりにすかしておそるおそる呼んだのは、おなかの亭主畳屋の幸介だ。

「おお、幸介か」

「何をしていらっしゃるんで。酒の酔いがさめかけたのか、小便がしたくなって起きだしたら、なんだか物騒な音がするんで、わけが判らねえまま、ここに隠れていたんでさあ。なんだかもっと人がいたみてえなんだけど」

柴田は苦笑して棒きれで足もとを示す。

「ここにおる」

幸介は足音を忍ばせるように近寄った。

「あ……人がひい、ふう、みい。よったりも倒れてるじゃありませんか。何者で、これは……」

「この者どもが言っておった。松倉玄之丞の手下の者だそうだ」

「それがどうしてここに……」

「かかし長屋へ殴り込みをかける気だったようだな。幸介」

「へい」

「すまぬが勘助と番太郎の万吉を起こしてきてくれぬか。ほかの者をなるべく目ざめさせぬようにな」

幸介はそう言われ、ただごとでない様子を察して、返事もせずにすぐ長屋へ駆け込んで行く。

ガラガラッと戸があく音。

「なんだねえ、この夜更けに騒々しい」

おきんが目ざとく起きだしたようだ。

「人がいい気分で寝てるとこを……おや、幸介さんじゃないか。人の家の戸をあけてどうしようって言うんだい。まだ酔ってるんだね。そこで小便はだめだよ」

「ひとぎきの悪いこと言うなよ。それに声がでかいじゃないか。みんなを起こさないようにって、柴田先生に言われてるんだから」

幸介は半分あけた勘助の住まいの戸から離れ、口に手を当てておきんのほうへ近寄って小声で言う。

「まだ夢見てんのかい。しっかりおし、どこに柴田さんがいるって言うんだよ」

幸介は土手のほうを指さした。

「あそこ。殴り込みに来た悪い奴が四人もいたんだってさ」

狭い長屋で寝ているところを、入口の戸をあけられたのだから、勘助だって寝てはいられない。眠い目をこすりながら出てきて、幸介の話を聞いてしまう。

「夜中に喧嘩騒ぎかよ」

おきんはもう土手のほうへ出て行くところだ。

「万吉さんを起こさなきゃいけないんだ。あっちで柴田先生が呼んでなさるから」

「だれを。俺をかい」

幸介はいぶかる勘助をあとに万吉を起こしに去る。

「おい、なにが起こったんだ。洪水《おおみず》か」

長屋のとばくちで辰吉が勘助に訊く。

「それはねえだろうよ。雨なんか降ってねえもん」

辰吉に答えたのはその向かいにいる熊吉だ。

「なんだか判らねえけど、行ってみらあ」

「どこへ……」

「柴田さんが呼んでるんだとさ。なにが起きたんだろうな」

「おい、そっちじゃねえだろ、柴田さんは」

「でもこっちだって」

勘助は土手の柴田のもとへ行く。するとそのあとを追うように、幸介に起こされた万吉が、小走りに土手へ。

「そうじゃねえかと思ってたんだ。真っ暗浪人の奴、根がしつっこいって言うからなあ」

「万吉、真っ暗浪人がどうしたって……」

目の前を通りすぎる万吉に熊吉が訊く。

「四人も柴田先生が殴り倒したんだってよ。うちに置いといた樫《かし》の棒でだぜ。死人が出てなきゃいいけど」

「えっ、柴田先生が真っ暗浪人とやりあったって」

辰吉が驚いて大声を出したから、狭い長屋はもうたまらない。みんな起きだして路地へ出てくる。

「行ってみよう、行ってみよう」

だらしのない寝まき姿で女たちまで土手へ行く。

「万吉はすぐ権三郎を呼びに行け」

土手では柴田が倒れた破落戸たちを見張るように立って、万吉にそう命令している。

「なにがあったんだい」

いちばん最後に外へ出てきたのは吾助だ。

「柴田先生がわる者を退治なすったんだ」

幸介が教えてやる。

「へえ……どんなわる者」

「真っ暗浪人の手下だってさ」

熊吉がいま聞いたばかりのことを言う。

「お、熊吉か」

吾助は月明かりにすかすようにして、相手の顔をたしかめる。

「でもなぜこんな夜更けに、柴田先生が土手にいたんだろう」

その柴田は幸介を呼んでいる。

「幸介。縄があるだろう」

かわりに吾助が答えた。

「ありますよ、畳屋だからね」

「吾助がいたか。それならお前は証源寺へ行って和尚を起こしてこい。幸介は縄だ」

「寺へはあたしがひとっぱしり」

「よせよ。こんな夜更けに婆あが走ったら、見た者が気絶すらあ」

吾助はそう言い残してよたよたと走りだす。幸介は家へ入ってごそごそと縄をさがしている様子。

「なんだねえ、けちくさい。おなかちゃん、明かりくらいつけておやり」

おきんは土手と長屋を行ったりきたりして世話を焼いている。

「あ、やだ。動いたよ、いま」

おりくとお鈴が黄色い声をあげる。

「早く来るがいいじゃねえか、権三郎親分も」

あめ六がいつの間にか柴田のそばへ出てきていて、倒れている破落戸たちをみおろしながら気を揉んでいる。

「暴れだしたら、またぶん殴ってくださいよ」

お鈴がそう言い、みんなも柴田を見た。

「柴田先生だけが頼りなんですからね」

「なにしてんだろう。権三郎親分は」

こういうおりだから、権三郎も親分扱いされている。

みんなが気を揉みはじめたころ、万吉が黒船町の権三郎を連れて長屋へやってくる。

「急いでくれって言ってるのに、髷《まげ》なんぞ気にしているから」

万吉は遅くなった言いわけのように、誰に言うとなくぼやいてみせる。

「柴田さんが防いでくだすったんだって……」

権三郎は権三郎で、のっけに当人と挨拶するのを避け、そんなことを言いながら長屋を抜けて土手へ出てくる。

「お、こりゃ柴田先生」

そのあとでわざとらしく柴田に言い、

「取り押さえてくだすった賊というのはこいつらで」

と、もうもぞもぞ動きながら、柴田の持つ樫の棒に脅えて倒れたままになっている四人を見おろした。

「親分、はい提灯《ちょうちん》」

おきんが自分のところから持ち出した提灯を権三郎に渡す。

「この長屋は手まわしがいいや」

権三郎はその提灯を片手に持って、倒れた四人の面体《めんてい》を改める。

「聞いてまさかと思ったが、やっぱりこいつらか」

権三郎が柴田を見あげて言う。

「はい、縄」

幸介があら縄をこわごわ権三郎の足もとへ投げ出した。

「早く縛ったほうがよい。儂がこの場を離れたら、また暴れ出すかも知れんぞ」

柴田がそう言うと、地べたに顔を伏せている一人が、

「権三郎。俺っちを縛ったりしてみやがれ。あとで吠え面かくことになるからな」

と、凄んでみせる。とたんに柴田の棒が動いて、そいつの頬骨のあたりを軽く打つ。

「喋るな」

そいつは呻き、ほかの三人も体を固くした様子だ。

「喋り過ぎは身を滅ぼすことになりかねん。扇職がどうのこうのと喋るのを耳にして、この者どもはそこへ押し入ろうとしたらしい。噂に尾ひれをつけて喋るから、このような悪党らが本気にして悪事を企む。噂がもとだと吟味で知れれば、噂を流した源も咎めを受けることになる。奉行所の者が噂の源は身どもだと名乗り出てくれようかな」

柴田が諭すように言い、ひと息間《ま》をおいて続けた。

「権三郎。世間から親分と奉られるほどの者なら、そのへんの呼吸もよく飲みこんでおらねばのう」

権三郎は柴田に向かって頭をさげてみせた。

「さ、てめえからだ。神妙にしてろよ。先生がここにおいでだということを忘れるな」

権三郎は脅すように言い、最初の一人を幸介が持ち出したあら縄でうしろ手に縛り、その手を背中へ高く引き上げて、腕ごと胸縛りにきつく戒める。

「痛て、畜生め」

呻くそいつを無視してすぐに二人目、三人目。さすがに若いころ森下《もりした》の関口《せきぐち》道場へ通って、小具足の稽古に励んだことがあると自慢しているだけあって、手付きはなかなか鮮やかだ。

「四丁《よんちょ》あがりぃ」

暗いのをさいわいに、うしろのほうで熊吉がはやす。

「しっ、黙ってろ。意趣返しってこともあるんだぞ」

辰吉が小声でたしなめると、熊吉は怖そうに首をすくめた。

「権三郎さん。解き放しはなしだよ」

いつのまにか市助まで起きだしてきていて、まだ晒しを巻いた腕を見せながら言う。

「すぐ牢へ送っとくれよな。こいつら、俺を斬っちゃえ斬っちゃえって、松倉の奴にけしかけやがったんだもん。また何をされるか判りゃしねえ」

まっとうな魚屋で一からやりなおそうと決心している市助は、心配そうな顔で権三郎に頼んでいる。

「万吉」

権三郎は万吉を呼んでおいて、柴田を、縛った四人から少し離れたところへ誘った。

「実は相談がありやして」

「なんだ……」

「こんな夜更けでござんしょう。あいつらに逃げられたらことですし、松倉に取り戻しにこられたらあっしもお手あげでさあ。どうしたらよござんしょうか」

柴田は皮肉な微笑を泛べる。

「そうだな。お主としてはできるだけ騒ぎを大きくしたほうがよかろう。四人組の押し込みを捕らえたと。町内がみな起きだしても構わぬ。手下《てか》を陸尺《ろくしゃく》屋敷へ走らせて、できるだけ早くに奉行所へつないでしまったほうがよかろう。なにか起きてもそのほうが、権三郎の手落ちにはなりにくかろうからな」

「なあるほど。大騒ぎにしちまえばいいんですね」

権三郎は柴田に頭をさげ、四人のほうへ戻って行く。

「なにかあっしに手伝えと……」

万吉が訊く。

「俺んとこの若えもんを、かたっぱしから叩き起こしてまわれ。黒船町の番小屋へ来いとな。それから弥平《やへい》や九郎兵衛なんかのとこへも寄って、このことを知らせろ。騒ぎが大きくなったって構わねえぞ」

そこへ提灯が一つ近づいてきた。

「忍専和尚がおいでになったよ」

お鈴らしい声がする。長屋の連中は自分たちの手におえないことが起こると、頼りになる者をことさら敬《うやま》って見せる。ふだんよく言わない権三郎にしてからが、今夜のような場合には親分扱いだ。

「怪我人は出なかったか」

呼びに行った吾助から、あらましのことを聞いたと見え、忍専の心配はまずそのことだった。

「宵のうちに友造とかいう者が長屋の様子を伺いにきたので、夜更けに長屋へ押し込む気かとここで待っておったのだ」

柴田が忍専に言う。

「そしたら案の定って奴で」

万吉がしたり顔で言った。

「愚かなものだ。みな着たきりなのでついた名がかかし長屋。押し入って奪うようなものはなにもあるまいに」

忍専がそう言うと、長屋の連中はみな口々に言いつのる。

「そうだとも。持ってくもんなんかありゃあしねえのによ」

「真っ暗浪人とこじゃ、そんなに銭に困ったのかね」

「あのお松じゃ、遊びには出ても働きには出ないだろうしね。……あらごめんよ。市さんそこにいたんだね」

「なに、市助はもうあんな女は懲《こ》りごりだってさ」

四人が縛られて安心したらしく、長屋の者はもう気楽なことを言いはじめている。

「さ、黒船町の番小屋へ行くんだ。歩け」

四人は数珠《じゅず》つなぎで長屋を通り抜けて行く。

「俺もついて行くぜ。何か起こったらことだからな」

辰吉がそう言うと、男どもはみなぞろぞろとついて行く。

あとに残ったのは忍専と柴田。それに女房たちだ。

「友造という男が逃げた。今頃は松倉に告げていることだろう」

柴田が忍専に小声で教えた。

「松倉は執念ぶかい男と聞いております。意趣返しということもあるやも知れませぬ。ご用心くだされ」

「霞流は奇手奇策をむねとするそうな。邪道と嫌われるのはそのためだ。長屋の者を守ってやらねば」

「お袖の婚礼が迫っております。夜が明ければ日本橋のさる旅籠《はたご》に移って、そこを仮親許に楓庵へということに。無事に嫁入りをさせてやりとうございますのでな」

忍専は柴田に向かって丁寧に頭をさげた。

長屋より月明かりの土手のほうがよほど明るい。騒ぎでこころ昂《たかぶ》ったおりく、お鈴、おなかにおきんたちは、立ったりしゃがんだり、土手にひとかたまりになって喋りはじめている。

柴田は自分の住まいへ戻り、忍専はどうやら黒船町へ行ったようだ。

「よかったねえ、お袖ちゃんがいないときで」

おりくがしみじみそう言った。

「真っ暗浪人が三河屋にいるお袖ちゃんに目をつけてたってのは、本当なのかね」

お鈴がみんなに言う。

「ああ、そんなこともあったそうだよ。でも近ごろは真っ暗の奴も諦めちまってたらしいけど」

おきんは近所の金棒引き。自慢する風もなく言った。

「お袖ちゃんが奇麗になりすぎたんだよ」

滅多に三河屋までも行くことがないおなかが言う。

「品のいい色気まで出てきちゃったもんね。三河屋の隠居夫婦は、お袖ちゃんが実の子だったらよかったのにと思っているそうじゃないか」

「それを言うなら、実の孫だろ」

「どっちにしても、おしのさんはしあわせ者だよ。足もあんなだし、先行き心配な年になってから楽ができるんだもの」

「おりくさんとこには源太がいるじゃないか。築地の料理屋へ奉公に行って、真面目にやりはじめたらしいから、いまに立派な料理人になって楽をさせてくれるよ」

親子は一蓮托生《いちれんたくしょう》の世の中。親はどん底ぎりぎりに生きても、無事に子を育て上げてなるべく早くに世の中へ出し、あとは子が一人前になるのを楽しみに生きるのだ。

その子だって楽に進める世の中ではないが、自分がなんとかなろうなら、親子の縁を切るなどは、自分を滅ぼす一里塚。親を見捨てて自分だけ栄えるようなことを許す世間ではないのだ。

はた目に見れば取るに足りない細民でも、生きる願いは同じこと。顔も知られず名前も知れず、ご政道のはざまで生かして頂くような身分だが、真面目に生きて働いて、次代へ残す財産は、その先々も続いて行く子供たちなのだ。

「あたし、子ができたみたいだよ」

ぽつり、とお鈴が言う。

「あら大変だ」

女たちはいっせいにお鈴を見る。

「熊さんに言った……」

お鈴は黙って首を横に振る。祝いを言うのは判っているが、みんな黙って川面をみつめていた。

おなかがむかしはやった戯《ざ》れ小唄を、低い声で唄いはじめる。……わたしゃ出られぬもやい舟、主の影見て揺れるだけ。

低いがいい声、そして寂しい。おなかがどんなつもりで唄ったのか知らないが、女たちはみなしゅんとして、唄い終えても黙っている。

「どうしたどうした。中へ入って寝やがらねえか」

女たちの沈黙を破ったのは、野次馬根性で権三郎について行った辰吉だ。

「せっかくの月夜だもの。ついでに月見くらいしたっていいだろ」

おりくがそう言って立ち上がったとき、すうっと雲が流れて月を隠した。

「帰って寝よう」

「お鈴ちゃん、無理するんじゃないよ」

「久しぶりだねえ、長屋で赤ん坊の泣き声を聞くのは」

「まだ先のことだよ」

女たちはおなかを囲んで土手をおりて行く。

が、そのころ騒ぎはとなりの黒船町へ移っていて、通りに向かった番小屋は、ありったけの明りをともした上に、あちこちから提灯が集まってきて、まるで祭りか通夜《つや》のようだ。

「松倉玄之丞と言うのは嘘の名だそうだ。長岡藩の軽輩で、本当の名は仙田平助《せんだへいすけ》。車坂の金公からそう聞いたぜ」

番小屋の前でそうしたり顔で言っているのは、このあたりの町役《ちょうやく》で家主の九郎兵衛だ。

「どうせそんなことだろうと思った。やいてめえら、松倉のことをありのまま喋っちまえ」

権三郎の声が、縛った四人を連れこんだ番小屋の中から聞こえてくる。近くに住む者たちも起きだして、小屋の前に集まっている。これでは松倉玄之丞も破落戸たちも、どうすることも出来はすまい。あとは早く奉行所の役人に来てもらって、捕らえた四人を引き渡すだけだ。

「朝になったら飯も食わせなきゃならねえし、とんだものいりだぜ」

集まった者の中から、早くもそんなぼやきが出はじめている。

「和尚さま。ことの起こりはどうやらあっしらしいんで。お松に隠し金を見られたんですから。黒船町に迷惑をかけて、三好町が肩身の狭い思いをするようなことがあっちゃあなりません。隠し金をなんとか役立てては頂けませんか」

勘助は忍専を人のいないほうへ連れて行って、両手を合わせんばかりにそう頼んでいる。

すっ飛び和尚

　ゆうべは月夜でけさは晴れ。長屋はみんな眠そうな顔だが、いつも通りに起きだして、男たちは稼ぎに出て行く。

「出歩くんじゃねえぞ」

　戸口へ出た幸介が、おなかに言っている。

「物騒だからな」

「判ってるよ。どこへも引っかからずに帰っておいで」

「てやんでえ。引っかかるとこなんぞあるもんか」

　幸介はにが笑いしながら長屋を出て行く。物騒なことを避けるには、肩寄せ合うしか方法のない女たちだが、朝になれば心細さなど吹き飛ばすように、陽気な軽口を叩き合い、やかましいくらいのものだ。

　朝出《あさで》はあめ六がいつもいちばん遅い。だがけさは莨屋の弥十もまだ起きてこないようだ。

「どうしたんだろうね」

　お鈴が心配しておりくに言う。

「ほっといておやり。ゆうべの騒ぎで明け方近くまで外にいたらしいから」

「それだって、おてんとさまに申しわけないじゃないか」

灯火が高くつくものだから、それは朝寝坊に言った言葉だ。ただで世の中を照らしてくれる太陽を、無駄にしてはもったいなかろう。

女房連中が掃除洗濯をはじめようとしているころ、幸介は菊屋橋のほうへ行くのに、福川《ふくかわ》町の荒物屋の角のあたりへさしかかっていた。

俗に足洗い稲荷と呼ばれる小さな祠。幸介はもう習慣になっていて、その前で手を合わせようと近寄りかけたら、以前にそこで出会った小奇麗な女が、職人風の亭主らしい男と並んで手を合わせていた。

「なんでえ、賽銭なんか。誰かが拾って飴でもしゃぶっちまうのがおちだのに」

「足を洗わせてくれたんだから、お礼をしなきゃだめじゃないか」

気をきかせて、見てみぬふりで通りすぎる幸介の耳に、そんなやりとりが聞こえていた。

「よかったなあ」

幸介は微笑してそう呟き、今日の仕事先へ急ぐ。

長屋ではやっと莨屋の弥十が起きだしていた。

「おはよう弥十さん。けさはゆっくりだね」

おなかが言う。

「ゆんべあんな騒ぎがあったから、つい寝そびれちまってさ。それに今日は相談ごとがあって、店のほうへ顔をださなきゃいけねえんだよ」

「おや、ばかにいい顔で言うじゃないか。なにかめでたいことでもあったのかね」

バタバタという足音とともに、源太が長屋へ駆けこんできた。

「おや源太じゃないか。どうしたんだい……」

おきんが目ざとく腰をあげてそう言う。

「かあちゃんは」

「ここにいるよ。なにかしくじりをやらかしたんじゃないだろうね」

「ちがわい。三河屋へ届け物を言いつかってきたんだよ。祝いの鯛だぜ。尾や鰭《ひれ》に塩をうんと塗って焼いた奴さ。おしのさんも三河屋にいたよ」

「そうさ、きょうはおしのさんも三河屋のご隠居たちも、みんな日本橋の長岡屋って宿に泊まるんだよ。あしたそこから楓庵に駕籠で嫁入りさ。まさかこの長屋から嫁入りの駕籠を出すわけにも行かないやね」

おきんが口をはさむ。

「ここへも祝儀の酒が振舞われたんだよ、もう」

「うちの板さんがついでにここへ寄って知らせてやれって」

「それで来たのかい」

「うん。俺たちが楓庵の祝いの膳を支度するんだぜ」

「あ、そうか。お前んとこが料理を受けたんだね。しっかりおやり。あしたの晩だよ」

「うん。じゃあな、急ぐからこれで」

源太は威勢よく走り出し、あっと言うまに見えなくなった。

「生意気言っちゃって」

おりくは笑いだすが、よく見れば目尻をうっすら濡らしている。

「もう大丈夫だよ。ものになるよ、あの子は」

おきんは太鼓判をおすように言った。

「で、どんないいことさ……」

源太を見送ったおなかは、顔を洗いに出た弥十のそばへしゃがんで尋ねる。

「それがとうとう俺も身を固めることになりそうなんだ」

「やだ、弥十さんも嫁取りかい。ねえみんな、大変だよ。弥十さんも嫁をもらうんだってさ」

おなかが大声をだすから、みんなすぐ寄ってくる。

「違うってば。そんなんじゃねえよ。ただ莨屋仲間の相談で、俺に向島《むこうじま》の年寄り夫婦のとこへ養子に入れということになりやがってさ」

「その莨屋夫婦、跡取りがいないのかい……」

「そうなんだよ。面倒見るもんがいねえらしいのさ。そこで独り身の俺に白羽の矢が立ったっていうわけなんだ。きょうはお店でその相談」

「弥十さん。そんないい話、逃がすんじゃないよ」

「いい話なんだかどうだか」

弥十は照れ臭そうな顔で言う。

「ばかなこと言うんじゃないっ」

とたんにおきんが、実の親そこのけの厳しい声できめつける。

「義理だろうとなんだろうと、親孝行をしてれば身が立つんじゃないか。こんないい話がどこにあるんだね。独り身のときは、多少の遊びもかまやしないさ、男だもの。でもその話、逃がしたら承知しないよ。ここの誰もが、今よりよくなりたくて頑張っているんだからね。お前の親だってそうだったんだ。しっかりしとくれ。判ったかい」

「でも俺、ここのみんなが好きなんだ」

弥十はしんみりと言う。

「みんな好きで寄り集まってるんじゃないか。でもよくなったらここからは出て行く。おしのさんたちがいい見本だよ。ここから出て、もっといいとこで暮らそうと夢見てるんだよ。出られたもんを誰が悪く言うもんか。出てっておくれ、後生だから。それでみんな張り合いが出るってもんだよ」

「そうは言っても、相手があることだよ。そうむきにならずに見ていてくれないか」

「そうだね。相手があることだよね。でも莨屋の養子になって、立派な旦那になっておくれよね」

「やだなあ、俺。なんだかおきんさんがかあちゃんみたい気がしてきた」

弥十はそう言って顔を洗いはじめるが、そのころ証源寺へは客が来ていた。

「向柳原《むこうやなぎわら》に大きな寄りあいがありましてな。終われば宴席と以前からきまっておりますので、その前にお訪ね申しあげました」

本堂へあがって忍専と対座した、大店《おおだな》のあるじらしい貫禄のある男がそう言った。

「この証源寺に、なにくれとなくお力ぞえを賜わりまして、まことにかたじけなく存じます」

「なんのなんの。たいしたことは致せませぬが、先代ご住職より引き継いだ和尚のなされよう、なかなか出来ることではございません。たかが袋貼りの手内職ごときもの、この先も和尚のお手を煩わすことに致しますで、今後ともよろしくお願い申しあげます。本日はこの先約束がございますので、ご本尊を拝まして頂きましたら、すぐに退散いたします」

実はその男、証源寺とは因縁浅からぬ薬種《やくしゅ》問屋の大旦那だ。そのつき合いは先代住職経専の時代に遡《さかのぼ》る。

おきんが長屋を中心に、近所の連中にさせている袋貼りなどは、たいていその客のところから出る仕事なのだ。

薬種問屋の大旦那は言葉通りにしばらく合掌し、経を唱えてから忍専に見送られ、満足そうな顔で証源寺をあとにした。そのくらいの金持ちになると、人知れぬ慈悲、善根を施して満足を得るものらしい。

「南無阿弥陀仏」

忍専は客を見送ってから、いま出た本堂の正面に立ち、合掌してそう唱えて、

「いいお人だが、どうもこちらが商人になったような気がしてかなわぬな」

と呟いて庫裏へ入る。

そのとき、若い男が一人、境内へ走りこんできた。

「和尚さま、和尚さま」

庫裏の中で忍専が溜息をつく。近所の者から丁寧な呼びかたをされたときは、ろくなことがないのだ。

「ここにおる」

忍専の声で男が庫裏を覗く。

「あ、ここにおいでで」

「なんだ。お前は権三郎のところの若い者だな」

「へい。うちの親分が知らせに行けと言いましたんで」

「なにが起きた……」

「友造って野郎が番太小屋へ来やがって。真っ暗浪人の使いだって」

「口上はなんと……」

「四人は何もしていないんだから、帰してくれと」

「やはりそう来たか」

忍専は松倉玄之丞にそう突っ張られるのを怖れていたのだ。たしかに柴田はかかし長屋へ

押し入る者を未然に防いだが、その連中が勘助の隠し金を奪うつもりだったとは、柴田のほかに誰も知らないことなのだ。

と言って、勘助の隠し金を明かるみに出せば、勘助の旧悪も明かるみに出ることになる。

「王手とまでは行かずとも、飛車取りほどには効いた指し手だな」

「和尚さま。将棋をしてるんじゃねえんですから。親分がどうしたらいいか困っていなさるんで」

「柴田さんはどうしておいでだ」

「ああ、それなら手分けして別のもんが呼びに行きやした」

それを聞いた忍専は、チッと舌打ちをする。

「あのお人は呼んでもらいたくなかったのにな」

忍専は急いで白緒の草履を履くと、黒船町の番太小屋へ走り出す。

「和尚さま、和尚さま。……なんて足の速い坊主なんだろう」

呼びに来た若い男は、そう言いながら懸命に忍専のあとを追う。

番太小屋の前は人だかり。

「のきなされ、あけてくだされ」

忍専が人垣を分けて番太小屋の中へ入った。

「や、斬られたか」

権三郎が朱に染まって身動きもしない。

「友造って奴が四人を解き放てと言ってきやがったんで、親分がほうぼうへ使いを出したそのあと、いきなり松倉の奴が入えってきやがって、あっという間に四人の縄を切っちまいやがったんで。親分は気丈にその十手をこう持って、何をしやがるにせ浪人め。咎人を逃がせば奉行所が黙ってはいねえぞ、と啖呵《たんか》を切ったんでさあ。するってえと松倉の野郎、こっぱ役人なんか屁でもねえ、息があったらこの松倉玄之丞にやられたと、しっかり言いつけるんだな、とぬかして親分をグサリとひと突き」

どこにでもよくいる口だけは達者な年寄り番太が、青い顔してまくしたてた。

ううむ、と唸って小屋のなかを見まわす忍専は、そばに置かれた湯呑茶碗に目をとめて、

「ほかに誰かきていたのか」

と尋ねる。

「その湯呑なら、あっしが友造に茶をだしてやったんで」

「長くいたのか」

「へえ。松倉が解き放てと言っているのは道理に叶ったことだから、誰にでも相談してみたらいいと、あん畜生、妙におっとり構えてやがったんで」

「さては、ここに詰めた人数を減らす策だったな。……医者は呼んだろうな」

「いの一番に呼びましたとも」

「新井良軒か」

そう言っているところへ、鼻下と顎先に細いひげをたくわえた医師の新井良軒が、薬箱を

持った弟子を連れてやってきた。

「どけどけ。おお権三郎、やられたか」

倒れている権三郎のそばにひざまずき、

「刀で突かれた傷だな。これは血が止まりにくいぞ。だが息はある。脈もしっかりしておるわい」

と忍専を見上げ、

「これは和尚。ご苦労なことだが、まだ坊さまが来るには早すぎる。とかく縁起をかつぐ者が多いで、引き取ってもらいましょうか」

と言い、弟子に手伝わせて手当をはじめる。

「縁起が悪い……それもそうだな。この場は良軒どのにおまかせしよう」

忍専はそこを出てかかし長屋へ向かった。

かかし長屋へ行く手前で、まず忍専は万吉の小屋へ寄った。

「あ、和尚さま。昼間っからえらい騒ぎで」

面倒なことにはなるべく関わらないようにしている万吉は、忍専の顔を見るとほっとしたようにそばへ寄る。

「車坂の金公とか言う者を知っているか。黒船町の九郎兵衛が、その男から松倉が中間だったと聞いたそうだが」

「知ってますとも。評判のよくねえ渡り中間でして」

「ふむ。そうした渡り中間の言うことならば、かえってたしかだろう」

忍専は松倉玄之丞の正体が、長岡藩の正規の武士ではなく、武士と小者のあいだにいる、武家奉公の下男だったのをたしかめたかったようだ。

「年年歳歳《ねんねんさいさい》、花相《あい》似たり。歳歳年年、人同じからず」

忍専のうしろで子供たちの張りのある声がした。柴田が漢詩を教えているのだ。並みの寺子屋なら論語ですますところを、柴田はそんな詩を教えているらしい。

「いま声をかけてはお邪魔だろうな」

「そうなんで。邪魔が入るとご機嫌を損ねますよ」

「では権三郎の知らせは……」

「そういうのはあっしがお取り次ぎしますんで。まだご存じじゃありません」

万吉は尋ねるような目で忍専を見た。

「あとでよい。続けさせてあげなさい」

「言を寄す、全盛の紅顔子《こうがんし》。応《まさ》に憐《あわ》れむべし、半死の白頭翁《はくとうおう》」

そこで子供たちの声がやんだ。柴田が意味を教えるらしい。

「勘助のところにおるでな」

忍専は万吉にそう言い置いて長屋へ入って行く。

「和尚さん。権三郎んとこへ友造が乗りこんで来たって……」

おきんでさえ、まだ権三郎が松倉に斬られたことは知らないようだ。

忍専は立ち止まり、おきんにみんなを集めさせた。

「黒船町の番太小屋へ乗りこんだのは松倉だ。四人を逃がし権三郎が斬られた」

長屋の者は怯えの声をあげる。

「松倉は世間に正体を知られ、思い通りに行かぬ世の中に腹を立てているようだ。いまは手負いのけもの同然よ。ここへもいつ仇をしにくるか判らぬ。女は決して表へ出るな。怪しい者は長屋へ入れるな」

忍専は松倉が自暴自棄になっていると睨んだようだ。

「おしのさんやお袖ちゃんがいないときで、ほんとによかったね」

お鈴が緊張しながらも、おりくにしみじみそう言った。

「この長屋から玉の輿が出たんだ。邪魔させてたまるかい」

おきんは油っ気のないばさばさ髪に、ねじり鉢巻をしようとしている。

「どうするのさ、そんなことして」

おなかが言う。

「真っ暗が攻めてきたら、かなわぬまでもひと泡吹かせて……」

「やだよおきんさん、芝居もどきなんだから」

おりくが陽気に笑ってみせ、そのあいだに忍専は勘助の家へ入る。

「なんだなんだ、そんなものを引っ張りだして」

忍専は勘助が脇差を膝もとに置いているのを見て、呆れたような顔になった。

勘助は両手をついて平伏する。

「手前の不行き届きから、このような騒動になりまして、お詫びのしようもございません。この上は、命をかけて長屋を守る覚悟でございます」

忍専はあがり框に腰をおろし、

「なにも勘助のせいではないだろう。そう自分を責めるには当たるまい」

と、穏やかに言う。

「ことは手妻の半助からはじまっております。半助にこの姿を見られ、奴の馴染の料理屋へつき合ったりしたばかりに、楓庵の一件で盗っ人どもの恨みを買うようなことになりました。あっしがいなけりゃ松倉玄之丞も、この長屋を狙わせることはなかったんでござんす」

勘助は言葉の途中から感情が激して涙ごえだ。

「待て待て。そうなにもかも自分がしょい込んでは話にならぬ。では市助が松倉に斬られたのも、お前のせいだと言いたいのか」

「いえ、あれはたまたまそうなっただけで。でもお松という女に隠し金を数えているところを見られたのはあっしの手落ち」

「あれくらいの金をひそかに貯め蓄える者は、世間にいくらでもいよう。どういう金かは誰も知らぬことだ。そう思いつめるな。万事儂にまかせておけ。今まで通りにな」

「和尚さん」

市助が気負った顔を覗かせた。

「あっしはどうしたらいいんで」

「やれやれ……」

　忍専は気落ちしたように言う。

「市助までもか。お前は松倉とは一度斬られるほどの因縁を持った者。万一あの者が現れたときは、姿を見せずにいることだ。松倉は善悪の見境もつかなくなった……というより、その区別さえみずから捨てて、世の中すべてに歯向かおうとしているのだ。権三郎を無益に刺したことでも判る通り、あれはもう常人ではなくなっている。市助を見ればよき獲物とばかり飛びかかってこよう」

「そうだよ。市さんは隠れていることった。一度斬られているんだから、二度斬られるには及ばねえさ」

　気が立った勘助も、他人のことには理屈が判る。

「儂も亭主たちが戻るまで、ここにいるとしようか」

　忍専はそう言って、勘助のところに腰を据える構えになった。

　しかしすぐに長屋の入口あたりで、

「和尚さん、和尚さん」

　と、万吉の声が響いた。

「ここにいるぞ」

　忍専はそう答えて飛び出して行く。バタバタと走り寄る万吉ともう一人。

「こいつが知らせにきてくれたんで」

「諏訪町の下駄屋で長兵衛《ちょうべえ》と言います。実はたったいま証源寺の境内を抜けようとしていたら、派手なきものを着た浪人風の男に呼び止められまして」

「どんな着衣だ」

「表は黒で普通なんですが、裏が真っ赤で水色襦袢《じばん》」

下駄屋が言うと万吉が大きく頷いてみせる。

「真っ暗浪人間違いなしで」

「そいつがこの寺の和尚を探して来いって言うんです。連れて来るまで荷を預かるって。あれは売り物で、あれがないと商売にならねえんですよ。それで証源寺は長屋を持っていたはずだと、ここをようやく探しあてたというわけでして」

「その浪人者一人だけだったか」

「ええ、一人だけでしたよ」

「寺を荒らされてはかなわんからな。どれ、行って見るか」

忍専は足早に長屋を出て行く。

「和尚さま、行くならあっしも」

「勘助はおとなしくそこにいろ」

「俺は荷を返してもらわなきゃならねえから」

下駄屋は忍専から少し離れてついて行く。また子供たちの漢詩を読む声がはじまった。

忍専は通りへ出てさっさと寺へ向かっているが、万吉はおろおろと臆病な本性をあらわにして、下駄屋のさらにうしろから、隠れるようについて行く。

そしてそのさらにうしろから、脇差を握りしめた勘助が行く。

忍専は証源寺の境内へ、ためらいもなく足を踏み入れると、まっすぐ本堂へあがって葬式か法事のとき以外は滅多にあけない正面の扉を引きあける。

灯明をともし香を焚き、仏の像の前へぴたりと坐って合掌し、なにやら唱えながら鉦《かね》をチーンと鳴らす。

庫裏にいた松倉は、忍専が本堂へ入ってしまったので仕方なく庫裏を出て本堂へ。

それを下駄屋と万吉と勘助が、境内の隅からじっと見つめていた。

松倉が本堂へ入ってくると、忍専はおもむろに向き直って、松倉に悟り抜いたような目を向ける。

松倉は一瞬たじろいだようだったが、すぐニヤリとして太刀を抜き放ち、つかつかと忍専に歩み寄って、襟首へ白刃を当てる。

「覚悟はよいな」

ちゃんとした武家言葉だ。

「よくない」

忍専は瞬《まばた》きもせず落ちついて答える。

「なんでお主の刃《やいば》にかからねばならぬのか。それが皆目見当がつかぬ」

「この俺がそうしたいからするのだ」

「言いたいことを言いなされ。人には漏らさぬ」

「言って坊主に判ることか」

「武家は案外偏狭なものであろう」

「偏狭にもなにも。俺のほうが剣が強いと判ったら、身分家柄を言い立てて、勝負もしなければ相手にもしようとせず、ただただ見下げていようとする。揚句の果ては乱暴者と汚名を着せ、放り出してすませやがる」

松倉は武家言葉を捨てて巻き舌になった。

「それで無頼の徒にまじったのか」

「淫乱女のお松には、せっかく稼いだ五十両を持ち逃げされ、かかし長屋じゃ寺子屋の師匠に邪魔された上、乾分たちまで縛られて、こっちの面目丸潰れじゃねえか。中でも一番腹が立つのは、仲間づらして飲み食いしてた権三郎が、いざとなったら俺っちを、盗っ人扱いしやがった。誰がどこで盗んだと言うんだ。ええ、そうだろうが、坊さんよ」

首筋を白刃でピタピタ叩かれながら忍専は、少しばかり剣術の腕があがったばっかりに、身を持ち崩した若者の愚かさを、哀しいほどに感じていた。ここまでくればもう自暴自棄も行き止まりだ。

柴田は子供たちに教えながら、忍専が寺へ急ぐところをちゃんと見ていた。そのあとから、脇差を持った勘助が血相変えてついて行くのも。

だから早めに子供たちを帰したあと、自分も静かに家を出て証源寺へ向かった。いつもと違うのは刀をさして出かけたことだ。

だが子供は意外に敏いもの。長屋へ帰ったお末が母親のおりくに異変を告げていた。

「かあちゃん。先生が刀を持って出かけたよ」

そう聞いたおりくははっとして立ち上がる。

「おきんさん、お鈴ちゃん、和尚のところでなにかあるよ」

途端に長屋は殺気だつ。みんなじっとしていられるもんじゃない。

柴田はまっすぐ証源寺へ。境内へ入ると、万吉や勘助が飛んでくる。

「あ、あれを」

指さされなくても、あけひろげた本堂の中で、松倉が忍専の首に抜き身をあてがって脅しているのが丸見えだ。

柴田は履物を脱いで足袋はだし。つかつかと本堂の前へ。

「坊主殺せば七生崇《しちしょうたた》ると言うぞ。身どもが相手だ。霞流の邪剣、とくと検分させてもらおう」

柴田はすでに刀を抜いている。

「七生崇るかどうか」

松倉がそう言って柴田を睨みながら刀を振り上げたとき、さっと横にころんで逃げた忍専が、小さな瀬戸の壺を投げる。香を焚く壺だから、灰が散って松倉の顔面を襲う。

それを避けた松倉は、そのまま一気に本堂から飛び降りて柴田に斬りつける。

だが柴田は青眼《せいがん》に構えて僅《わず》かに半歩引いただけ。相手の着地に斬りこむ隙はいくらもあったが、じっと構えて相手を見ている。

「餓鬼相手の痩せ浪人め」

それを隙とみたのか松倉は、下段から足ばらいで脅しておいて、それをはねあげ次は大上段から斬りおろす。腕自慢が昂じて身を持ち崩しただけあって、太平の世ではそれでもなかなかの剣気だった。

柴田の剣が今度は本気で横一文字。ついた力は無念無想で次の動きへつながるから、横一文字に引き続き、松倉の左肩口から右へザクッ。

それで両者の動きが止まる。暫時突っ立っていた松倉が、正面へ向かってゆっくり倒れ土けむり。刀を納めた柴田は本堂にいる忍専にすまなさそうな顔を向けた。

いつのまにか、証源寺へかかし長屋の住人たちが集まっているが、本物の斬りあいをみたのはみなはじめてで、しかも正真正銘の殺気にも触れたから、茫然自失の体だ。

手に手に箒《ほうき》や天秤棒などを持っているのは、和尚の危難を救おうが為らしい。

脇差を摑んだまま、おずおずと倒れた松倉に近づいて行ったのは勘助だ。

「やった、先生、お見事でした」

「斬らずにすんだはずなのに、剛剣なのでやりすぎた」

柴田は恥じ入る様子だ。

「万吉。権三郎は床に伏しておるでな。当分役には立たぬだろう。お前が万事かわりに取り仕切れ。奉行所へ一刻も早く届けるのだ。柴田さんはいつも通り家にいてくだされ」

忍専は本堂からおりて下駄屋に言う。

「荷は庫裏にあるはずじゃ。持って帰れ」

下駄屋はよたよたと庫裏へ荷を取り返しに行く。

「勘助。しばらく寺をあける。留守を頼むぞ」

「どちらへ……」

「おきん。お袖の一夜宿は日本橋の旅籠、長岡屋だったな」

「ええ、そうですよ」

「帰りがけ様子を見てこよう」

忍専はすたすたと寺をあとにする。

「和尚さま、どちらへ」

「楓庵だ」

忍専はそう答えるやいなや走り出した。柴田に斬られた松倉は、放逐されたとはいえ、もとは牧野家に仕えた者。その牧野家の江戸留守居役は楓庵の卯吉を贔屓にしている有力者だ。柴田が罪に問われてはならない。婚礼直前の今なら卯吉は家にいるはずだ。お留守居役を通じて柴田を不問に処理してもらわねばならない。

魚屋の市助はもう放っておいても立ち直るだろう。残るは千次郎の身の振りかただ。なんと言っても五千石の家柄の出なのだ。粘ればなんとか引き取ってもらえるだろう。

走る走る、和尚が走る。坊主と乞食は走らないなどと、わけ知り顔に言うのは嘘だ。忍専は若いころから足自慢、走り自慢で知られている。

それが柴田を傷つけまいと、走る走る飛ぶように走る。走る和尚は人助け。かかし長屋を守るのが、いまは生き甲斐にまでなっていて、柴田までもが守られる。

走る走る和尚が走る。和尚は走っていい気分らしい。

解説

縄田一男

半村良は二〇〇一（平成十三）年の四月、世話物の秀作『すべて辛抱（上下）』（毎日新聞社）を刊行した。

市井もの、といわず、敢えてこの長篇を歌舞伎の現代劇を指す世話物と呼ぶのは、半村良作品が過去を描いていながら常に今を生きる私たちの暮らしと重なって来るからに他ならない。が、ともあれ作中で扱われている時代は、徳川封建体制崩壊の兆しが見えはじめた天明から外圧きびしき幕末。主人公は下野から江戸にやって来た二人の若者亥吉と千造である。物語は、片や世間が認める商人に、そして片や大物と呼ばれる盗賊にと、いったんは人生の明暗を分けたかに見えた両者が、極貧の少年時代、ともに露天の寺子屋で人生を切り拓くための学問を学んだ記憶を糧に、生きて甲斐ある一生を歩むさまを描いたもの。

前述の刻々と移り変わってゆく時代相の中で、人生の相棒たる亥吉と千造が頼みとするのは、無難第一の庶民の知恵――それはあくまで利益追求を第一としつつも、自分たちが生き抜くために発揮されるものでなくてはならない。つまり、この一巻は、人々が自分たちの分というものを弁《わきま》えていた時代の物語であり、その一線を越える時、私欲は公欲へと美しく転じていく。

時代の前衛となって突っ走るほどの元気者は、常に辛抱と表裏の関係の中から産み落とされるわけで、その〝辛抱〟が欠落している現在、『すべて辛抱』という題名そのものが、平成の日本人にとって誠に耳に痛いものということが出来るだろう。

ところで、現代小説が、刻々と変わっていく現在の状況を追求していくものだとするならば、時代小説は、私たちの中で変わってほしくない価値観、変えてはいけない価値観を描くものともいえるのではあるまいか。現代と二重写しになっているといっても、ここが違うところで、そうした意味合いは最新作『すべて辛抱』ばかりでなく、本書『かかし長屋』にも色濃く示されていよう。

この作品は一九九二年十一月、読売新聞社から刊行された長篇で、半村良は翌九三年、本作によって第六回柴田錬三郎賞を受賞。その受賞のことばで「この十月で満六十歳。老人一年生として、一から出直すいいきっかけになりました」と感慨と抱負を新たにしているが、各選考委員の選評を見ても、各々が作中に描かれた前述の〝変わってほしくない価値観〟或いは〝変えてはならない価値観〟に酔いしれたことが歴然としている。

そのことは長部日出雄の、「時代小説『かかし長屋』は、半村良氏が得意とするSF、伝奇ロマン、風俗小説などとともに、強い愛着を持って描いてきた人情噺の分野で、ほぼ円熟の境地にまで達したと感じられる佳篇である。／もともとこの分野においては、酸いも甘いも嚙みわけた粋で洒脱な筆の運びが、作者独得の持ち味であったけれど、今回はそれに飄飄として駘蕩たる雰囲気も加わった。／なにもかも世知辛くなる一方の現代において、いまや小説――それも時代小説のなかでしか味わえなくなったこの人情味と飄逸味《ひょういつみ》は、いっとき別世界に遊ぶ楽しさを満喫させるばかりでなく、野暮を承知の口調でいうなら時代にたいする批評としても、まことに貴重なものといわなければならない」ということばに如実に示されていよう。

更に黒岩重吾は「江戸時代の長屋の住人達を群像として捉え、克明に描いた小説は多くありそうでいて意外に少ない」とし、これまで脇役に甘んじていた長屋の連中を主役にする、というあくまで庶民の視点を厳守する半村良の姿勢を評価、その上で「どの人物が主人公となってもおかしくはない。／確かにかつての盗人で、今は善良な庶民として生きている扇屋の勘助の行動や心情には、過去の盗人仲間が現われた時点において、読者の興味をそそるものがあるかもしれない。／だが勘助への興味は、長屋の象徴といって良い忍専和尚によって一層深められる。和尚はたんに慈愛の人物というより長屋の体臭を持った庶民である」と続けている。

いうまでもなく作品中盤のクライマックスは、長屋の住人の一人である扇屋の勘助、もとは盗賊の〝夜風の伝造〟が、かつての仲間手妻の半助と再会したことを機に、お袖の嫁ぎ先である菓子屋楓庵に押し込みがあることを察知、これを忍専と阻止しようとするサスペンスあふれる展開がメインとなっている。しかしながら、本書は特定の主人公を置かず、様々なエピソードの積み重ねによって物語を進めていくという悠々たる筆致で描かれており、このことは、やはり選者の一人である陳舜臣が「この作品は、はげしい緊張が絡み合って固定されたタブローではなく、解放感のみなぎる絵巻物といってよかろう」と記している通り。だが、このやり方が「遠近法をいれるわけにはいかないので、人物描写は難かしいはずである。それなのに、それぞれがあざやかに浮かびあがって、見る人、すなわち読者に迫ってくる。長屋の人たちの呼吸が伝わってくるし、半ばをすぎると、長屋の匂いまでがあたりに漂ってくるような気がする」(陳舜臣)というのは、半村良ならではであろう。特定の主人公を置かない、というのは逆にいえば誰もが主人公であることの謂に他ならないし、今一つには、長屋の住人全体の人の和というものが本作の主人公であることの良き証左でもあろう。

作中にある通り、かかし長屋とは、証源寺の先代経専が、貧者の救済に奔走、檀家を説いて資金を調達し、三好町に建てたもの。住人は故あって経専と知り合った極貧の者たちで、和尚は彼らに〝貧者であることに甘えるなかれ〟という貧しくとも誇りのある生き方を教えた、という。その結果、いつの間にか勤勉になっていた住人たちは、もはやこれ以上堕ちるまいと、実際にはよその長屋よりも働き者揃いになっている、という次第。引き続いてその長屋の連中の面倒を見ているのが、証源寺の二代目忍専というわけである。

そして、かかし長屋の住人のような極貧連が求める幸せとは、実は誠にささやかなものであるといわねばなるまい。一例を挙げれば、物語がはじまって間もなく、「宿六たち」の章で、大工の辰吉を有頂天にしているのは、棟梁のそのまた棟梁に褒められた、というささいなことにすぎない。だが、弟子を褒められたというのですっかり感激してしまった棟梁から小粒を四つもらった辰吉は、これまた「この人のあとについて行けば間違えねえんだな、って思っちゃってよ」と大感激。そこには当然、褒められた自分と他者との差異をはかるという行為がはたらいているわけだが、それが嫉妬に結びつかないのは、辰吉が自分の幸福を周囲に還元する術を知っているからで、それをまた棟梁が、他人《ひと》に奢るんなら後日にしろ、まずは女房子と旨えもんでも食え、というように収めてやる――これで辰吉が心ゆくまで喜んでいいことの筋道が立つ訳で、貧者同士の幸福というものは、こういう気のつかい方をしてこそはじめて成立するものなのだ。だから、本当の貧乏を知った者は互いを励まし合い、自分たちの仲間が一人でもその中から這い上がって欲しいと念じているのである。その意味で、勘助の行為の真意を悟った定廻り同心相原伝八郎が息子の進太郎に向って放つ、「守ったな、勘助は」の一言は、この作品の核といってもいいだろう。

実際、この長屋には、姫糊屋のおきん婆さんや、番太小屋の万吉、対人恐怖症のため五千石の家を棒にふった旗本の次男坊千次郎ら、様々な住人たちが暮らしている。そして、その誰もが、自分が生きる支えを見出して日々を送ろうと懸命になっている――何しろ子供の源太ですら一番気にしているのは「性根のすわらない奴だなんて思わないでおくれよね」という一事なのだから。そして、人が傷つき前向きに進もうとしていることが分かった時、彼らはそれが昨日まで見放していた相手でも心からの応援を惜しまない。たとえ、自分の腕を斬り落とされても、女敵討《めがたきう》ちをすることで明日への一歩を踏み出そうとした市助へ長屋の連中はムキになって叫ぶ――「これだけの怪我をして、迷いをふっ切って来たんだよ。加勢してやらなきゃ」（傍点引用者）と。

そして更に、その市助を斬った松倉玄之丞や中盤の楓庵襲撃の一件に絡んで女賊お仙とともに捕えられた浮島兵右衛門ら、〝この世に生まれた自分を呪い、死に場所を探していたような〟者たちですら、実は、かかし長屋の住人になっていたら違う明日があったのではないのか、と作者はいっているのではあるまいか。

そんな中で、本書でひときわ印象に残るのが、寺子屋の師範、柴田研三郎である。己れの生き方に自虐的な笑いを泛かべ、「世俗の塵中にありては武略もまた俗に傾く、か」と漢籍を引用すると書かれていれば、この人物が誰を模したものかは明らかであろう。半村良は先に引用した受賞のことばの中で「柴田錬三郎賞を頂戴しまして、感激しております。信濃町の慶應病院で向かいの病室に入れて頂き、毎日スリッパにパジャマ姿で遊びに行かせて頂いたことが、すぐ頭に浮かびました。私がゴルフをはじめるようになったのも、柴田先生のおすすめによるものです。俺が退院するまでに、なんとか形をつけておくように。そういわれて水海道のゴルフ場へ出かけたのが最初でした。／で、ご教授願うつもりでおりましたら、おなくなりになってしまって、それ以来ヘタッピイのままでおります」と思い出を語り、選考委員の一人、吉行淳之介は、「柴田錬三郎と半村良とのつき合いはよく知っているが、研三郎と錬三郎は重なり合わない。しかし、その名を書くたびに、作者には懐しさがこみ上げていたにちがいない」と記している。

一体に、柴田錬三郎は、カメラの前では終始、苦虫をかみつぶしたような表情しかしなかったといわれており、反面そのポーズの影に己れの善意を隠し、多分に偽悪家であったような節が見受けられる。柴田研三郎とは、半村良のそうした先人に対する理解と畏敬が生み出したキャラクターというべきではあるまいか。もともと自作の『おらんだ左近』が高橋英樹の主演ではじめてテレビドラマ化された際、ゲスト出演して円月殺法を披露していた柴錬のこと――この特別出演を苦笑まじりに結構よろこんでいるのではないだろうか。

最後に今一度、陳舜臣の選評に戻れば、そのラストに「最後に、この小説は最後の一行が、じつによく効いていることを言い添えておきたい」とあるのはさすがである。最後の一行といわずに、ラスト数行は現在進行形で書かれているが、作者が敢えてそうした裏には、現在もこうした人の輪が必ずある、いや、あってほしいという作者の願望のあらわれではないのか。そして、この思いは本書を読み終えた私たち自身のそれでもあろう。

味読していただきたいと思う。

この作品は一九九六年七月、祥伝社よりノン・ポシェット版として刊行されました。

集英社文庫　目録（日本文学）

集英社文庫

かかし長屋《ながや》

2001年12月20日　第1刷

定価はカバーに表示してあります。

著　者　半《はん》　村《むら》　良《りょう》

発行者　谷　山　尚　義

発行所　株式会社　集　英　社

東京都千代田区一ツ橋2—5—10

〒101-8050

(3230) 6095 (編集)

電話　03 (3230) 6393 (販売)

(3230) 6080 (制作)

印　刷　中央精版印刷株式会社　株式会社美松堂

製　本　中央精版印刷株式会社

ISBN4-08-747391-0 C0193